Le sourire de l'ange

Données de catalogage avant publication (Canada)

Smith, Rosamond

   Le sourire de l'ange

   Traduction de: Soul/Mate

   ISBN 2-7640-0174-6

   I. Charras, Pierre, 1945-   . II. Titre.

PS3565.A844S6814 1997   813'.54   C97-940776-1

Titre original: *Soul/Mate*
traduit par Pierre Charras

© 1989, The Ontario Review Inc.
Édition originale: Dutton, Penguin Group
© 1994, L'Archipel, pour la traduction française
© 1997, Les Éditions Quebecor, pour la présente édition

Bibliothèque nationale du Québec
Bibliothèque nationale du Canada
ISBN 2-7640-0174-6

LES ÉDITIONS QUEBECOR
7, chemin Bates
Bureau 100
Outremont (Québec)
H2V 1A6
Téléphone: (514) 270-1746

Éditeur: Jacques Simard
Coordonnatrice à la production: Dianne Rioux
Conception de la page couverture: Bernard Langlois
Photo de la page couverture: P. & P. Lawson / Réflexion Photothèque
Impression: Imprimerie L'Éclaireur

ROSAMOND SMITH

Le sourire de l'ange

LES ÉDITIONS
Quebecor

À Han et Bill Heyen

PREMIÈRE PARTIE

1

Dorothea Deverell ne se sentait pas à la hauteur de la situation.

En cette soirée brumeuse de 14 novembre, au volant de sa Mercedes d'occasion, en route vers ce dîner qui allait bouleverser sa vie à jamais, Dorothea – trente-neuf ans, veuve depuis quatorze ans et sans enfant – ressentait les prémices de la disgrâce aussi précisément qu'un frisson annonciateur de la grippe : et elle avait ce sentiment en horreur. Elle l'avait en horreur parce qu'il venait trop souvent s'emparer d'elle.

Elle avait déjà vingt minutes de retard pour le dîner des Weidmann (auquel d'ailleurs elle se rendait sans envie puisque son amant et la femme de son amant devaient eux aussi y assister) et elle avait tant traîné avant de quitter la Fondation (où elle était l'adjointe du directeur, un monsieur d'une incompétence attendrissante qui ne se contentait pas de répéter partout qu'il serait perdu sans Mlle Deverell, mais faisait en sorte que cette protestation extravagante se vérifie chaque jour et à chaque minute) qu'elle n'avait même pas eu le temps de repasser chez elle pour prendre un bain, retrouver ses esprits et choisir un costume moins austère et plus féminin que cet ensemble bleu marine en cachemire qu'elle avait porté toute la journée au bureau – un Chanel vieux de dix ans, d'une élégance fatiguée, aux épaules légèrement com-

11

pensées et à la longue jupe vague qui lui descendait à mi-mollet et lui donnait, comme l'avait un jour remarqué Charles, son amant, l'allure d'une nonne dévergondée sortie d'un roman français du XIXᵉ siècle. Dorothea détestait être en retard, où qu'elle aille et même quand ce n'était pas sa faute, par peur que ceux qui l'attendaient ne s'imaginent qu'elle n'avait pas vraiment envie de venir. Les réunions mondaines, bien que constituant la base vitale des célibataires et le terreau, pour ainsi dire, de son travail administratif à la Fondation – elle était chargée de programmer les conférences, les concerts de musique de chambre, les expositions de peinture, les réunions du conseil d'administration, les ventes de charité, les déjeuners, les réceptions et toutes sortes de manifestations internes à la Fondation Morris T. Brannon –, lui procuraient fréquemment une mystérieuse sensation de malaise.

Ce matin-là, Charles lui avait téléphoné au bureau pour lui demander si elle irait chez les Weidmann le soir, et Dorothea avait déclaré d'une voix teintée d'exubérance :

– Bien sûr. Je ne manquerais pour rien au monde une des charmantes soirées de Ginny. Et toi ?

– Mon Dieu, moi non plus, avait dit Charles.

Il parlait avec plus de véhémence que d'habitude. Par nature, il n'était guère plus sociable que Dorothea, mais comme elle, il parvenait la plupart du temps à donner convenablement le change et même, parfois, à se montrer brillant. C'était un homme grand et mince approchant la cinquantaine, aux cheveux roux pâle, argentés, au beau visage éclaboussé de taches de rousseur très claires, au sourire réservé et aux yeux sombres sous des sourcils proéminents – juriste de formation mais peu bavard et même timide. Oh oui, excessivement timide ! Lui et Dorothea Deverell vivaient une romance depuis tant d'années qu'elle n'aurait pu en préciser le début.

– Et Agnès vient aussi ? s'entendit-elle ajouter en se frottant vigoureusement un œil.

— C'est son intention, oui, répondit Charles avec un soupir à peine audible, une simple expiration que Dorothea n'aurait même pas perçue sans toutes ces années de pratique.

— Bien, dit-elle.

— Bien, dit Charles.

Le silence s'installa sur la ligne, mais chacun sentait la présence de l'autre. Comme deux adolescents pudiques et maladroits, ils répugnaient à se dire au revoir.

— Ginny m'a appris qu'Agnès était souffrante, lâcha finalement Dorothea d'une voix résolument neutre.

— Elle l'*a été,* la semaine dernière, renvoya rapidement Charles. Une migraine, une grande nervosité et... comme d'habitude. Mais elle va mieux maintenant. Et elle a décidé d'aller au dîner de ce soir. Elle dit qu'elle ne manquerait une soirée de Ginny Weidmann pour rien au monde.

— C'est gentil, répondit sèchement Dorothea.

Ses lèvres se retroussèrent dans un petit sourire féroce, mais bien sûr, Charles Carpenter, à des kilomètres de là, à l'autre extrémité de la ville, ne pouvait pas la voir.

Ginny et Martin Weidmann, que Dorothea connaissait depuis l'époque de son mariage – son jeune époux au sombre destin avait été camarade de promotion de Martin à William College –, habitaient dans le quartier le plus chic de la ville une vieille demeure splendide de style « italo-victorien » avec une tour carrée centrale, de hautes fenêtres étroites sculptées et un toit pentu à bardeaux. Toute la rue semblait appartenir à une autre époque et à un monde révolu. Pavée, toujours en retard d'un chantier, son trottoir était si élevé que Dorothea y rayait immanquablement le bas des ailes de sa Mercedes lorsqu'elle se garait devant la maison – ce qui était justement en train de se produire.

— Qu'est-ce que je fais ici ? dit-elle à haute voix.

Elle prévoyait déjà qu'il ne se passerait rien de plus ce soir que ce qui s'était passé des dizaines de fois.

À en juger par les autres voitures rangées dans la rue et le long de l'allée circulaire privée des Weidmann, tous les invités étaient arrivés. Elle reconnut la Cadillac blanche des Carpenter, contre le trottoir d'en face, prête pour un départ rapide. Cette couleur blanche voyante et peu pratique avait été choisie par Agnès qui ne se servait de la voiture que très rarement. C'était Charles qui conduisait, le plus souvent.

Dorothea sonna à la porte, le souffle court, et réussit son beau sourire radieux lorsque Ginny l'embrassa en l'accueillant par un reproche.

— Vous avez près d'une demi-heure de retard, Dorothea ! Ça ne vous ressemble pas ! Nous nous faisions tous du souci !

À l'intérieur, le bruissement des conversations emplissait le rez-de-chaussée comme une musique familière. Une délicieuse odeur d'agneau rôti s'ajoutait aux effluves de vin, de fleurs, de fruits. Tula, la bonne noire des Weidmann, vint la débarrasser de son manteau et, pendant quelques vagues secondes, Dorothea profita de la vision réconfortante de son reflet dans le miroir vénitien d'époque de Ginny – elle paraissait beaucoup moins hagarde qu'elle ne l'avait craint. Ses cheveux acajou encadraient son visage avec autant de douceur que si elle les avait soigneusement brossés et ses grands yeux bruns intelligents brillaient d'impatience.

— Vous êtes toujours aussi ravissante, Dorothea, dit Ginny avec quelque chose comme un sous-entendu. Ce tailleur vous va si bien.

Et le léger froncement de sourcils qu'elle eut alors transperça le cœur de Dorothea. Ne signifiait-il pas que le tailleur était maintenant devenu par trop habituel ? Ou encore que ce n'était certainement pas le genre de vêtement que Ginny eût choisi pour une soirée comme celle-ci ?

Ginny était parfumée, bavarde, protectrice, dans une robe en chintz bariolée comme un papier peint. C'était

14

une excellente amie de Dorothea qui, en réalité, ne connaissait pas très bien Dorothea Deverell. Une de ces femmes mariées généreuses et possessives qui se font un devoir de trouver le parti idéal pour leurs amies plus jeunes et encore célibataires. Au fil des ans, Ginny avait présenté Dorothea à tant de candidats acceptables que sa protégée flottait entre un sentiment de culpabilité pour n'avoir jamais répondu favorablement et une certaine indignation à l'idée d'être ainsi perpétuellement mise aux enchères sans son consentement et, même, très souvent, sans qu'elle s'en rende compte – jusqu'à ce qu'il soit trop tard. Elle commençait à se sentir dans la peau d'une de ces juments soudain têtues qui, parvenues à un certain âge, refusent de « recevoir » l'étalon et qu'il faut, en désespoir de cause, inséminer artificiellement.

Or donc, Ginny Weidmann – avec les meilleures intentions du monde, évidemment – entretenait précipitamment Dorothea du candidat du jour, nouveau venu dans son cheptel d'hommes merveilleux aux manières impeccables, pour la plupart en relations d'affaires avec Martin.

– Pourquoi cet air surpris, Dorothea ? Voyons, vous ne pouvez pas avoir oublié. Je vous *avais dit* que j'invitais Jérôme Gallagher ce soir, n'est-ce pas ? demandait Ginny.

– Oh oui, parfaitement, répondit très vite Dorothea.

Verre de vin en main, dans un murmure rauque, Ginny livra une hâtive provision d'informations concernant M. Gallagher à qui Dorothea sembla s'intéresser avec beaucoup d'esprit. Cela aussi était habituel, non ? Elle comprenait bien que, étant demeurée sans mari depuis tant d'années, elle était une sorte d'énigme pour ses amis et que, à la longue, les gens trouvent toujours les énigmes un peu dérangeantes, voire désagréables. Elle avait fait des études d'histoire de l'art à Yale ; vers vingt ans, elle avait voyagé et visité d'autres pays ; puis elle était rentrée chez elle, avait rencontré un jeune architecte français, était tombée amoureuse de lui et l'avait épousé. Citoyen américain depuis peu, Michel Deverell, c'était son nom, était mort dans un accident de voiture sur l'autoroute de Boston, à l'âge de vingt-huit ans, alors que Dorothea, elle, en avait vingt-cinq et se relevait à peine d'une fausse couche survenue au septième mois d'une grossesse difficile. Comme les années suivantes avaient passé vite ! Avec quelle fluidité sa vie s'écoulait, sans le moindre événement remarquable ! Il y avait Charles Carpenter, qu'elle avait connu à l'époque de son mariage et que, depuis huit ou neuf ans, elle aimait ; mais leur liaison, leur amitié, restait une affaire totalement privée, dont quelques-uns soupçonnaient peut-être l'existence – Agnès Carpenter ? Ginny Weidmann au regard acéré ? – mais dont personne n'avait été informé. Absolument personne. Lorsqu'on lui posait des questions un peu indiscrètes, Dorothea avait coutume de répondre simplement :

– J'ai été mariée, il y a longtemps. J'avais vingt-cinq ans quand mon mari est mort. Je travaille à la Fondation Brannon depuis 1982.

Elle s'en tenait là. Malgré sa timidité, elle était très obstinée. Le genre de caractère, particulièrement féminin, qui s'y entend si bien à détourner de soi la conversation pour la reporter sur les autres que la subtile manœuvre passe inaperçue. On voulait croire que Dorothea Deverell était enceinte à la mort de son mari et que la fausse couche avait été causée par le drame, qu'elle était donc un personnage doublement tragique et elle ne voyait pas comment rétablir la vérité car cette fable entrait dans une dimension quasi mythologique de sa vie à laquelle elle n'avait pas accès. Tout comme la conviction de chacun qu'elle était, derrière ses manières délicates, une femme renfermant d'énormes ressources de passion inemployée (comme la proverbiale nonne virginale) ou encore, qu'ayant hérité de biens considérables, elle n'avait nullement besoin d'avancement ni d'augmentation de salaire à la Fondation – cette dernière rumeur, la plus odieuse de toutes, puisait son argument dans l'existence de certains articles dépareillés que lui avait laissés quelques années plus tôt une vieille grand-tante, parmi lesquels la Mercedes-Benz 500 SEL de 1979 qui calait sans arrêt, un manteau de martre – de fouine, en réalité – élimé et beaucoup trop grand pour elle, ainsi que plusieurs bijoux décoratifs, des meubles et de la vaisselle. Si cette légende ne correspondait pas à la vérité, elle ne la trahissait pas non plus radicalement et Dorothea n'avait pas envie de la contester. Elle savait que son entourage l'admirait, et même – ce qui lui faisait chaud au cœur – qu'on l'aimait bien. Elle était jolie, on pouvait compter sur elle, elle avait une parfaite éducation, elle était *bien*. En vertu de tels avantages, on se gardait de la plaindre, même en sa présence. Alors pourquoi Dorothea Deverell se sentait-elle si peu à son avantage, justement ? À son dernier dîner chez les Weidmann, quelques mois plus tôt, auquel, Dieu merci, Charles Carpenter et sa femme n'étaient pas invités, un vieux monsieur lui avait demandé en toute candeur, au cours du repas, assez haut pour être entendu de tous, sur un ton direct et presque accusateur :

– Pourquoi une jolie fille comme vous n'est-elle pas mariée ?

Dorothea avait souri en répondant calmement, bien qu'un tremblement intérieur lui fît monter une rougeur brûlante au visage :

– Je l'ai été – lorsque j'*étais* une jolie fille.

Et tous s'étaient tus, l'œil aux aguets. Pendant quelques secondes de malaise.

Maintenant, c'était Ginny qui parlait :

– Oh, j'y pense. Qu'est-ce que c'est que cette campagne que mène Roger Krauss contre vous ? J'ai entendu des choses...

Elles se tenaient au beau milieu du hall ciré et étincelant, et s'apprêtaient à rejoindre le groupe joyeux du salon lorsque Ginny, au grand désespoir de Dorothea,

17

s'arrêta pour la saisir par le bras. Toute à son nouveau sujet, Ginny, aussi spontanée, passionnée et irréfléchie qu'un enfant, était incapable de réserve et jetait ce qui lui venait à l'esprit à la figure atterrée de Dorothea.

– On m'a raconté des choses si embêtantes, Dorothea, *vraiment*! Il faut que nous parlions!

– Maintenant? Faut-il réellement parler de cet horrible individu maintenant? s'écria Dorothea avec un petit rire accablé.

Après un regard de compassion, l'autre se ravisa et secoua la tête, dans un éclat de boucles d'oreilles en diamant, ses magnifiques cheveux teints en roux luisant dans la lumière. Le cœur de Dorothea cherchait à s'évader de sa poitrine. Il fallait à présent faire de son mieux pour se composer un visage, une contenance, avant d'entrer dans ce salon où l'attendait son amant clandestin – son amant et tous les autres invités. Ah, comme elle voulait leur cacher à quel point elle se sentait triste, profondément triste : surtout que personne ne puisse dire, surpris et apitoyé : Que c'est injuste! Que c'est injuste, une vie pareille!

Dorothea Deverell était tombée amoureuse de Charles Carpenter petit à petit et même, pourrait-on dire, contre son gré. Elle était une femme de principes et il n'entrait pas dans ses habitudes de pousser les autres à les transgresser ; et Charles était un homme marié, évidemment. Mariage malheureux, voire absurde, mais mariage quand même. À chaque stade, elle s'était mise en garde. *Tu le regretteras !* Petite fille imprudente s'aventurant sur la glace incertaine, toujours plus loin sur la glace toujours plus fragile, le vent lui soufflant aux oreilles et le cœur battant. *Tu le regretteras ! Tu le regretteras !* Comme c'était différent du brutal plongeon, la tête la première, dans la passion, l'émotion et bientôt le chagrin, qu'elle avait connus avec le jeune architecte français. (Dorothea avait vécu avec son mari si peu de temps que, malgré son amour, il lui semblait naturel d'évoquer froidement ce

jeune homme de vingt-huit ans qu'il resterait à jamais.)
Charles Carpenter était l'un des associés d'un prestigieux
cabinet d'avocats de Boston pour lequel le bureau
d'architectes de Michel Deverell avait effectué des travaux ; et c'est ainsi que les deux couples s'étaient rencontrés, sans devenir proches pour autant. Ce fut seulement lorsque Dorothea commença à être connue et
reconnue comme une nouvelle personnalité du petit
cercle culturel de Lathrup Farms (village chic de la côte,
dans la banlieue nord de Boston) qu'elle renoua des liens
avec les Carpenter : et plus spécialement avec Charles.

Un dimanche après-midi, il s'était brusquement trouvé
à ses côtés, comme surgi de nulle part, lui avait touché
l'épaule et avait murmuré :

– Dorothea ? Pourrions-nous parler ? Seul à seule ? Juste
une minute ? Par là ?

Et d'une main étonnamment ferme, il l'avait prise par
le coude et conduite dans un couloir de marbre un peu
glissant, à l'abri des yeux et des oreilles de la foule. Dorothea, troublée, coupable, savait déjà ce qu'il allait lui dire
et ce qu'elle répondrait. Ce jour-là, ils assistaient à une
grande réception donnée pour quelque noble cause dans
une de ces vastes demeures de style néo-géorgien, dominant la baie, alors que, pour de mystérieuses raisons,
Mme Carpenter était absente et avait prié son mari de présenter ses excuses et de fournir, sans toutefois parvenir à
convaincre quiconque, une explication de son choix, de
préférence relative à sa santé. C'eût été mentir que
d'affirmer que Dorothea n'avait jamais prêté attention à
Charles Carpenter avant cette date, qu'elle n'avait pas
remarqué qu'elle lui plaisait, qu'elle ne resplendissait pas
en sa présence, comme animée par son esprit et la
richesse de sa conversation, qu'elle n'avait pas en réalité
recherché sa compagnie dans de telles circonstances
comme pour se prouver que ces mondanités devaient
bien au bout du compte avoir un sens.

19

— Je ne voudrais pas vous embarrasser, Dorothea, disait maintenant Charles dans un murmure précipité, en la regardant dans les yeux. Et je ne veux surtout pas vous inquiéter le moins du monde, mais je crois que je suis tombé amoureux de vous et il m'a semblé préférable de vous le dire.

— Oui, répondit doucement Dorothea, radieuse.

Et c'est ainsi que tout commença, leur histoire d'amour, leur amitié, leur tendre adultère, avec Charles qui parlait et Dorothea qui écoutait. Un couple séduisant d'âge moyen dont l'attachement réciproque aurait dû paraître évident (et peut-être était-ce le cas ?) à tout observateur. Veuve depuis si longtemps dans son propre esprit et dans celui des autres, Dorothea avait confortablement retrouvé sa virginité. Son ventre, vide de toute substance, était redevenu celui d'une vierge, chaste, clos et pur. En entendant la déclaration d'amour de Charles, hésitante, nerveuse, mais finalement très émouvante, et sa proposition de la rencontrer en privé, le plus tôt possible, si du moins elle le voulait bien, Dorothea demeura étrangement calme : tout comme (et le souvenir lui bondissait au visage, cruel) elle l'avait été en apprenant la mort de Michel, restant debout, dans leur petit appartement loué de Beacon Street, à écouter, à hocher la tête, le front penché, sans un mot excepté quelques questions d'ordre pratique. Si ses yeux s'étaient alors remplis de larmes, c'était, plutôt que du chagrin, une sorte de réflexe nerveux, comme si elle avait reçu une violente gifle. Elle s'était seulement dit, froidement : *Tu le regretteras !* et, dans le même temps, elle s'était entendue donner son accord pour voir Charles Carpenter, un homme marié, dès le lendemain soir. Et lui dire, alors qu'il s'approchait dangereusement d'elle en pressant sa main dans les siennes, qu'elle aussi l'aimait beaucoup. Elle pensait souvent à lui, lui avoua-t-elle, comme à un ami particulier, vers qui elle se tournerait d'abord si elle avait des ennuis.

Cependant, après les premiers émois de l'intimité, les déclarations brûlantes confiées à l'oreille, les serments, les promesses, les initiatives, leurs relations parvinrent rapidement à une sorte d'équilibre, d'entente. Charles téléphonait – ou ne téléphonait pas ; ils se retrouvaient clandestinement une, deux ou trois fois par semaine – ou pas du tout. Et les semaines se transformaient en mois, et les mois en années. Huit ans ? Neuf ? À certains moments, Dorothea semblait se rétracter, comme rattrapée par sa conscience ; à d'autres, c'était le tour de Charles, irrité ou blessé par les scrupules de sa maîtresse ou victime des siens propres. L'amour se mettait à croître chez l'un quand il se refroidissait chez l'autre, selon la loi mélancolique des cœurs humains, et si Charles proposait de tout révéler à Agnès et de demander le divorce, Dorothea résistait et tentait de le convaincre que la santé de sa femme était trop fragile pour un tel choc ; si, au contraire, Dorothea, dans un brusque mouvement d'humeur, annonçait qu'elle en avait assez des cachotteries et que leur liaison serait publique ou ne serait pas, Charles faisait remarquer, non sans quelque raison, que ce serait elle qui en souffrirait la première, étant donné sa position très exposée à la Fondation.

– Je veux qu'on se marie, évidemment. Je le veux de tout mon cœur, mais est-ce très sûr, actuellement ? Y as-tu réfléchi sérieusement ? As-tu pesé toutes les conséquences ?

Charles Carpenter n'était pas juriste pour rien.

Et les années passaient. Dorothea avait son travail (elle pouvait raisonnablement s'estimer la mieux placée pour prendre la direction de la Fondation lorsque le directeur actuel, M. Howard Morland, partirait en retraite : M. Morland avait soixante-cinq ans, ne s'intéressait plus beaucoup à son travail et aimait énormément Dorothea Deverell) ; elle avait ses amis, ses nombreux amis, parmi lesquels un certain Charles Carpenter. Elle caressait la certitude vague et réconfortante qu'un jour, oui, elle

épouserait Charles, et qu'il y aurait alors, en ville, de nouveaux M. et Mme Carpenter ; peut-être habiteraient-ils dans
l'une de ces belles et vieilles demeures restaurées du
xviiie siècle, près des Weidmann. Quand ce serait plus « sûr »
(à moins que Charles n'ait dit « mûr » ? – sa voix faiblissait
parfois jusqu'au murmure, en présence de Dorothea).

Agnès, l'épouse de Charles, continuait d'ignorer l'amour
de son mari pour Dorothea Deverell. Ou bien, si elle avait
des soupçons, elle avait décidé de ne pas s'en encombrer.
Avec les années, elle était devenue l'une de ces femmes,
assez nombreuses dans les milieux étroitement clos, qui
affichent des airs déçus et ironiques aussi dérangeants
pour autrui qu'un parfum trop fort. Elle portait avec négli-
gence des vêtements très chers ; elle avait une peau
blême et malsaine et les yeux bouffis ; son visage rond et
lourd gardait une expression de défi mordant, avec l'air
bilieux des gens d'action qui, pour une raison inconnue,
n'agissent pas ; comme si son énergie, et sa vie même,
s'étaient réfugiées à l'intérieur d'elle pour l'étouffer. Personne, à Lathrup Farms, n'aurait pu dire si elle buvait à
cause de son mauvais état de santé ou si son mauvais état
de santé était dû à la boisson ; si elle était « difficile à
vivre » parce qu'elle buvait ou si elle buvait parce qu'elle
se savait « difficile à vivre » et qu'elle pensait que l'alcool
libérerait des défenses contre les agressions de la société.

Depuis leur rencontre, Dorothea n'avait eu de rapports
personnels avec Agnès Carpenter qu'en une unique occasion, très embarrassante. Au cours d'une soirée, elle s'était
retrouvée seule avec cette femme dans la salle de bains,
avec l'épouse de son amant, qu'elle enviait, craignait,
haïssait, et plaignait aussi, la plupart du temps. Agnès Carpenter était là, dans un ensemble pantalon lamé or, penchée au-dessus du lavabo, tellement ivre qu'elle en avait
les yeux fermés et la peau du visage d'un blanc cadavé-
rique et, lorsque Dorothea lui avait proposé son aide, elle
avait avancé des mains d'aveugle en s'écriant : « Ne me

22

touchez pas ! Ne me touchez pas !» Puis, un peu plus tard, elle s'était mise à supplier : «Oh ! mon Dieu, aidez-moi, par pitié !», en se retournant, titubante, pour que Dorothea la prenne dans ses bras et la soutienne au-dessus de la cuvette des toilettes pendant qu'elle vomissait par longues vagues frissonnantes. Cet accès avait bien duré vingt minutes durant lesquelles d'autres femmes, s'aventurant dans la pièce, avaient très vite battu en retraite, laissant Dorothea Deverell se débrouiller, ce qu'elle avait fort bien fait, évidemment, comme une véritable infirmière, apparemment peu soucieuse (alors qu'en fait elle s'en inquiétait terriblement) que sa robe de soie noire aux innombrables plis chatoyants puisse être atteinte par les vomissures à l'odeur insupportable tandis que l'ensemble en lamé or d'Agnès Carpenter sortirait intact de l'épreuve. À la suite de ce malheureux incident, l'attitude d'Agnès Carpenter envers Dorothea Deverell fut ostensiblement froide, sinon glaciale.

— Maintenant, cette femme est mon ennemie mortelle, avait dit Dorothea à Ginny Weidmann avec un rire nerveux en lui racontant l'histoire (car, malgré ses scrupules, elle n'avait pu se résoudre à garder le secret).

Et Ginny avait partagé cette conviction, mais sans rire.

— Agnès Carpenter est le genre de personne qu'il vaut mieux ne pas avoir comme ennemie, avait-elle déclaré. Pas plus que comme amie, d'ailleurs.

À la table des Weidmann dressée avec raffinement dans la lueur des bougies et les reflets de l'argenterie, au milieu des effluves d'agneau et de légumes, Agnès Carpenter avait adopté une attitude d'auditrice polie, vidant son verre sans hâte mais avec méthode et permettant nonchalamment à Martin Weidmann de le remplir. Les conversations s'engageaient parmi les convives – la politique, une exposition de peinture, les amis des uns et des autres, un succès de librairie, le dernier scandale immobilier – et

23

Agnès Carpenter piochait sans grande conviction dans son assiette, coupant la nourriture en très petits morceaux, pour les déplacer du bout de sa fourchette et finalement les laisser là. Si Charles avait vu le manège, il n'en laissait rien paraître ; mais peut-être, pris par la discussion et les fréquents coups d'œil qu'il jetait à Dorothea, ne voyait-il rien – pourquoi aurait-il dû s'en préoccuper ? Elle sait ce qu'elle veut, avait-il remarqué un jour, plutôt distraitement, et Dorothea ne l'avait pas contredit. Mais elle avait pensé : Et moi ? Est-ce que j'ignore totalement ce que je veux ?

Elle avait décidé de se distraire. Comme toujours chez les Weidmann, l'atmosphère était enjouée, sans façons, un peu relâchée par certains côtés, et ponctuée par les exclamations de Ginny – « Vous avez fait *ça* ? Vous avez dit *ça* ? » et les éclats de rire de Martin. Les mets étaient somptueux, les vins délicieux (et coûteux) ; dans des doubles coupes gravées placées au centre de la table, des roses jaune pâle diffusaient un parfum discret. En plus des Weidmann, des Carpenter et de Dorothea, il y avait trois autres invités : une saisissante jeune femme d'une trentaine d'années aux allures de Cléopâtre nommée Hartley Evans, nouvelle relation de Ginny collaborant à une chaîne de télévision de Boston ; un jeune loup répondant au nom de David Schmidt qui travaillait, comme il le faisait remarquer avec un peu trop d'insistance, pour une importante maison de courtage de la ville ; et Jérôme Gallagher, cavalier de Dorothea pour la soirée, avocat d'affaires à la mine obstinément interrogative, comme s'il était dur d'oreille, et dont le crâne chauve brillait sauvagement dans la lumière des bougies, tel un galet. Nous avons tous été réunis là dans une intention bien précise, se disait Dorothea, mais laquelle ? Sans cela, la vie serait-elle d'une solitude si insupportable, même pour les couples ? Aujourd'hui, elle se sentait plus que jamais en vitrine, peut-être parce qu'elle était assise juste en face de

24

Charles et qu'ils étaient obligés de se parler ou, ostensiblement, de ne pas se parler. Et puis il y avait l'incontournable Jérôme Gallagher, l'élu du jour de Ginny, présenté à Dorothea avec l'aparté : « Vous avez tant de choses en commun, tous les deux. Je vous *envie* ! » Une prévision aussi abrupte avait eu pour effet de les réduire d'abord au silence, surtout le très sérieux M. Gallagher, mais, après quelques ratés, Dorothea en vint à la question salvatrice :

— En quoi consiste votre travail ?

Et Jérôme Gallagher entreprit de le lui expliquer. Elle savait qu'elle pouvait maintenant se détendre pendant un bon moment car personne n'attendait d'une femme autre chose que des monosyllabes d'approbation, d'enthousiasme et d'émerveillement. À part Charles Carpenter, les hommes n'interrogeaient jamais Dorothea sur son travail.

M. Gallagher parlait et Dorothea écoutait à moitié, tout en observant Charles et en rêvant à cette bizarrerie, cette ironie : en sa présence, elle le percevait souvent comme un étranger, contrairement à ce qu'elle ressentait lorsqu'elle pensait à lui (que ce soit le jour ou, plus encore, la nuit), même si elle ne le trouvait pas moins séduisant : ce visage finement dessiné, ces légères taches de rousseur, comme des gouttelettes de pluie, et ce regard vif et intelligent. En outre, il s'habillait vraiment très bien, sans souci de la mode mais avec élégance. Dorothea était heureuse de voir qu'il portait la cravate de soie qu'elle lui avait offerte (et que Charles avait dû présenter à Agnès comme un achat personnel, sur un coup de cœur). Le beau costume bleu-gris rayé seyait parfaitement à sa haute silhouette. On pourrait tuer pour un homme comme lui, songeait Dorothea, pour peu qu'on soit un assassin. Ce matin, Charles lui avait dit qu'il aurait préféré rester chez lui, que son seul plaisir serait de la voir elle, mais il semblait profiter au mieux de la réception et s'était même lancé dans une discussion animée avec Schmidt, un jeune homme très en verve avec des opinions tranchées (conservateur, républicain, plein de dédain pour les «contraintes fédérales») et Hartley Evans au maquillage hollywoodien (cheveux noirs d'encre, lisses et synthétiques comme une perruque, immenses yeux aux paupières bleues grands ouverts dans une expression d'éternelle surprise), discussion à laquelle Ginny Weidmann participait et qu'Agnès Carpenter affectait mollement de suivre, profitant de chaque changement d'assiette pour allumer une cigarette : des cigarettes de couleur, égyptiennes, dont l'âcre puanteur venait en un temps record assaillir les narines sensibles et les yeux de Dorothea. Si Agnès avait peu mangé, elle avait beaucoup bu ; son visage bouffi s'apprêtait à perdre ses contours ; elle riait sans raison particulière et levait une main lourde vers son front – son énorme bague, un jade carré entouré de diamants, captant violemment la lumière. Son regard noyé et moqueur passait sur le visage de Dorothea sans s'y arrêter, comme s'il y avait là une chaise vide.

Pourquoi ne veux-tu pas le lâcher ? suppliait celle-ci en silence. Puisque tu ne l'aimes pas ! Puisque tu te mets en travers du bonheur des autres !

Puis, autour de Dorothea horrifiée, la conversation dévia brutalement, comme dans un glissement de terrain, et, en quelques secondes, tout le monde se mit à parler de la «course au pouvoir» à la Fondation Brannon, et plus spécialement des manœuvres choquantes déployées par un nouveau membre du conseil d'administration nommé Roger Krauss, qui poussait en avant un de ses protégés tout en dénigrant systématiquement Dorothea Deverell – développant des théories non pas anti-*femmes*, il insistait bien là-dessus, mais anti-*féministes*. Krauss, qui était entré au conseil le printemps précédent, avait publiquement critiqué plusieurs initiatives de Dorothea, et surtout (puisqu'il avait été jusqu'à publier une attaque en règle dans l'hebdomadaire de Lathrup Farms) une exposition itinérante de femmes sculpteurs. Il n'était que mépris ou

26

impolitesse pure et simple chaque fois qu'il rencontrait Dorothea et, dans son dos, disait d'elle tout le mal possible aux autres membres du conseil et au directeur lui-même. Bien sûr, le fait qu'il eût son candidat pour la direction, un neveu travaillant actuellement au musée Whitney, n'était pas étranger à son acharnement contre Dorothea, mais il avait assez d'habileté pour trouver ses arguments ailleurs. Sa principale objection à l'accession de la jeune femme à la tête de la Fondation était, prétendait-il, d'ordre idéologique. À plusieurs reprises, il avait déclaré qu'il craignait qu'elle ne « détourne » l'institution à des fins politiques personnelles... Consternée, Dorothea posa sa fourchette, sentit le feu lui monter aux joues et son cœur cogner contre ses côtes. C'était précisément le sujet qu'elle ne voulait pas qu'on aborde, et le pire, c'était qu'ils n'avaient pas tant l'air de l'aborder, justement, que d'y revenir, comme s'ils l'avaient déjà longuement commenté avant son arrivée tardive.

Elle chercha du réconfort du côté de Charles. Il regardait au fond de son assiette, mal à l'aise lui aussi. C'était une blessure supplémentaire pour Dorothea, atteinte dans sa fierté, que son amant fût mis au courant de ses difficultés avant qu'elle ait eu l'occasion de les lui exposer elle-même, avant qu'elle se fût appliquée à les transformer en une petite anecdote amusante qui dissimulerait sa honte.

— C'est tellement injuste et insultant pour Dorothea, disait Ginny avec colère. Elle qui a fait un si joli travail à la Fondation, la voilà obligée de se défendre après toutes ces années, et contre des attaques aussi basses.

Martin approuva. Ainsi que Charles, évidemment, le regard toujours cloué au centre de son assiette, les lèvres pincées. Les nouveaux venus — David Schmidt, Hartley Evans, Jérôme Gallagher — prirent des airs pensifs plutôt neutres ; mais Agnès Carpenter, lâchant deux généreux jets de fumée par les narines, intervint :

— Roger *est* une personne excessive. Ce n'est pas dans sa nature de faire les choses à moitié.

— Un scorpion a une nature, lui aussi, dit Ginny.

— On ne demande pas aux scorpions d'être aimables, rétorqua Agnès, imperturbable. On leur demande juste d'être des scorpions.

Cette repartie lancée étourdiment fut suivie d'un silence de stupéfaction, puis Martin Weidmann vint galamment au secours de Dorothea, Charles dit quelque chose sur un ton emporté, et Ginny, très excitée, poursuivit sans faiblir, les mots *déloyal, injuste, insultant, misogyne* venant tournoyer autour de la tête de Dorothea comme autant de guêpes folles. Elle essayait de ne pas écouter, de sourire, comme si ce débat la touchait à peine, tout en se demandant quel effet cela produirait si elle se levait simplement pour quitter la pièce et ne revenir que lorsqu'un autre sujet serait enfin abordé. Le problème de Roger Krauss et de son affligeante campagne contre elle, Dorothea l'avait géré jusqu'ici en s'interdisant d'y penser : il s'agissait d'en effacer l'horreur comme on passe à la chaux un mur souillé, brutalement et en toute hâte.

Ah ! la vie sociale ! Dorothea jeta un coup d'œil sur sa montre qui n'indiquait que dix heures moins cinq. Elle aurait cru qu'il était plus tard. Le menu prévoyait encore une salade, et probablement du fromage et des fruits, et puis un dessert, bien sûr, du café, et des alcools. De quoi retarder d'au moins une heure le moment où elle pourrait s'échapper, rentrer chez elle et tomber, épuisée, au fond de son lit pour y rêver au jour où elle épouserait Charles Carpenter et entamerait une vie normale et heureuse dans une belle vieille maison de Lathrup Farms, avec un jardin derrière des murs, qui sait, et une cheminée où, par temps froid et venteux, Charles allumerait un feu, avec des pommes de pin pour la bonne odeur ; ils s'installeraient côte à côte sur le canapé, en se tenant les mains, en regardant, fascinés, les flammes danser, en pensant *Comme nous sommes heureux ! Quelle chance nous avons ! Comment une telle bénédiction a-t-elle pu descendre sur nous ?* Les yeux de Dorothea s'embuèrent, comme si des flammes venaient réellement les irriter.

– Ce Krauss ne me dit rien qui vaille, déclarait doctement Jérôme à côté d'elle. Vous devriez faire un procès à votre employeur, vous savez, s'ils veulent vous évincer et si vous avez reçu de réelles promesses de promotion de leur part. Les femmes n'hésitent plus, maintenant.

Dorothea s'excusa et alla se cacher dans la petite salle de bains aux murs dorés que les Weidmann mettaient à la disposition des invités. Elle y resta autant qu'elle put et, lorsqu'elle revint, Dieu merci, le sujet Krauss avait été abandonné au profit d'un autre, tout neuf. On servait la salade, Martin Weidmann ouvrait une nouvelle bouteille de vin et Agnès Carpenter allumait encore une cigarette de couleur et expirait la fumée par les narines. Dorothea pensa à Toulouse-Lautrec, qui prenait souvent ses repas à la tour Eiffel et qui disait : «Le seul endroit d'où je ne vois pas la tour Eiffel, c'est de l'intérieur.»

C'est à ce moment-là qu'on sonna à la porte d'entrée. Il y eut un silence général. Puis Ginny s'écria : «Qui cela peut-il être ?» Comme si, sa table étant complète, il était vraiment impossible que quelqu'un se présente à la porte.

Le temps s'arrêta pendant que Tula allait répondre.

– Quelle surprise ! Quelle extraordinaire surprise ! Et délicieuse en plus !

Le visiteur inattendu était un arrière-neveu de Ginny Weidmann, Colin Asch. C'était un grand garçon mince aux yeux cernés, au visage légèrement asymétrique et aux cheveux blonds et plats qui lui tombaient sur les épaules. Captivée par cette apparition, Dorothea lui donna environ vingt-trois ou vingt-quatre ans. Il portait un blouson, doublé de mouton, très sale, dont la fermeture Éclair était cassée, un pantalon kaki, un pull de cachemire noir tout distendu au col, sans chemise dessous. Sa peau était grise, comme fatiguée et une barbe de trois jours lui couvrait inégalement les joues et le menton. Entraîné contre son gré dans la salle à manger pour y être présenté aux amis de sa tante, il clignait les yeux et fronçait le nez sans savoir quelle attitude adopter. Dorothea pensa à un animal nocturne brusquement confronté à la lumière.

– Mais nous t'attendions la semaine *dernière*, Colin ! N'est-ce pas, Martin ? répéta plusieurs fois Ginny avec un empressement maternel où la joie le disputait aux reproches. Où diable *étais*-tu donc la semaine dernière ? Évidemment, vous vivez des vies tellement étranges, vous les jeunes !

Au comble de l'embarras, le garçon se serait sans doute enfui à toutes jambes si Ginny n'avait pas passé son bras sous le sien. Dorothea souffrait pour lui, à le voir ainsi exhibé devant les invités de sa tante comme un phénomène. (Les propres enfants de Ginny, dont Dorothea avait longuement entendu parler, étaient maintenant élevés, avaient réussi confortablement, vivaient heureux et pouvaient se passer des soins fervents de leur mère.) Le garçon bredouilla une excuse et dit qu'il n'avait nullement l'intention de troubler cette soirée, mais Martin s'en mêlait déjà et insistait pour que Colin prenne place à table ; il était impensable que Colin ne prenne pas place à table, il y avait bien de la place, voyons, et encore plein de nourriture ; Colin n'avait certainement pas encore dîné.

– On dirait que tu n'as rien mangé depuis des mois, s'écria Martin, jovial.

– Mais peut-être Colin désire-t-il se rafraîchir d'abord, proposa Ginny, remarquant avec un peu de retard la mine défaite de son neveu et ses airs d'épouvantail. N'est-ce pas, chéri ? Et puis, ensuite, tu grignoteras quelque chose ? Conduis-le donc en haut, Martin ! Tu pourrais même lui prêter une ou deux affaires à toi s'il souhaite se changer.

D'une secousse désespérée des épaules, le garçon parvint à se libérer des griffes de Ginny, répétant qu'il ne voulait surtout pas déranger ; il n'avait pas pour habitude de s'imposer chez les gens sans être invité ; il repasserait les voir une autre fois.

— Mais tu *es* invité, s'exclama Ginny.

— Tu ne vas pas repartir alors que tu viens juste d'arriver, déclara chaleureusement Martin en passant un bras paternel autour des épaules étroites du jeune homme.

Colin Asch marmonna à nouveau et tenta de résister encore, mais, unis, les Weidmann étaient à l'évidence trop forts pour lui, trop rompus à cet exercice d'intimidation bienveillante. Malgré le bref coup d'œil amusé qu'elle échangea avec Charles — comme cette scène ressemblait bien à Ginny et Martin ! — Dorothea fut soulagée de voir comment les choses tournaient : il fallait bien qu'on s'en occupe de ce jeune homme mélancolique et désemparé, ne serait-ce qu'un peu, et qu'on l'entoure. Il y avait chez lui quelque chose de très frappant, dans ses yeux, son visage, jusque dans sa façon de se tenir, qu'elle n'aurait su définir mais qui lui paraissait à la fois excitant et familier. En tout cas, sa présence dans la salle à manger surchauffée des Weidmann allait donner à cette soirée une couleur particulière, une sorte de raison d'être.

Dans une agitation joyeuse, Ginny et Tula mirent un couvert supplémentaire, en tête de table et, dans un murmure dramatique, Ginny confia :

— Le pauvre garçon ! Pauvre Colin ! Il a eu une vie si tragique !

Tous ses invités tendirent le cou pour en savoir plus ; Ginny jeta un regard vers le hall et l'escalier, comme pour s'assurer qu'on ne pouvait pas l'entendre.

— La première chose, dont certains d'entre vous ont sans doute eu des échos par les journaux, ou bien alors

31

c'est peut-être moi qui leur en ai parlé, il y a des années, c'est la mort des parents de Colin, et la façon dont ça s'est passé. Ça a été vraiment trop affreux ! Trop horrible ! Ma nièce, son mari et Colin, qui avait douze ans à l'époque, roulaient en voiture. C'était le mari de ma nièce qui conduisait. Il pleuvait. Ils traversaient un pont dans les Adirondacks, juste au sud de Lake Placid, un de ces ponts métalliques, je ne sais plus comment on les appelle, enfin, vous voyez, ces ponts si glissants. Et ce pont-là était très étroit et mal entretenu. Une autre voiture arrivait en face et, on n'a jamais su pourquoi, le mari de ma nièce a perdu le contrôle de son véhicule – à mon avis, l'autre conducteur devait aller trop vite ou prendre des risques inconsidérés, on n'a pas pu l'établir – et est allé percuter le parapet ; le parapet a cédé, et la voiture est tombée dans le fleuve. Le petit a réussi à s'extirper et à nager jusqu'à la surface, mais son père et sa mère étaient coincés à l'intérieur de l'auto, dans deux mètres cinquante d'eau, à peine ; alors le garçon a tenté de les secourir ; il a plongé et essayé d'ouvrir les portières, de tirer sa mère de là, puis son père ; il a bien dû replonger ainsi une dizaine de fois jusqu'à l'arrivée de la police ; c'est vraiment épouvantable, quand on y pense, non ? Ma pauvre nièce, qui était si gentille ! Son pauvre mari ! Mais surtout, ce pauvre petit, qui a vécu un tel cauchemar ! Parce qu'il a tout fait pour sauver ses parents et qu'il a échoué...

Ici, la voix de Ginny sombra, tremblante, et elle regarda de nouveau en direction de l'escalier, sa main ornée d'une bague pressée sur sa poitrine.

– ... Les policiers ont dit qu'il divaguait et délirait lorsqu'ils l'ont trouvé. Il s'est débattu en affirmant que ses parents étaient encore vivants et qu'il allait les sortir de là. Le malheureux enfant, vous imaginez, douze ans seulement et si sensible – vous savez qu'il était doué pour la musique, il avait une très jolie voix de soprano. Et il avait également beaucoup de talent pour le dessin et la peinture ; ma nièce peignait, elle aussi, elle avait même enseigné quelque temps à Holyoke – on raconte qu'à ce moment-là Colin a vraiment basculé dans la folie, que son esprit a tout simplement volé en éclats.

Les bougies elles-mêmes semblèrent frissonner sur la table ; Dorothea sentit une bouffée de compassion et d'horreur l'assaillir, qui lui rappela aussitôt le flot noir non pas de folie, mais de consentement à la folie, à la fatalité, à l'accident, au hasard, au destin, qui l'avait engloutie et avait menacé de l'étouffer à la mort de Michel Deverell... Je sais maintenant que Dieu, aussi bien dans son principe que dans son existence, est une pure idiotie, avait-elle pensé avec beaucoup de calme.

Dans le silence qui suivit le récit de Ginny, Agnès Carpenter prit la parole, sur le ton vaguement surpris de quelqu'un qui s'était attendu à une soirée assommante et qui, finalement, ne s'ennuie pas :

– Oui, je m'en souviens. Cet horrible accident. Le petit avait essayé de tirer ses parents de la voiture submergée. C'était dans tous les journaux. Il y avait des photographies. Je m'en souviens très bien.

– Mais ce n'est pas tout, annonça tranquillement Ginny comme pour administrer un coup de grâce libérateur. Ça ne s'est pas arrêté là.

Quelques minutes plus tard, Martin regagna la table pendant que Colin, resté en haut, prenait une douche et se changeait. En entendant Ginny qui se laissait aller à de nouvelles confidences sur les malheurs de leur neveu – à la suite du décès de ses parents, on avait envoyé Colin dans un internat du New Hampshire, dont le directeur fut plus tard accusé d'avoir «abusé» de certains des jeunes garçons dont il avait la charge, parmi lesquels Colin, évidemment – il intervint sur un ton de reproche :

– Ginny, je ne crois pas que Colin serait content s'il apprenait que tu parles ainsi de lui. Il avait très envie de partir et je lui ai promis que ce serait une soirée toute simple.

— Mais il ne peut pas nous entendre, il n'en saura rien, dit Ginny.

— L'important, c'est qu'il semble beaucoup mieux que la dernière fois que nous l'avons vu, insista Martin. Il ne s'agit pas d'aller le bouleverser.

— C'est bien en cela qu'il est vraiment courageux, vraiment noble, dit Ginny avec passion, comme si Martin venait de l'encourager à poursuivre. Ce garçon a passé la moitié de sa vie dans les hôpitaux, pas exactement des hôpitaux psychiatriques, ne me faites pas dire ce que je ne dis pas, mais des cliniques de toutes sortes, où on l'a soigné pour dépression, pour anorexie et Dieu sait quoi encore. Après le scandale de l'internat — en fait le directeur s'est suicidé — Colin s'est effondré et n'a plus pu ni manger ni dormir, a refusé de parler ou de répondre à quiconque, et finalement a dû être nourri pendant quelque temps par voie intraveineuse, contre son gré. Et puis il a guéri, jusqu'à un certain point, et on l'a envoyé vivre chez des parents à Baltimore, mais pour une raison que j'ignore, ça n'a pas marché et il a dû retourner dans un internat. Au cours de ces années, nous nous sommes tous mobilisés, autant que possible, pour lui venir en aide, et puis il y a eu l'assurance, évidemment, à la suite de la mort de ses parents. De plus, certaines familles ont fait un procès à l'école du New Hampshire — comment s'appelle cet endroit, déjà, Martin ?...

— Monmouth Academy, dit Martin à contrecœur, mais je pense vraiment que tu ...

— ... et l'école a été condamnée à payer, et tout ça mis bout à bout a plus ou moins aidé à régler les problèmes financiers, mais plus ou moins seulement. Heureusement, Colin était brillant, acharné, vraiment sérieux pour ce qui est des études, du moins au départ. C'est ainsi qu'il a décroché plusieurs diplômes depuis sa sortie du lycée. Quoique je ne sois pas très sûre de ce dernier point.

Essoufflée, Ginny marqua une pause, avec un nouveau coup d'œil vers l'escalier. Il n'y avait pas de bruit, pas le

34

moindre signe de vie. Dorothea eut soudain la vision sur-réaliste du jeune homme entendant la voix un peu trop sonore de sa tante, et décidant, sur une impulsion irrésis-tible, de se venger en se tranchant la gorge dans sa salle de bains.

— Mais il a très bien réussi, ces dernières années. Vrai-ment très bien. En réalité, sa vie est assez mystérieuse. Il a obtenu un diplôme à l'école des Arts déco de Rhode Island, mais immédiatement après il a disparu. On a retrouvé sa trace au Nouveau-Mexique dans une commu-nauté de peintres, ensuite, il a fait la route à travers l'Europe sans donner de nouvelles pendant des mois, et puis un jour — tu te souviens, Martin ? — on s'est trouvé nez à nez avec lui, mais presque au vrai sens de l'expres-sion, à San Francisco, où je t'avais suivi à une de tes conventions. Il paraissait très seul et nous a dit qu'il tra-vaillait comme vendeur au porte à porte. Il n'avait pas l'air disposé à s'attarder beaucoup en notre compagnie.

Il y eut un silence.

— Et où vit-il, maintenant ? demanda enfin Hartley Evans.

— C'est bien le problème, dit Ginny, personne ne le sait précisément ! Il a passé l'été dernier en Europe, principa-lement à Amsterdam et Heidelberg ; ensuite il s'est pro-mené en auto-stop à travers l'Allemagne et l'Italie et a fait un tour je ne sais comment en Afrique du Nord ; et puis, il y a quelques semaines, il nous a téléphoné pour nous dire qu'il avait l'intention de passer à Boston en voiture, mais le soir où nous l'attendions, il n'est pas venu. Le connaissant, nous ne nous sommes pas trop inquiétés, mais Martin est quand même allé vérifier à la police ; il n'y avait rien, et bien sûr, Colin n'a jamais rappelé pour s'excuser. Et puis, ce soir, le voilà. Il est si gentil — ça se lit dans ses yeux. Tout comme la tragédie de son enfance — ça aussi on *le* voit dans ses yeux. J'aimerais qu'il nous autorise, Martin et moi, à l'aider davantage. Mais il a sa fierté. Il a vingt-sept ans, il est adulte. Oui, il a sa fierté.

35

– Eh bien maintenant, chérie, je pense que c'est suffi-sant, lança jovialement Martin.

Dorothea avait écouté le récit de Ginny avec passion, tout en s'étonnant de se sentir si bouleversée. La phrase énigmatique du philosophe lui revint en mémoire : « Les expériences horribles poussent à se demander si ceux qui les endurent n'ont pas en eux-mêmes quelque chose d'horrible. » Elle ne se souvenait pas du nom de ce philo-sophe, seulement qu'il était allemand.

Lorsque Colin reparut dans la salle à manger et qu'à nouveau on le présenta brièvement aux autres invités, il avait tellement changé d'apparence – douché, rasé, les cheveux coiffés en arrière, avec une chemise blanche et une cravate bleu marine prêtées par Martin – que Doro-thea le trouva méconnaissable. Bien que très intimidé, un peu froid, une expression maussade sur les lèvres, il finit par prendre place au bord de la table, au côté de sa tante, radieuse, et réussit même à sourire. À l'évidence, il avait faim et pourtant, il picorait dans son assiette comme un enfant difficile. Dorothea nota que ses yeux bougeaient sans arrêt pour aller d'un visage à l'autre ; elle s'imagina que, pendant quelques secondes, ils s'arrêtaient sur elle et la fixaient franchement. Il sait que nous avons parlé de lui, pensa-t-elle, mal à l'aise. *À ce moment-là, il a vrai-ment basculé dans la folie. Son esprit a tout simplement volé en éclats.*

Mais pour l'instant, il n'était pas fou du tout : énervé et gêné, mais soumis ; dans les vêtements de son oncle, trop grands pour lui, il paraissait mystérieusement vaincu. Dorothea se dit que c'était un jeune homme séduisant, presque beau, avec son long nez romain, d'une pâleur de cire à son extrémité, et sa bouche bien ourlée, comme taillée dans la pierre. Au vrai, il y avait en lui de la statue, principalement de profil ; ce profil ne rappelait-il pas quelqu'un à Dorothea ? S'il avait vécu, mon propre fils serait peut-être assis à cette même place, pensa-t-elle.

C'était une idée absolument stupide qu'elle balaya et oublia aussitôt.

D'une main hésitante, elle voulut prendre son verre mais fut surprise de constater qu'il était vide.

On abordait le sujet de l'Allemagne (sans doute parce que Colin Asch s'y était rendu peu de temps auparavant) et la discussion occupait les hommes et Hartley Evans : le phénomène politique des « deux Allemagnes », la division entre l'Est et l'Ouest (« des jumeaux ennemis », dit pensivement Charles), la croyance primitive et mystique en un destin singulier pour cette nation – et pour toute nation, quelle qu'elle soit, d'ailleurs. Martin demanda son avis à Colin et il y eut un silence pénible au cours duquel on crut comprendre que celui-ci n'avait peut-être pas suivi ; puis il leva les yeux, rentra la tête dans les épaules comme un élève récalcitrant, et livra, dans un murmure précipité, une courte analyse des plus remarquables – concise, pénétrante, intelligente. D'après ce qu'il avait observé auprès des gens de son âge, expliqua-t-il, surtout à Heidelberg où il avait étudié quelque temps, les jeunes ne voyaient pas du tout les choses sur un plan aussi démodé que celui des mythes : pour eux, l'Allemagne de l'Ouest et l'Allemagne de l'Est étaient deux nations totalement distinctes et ils se souciaient peu de savoir si elles seraient ou non réunies un jour.

– Ils sont davantage concernés par les problèmes écologiques, dit-il. Ce qui les intéresse, ce sont les missiles américains et soviétiques.

Il s'interrompit. Sa bouche se tordit bizarrement avant qu'il puisse conclure :

– Le futur. Pas le passé.

– Oh ! j'ai beaucoup de mal à croire cela, si on se réfère à ce que nous connaissons du caractère teuton ! dit Hartley Evans en gonflant ses lèvres flamboyantes dans une moue prétentieuse.

Le vin, la bonne nourriture et l'excitation de voir apparaître un jeune homme séduisant – plus évidemment séduisant, en tout cas, que David Schmidt, l'employé de courtage, à qui Ginny l'avait présentée avec insistance – avaient stimulé, libéré la jeune femme, et lui avaient coloré les joues plus encore. C'était une de ces femmes qui considèrent les rapports sociaux de ce genre comme une variante très proche des rapports sexuels et qui donc utilisent les mêmes feintes, les mêmes approches et les mêmes reparties. Mais Colin ne lui accorda qu'un bref coup d'œil, murmura quelque chose d'inaudible et retourna à son assiette pour y fouiller du bout de sa fourchette. Hélas, tel un ballon, le sujet fut repris au vol par David Schmidt qui avait passé récemment six semaines à Munich, était bien renseigné sur « la République fédérale et l'autre » et n'était pas du genre à s'abstenir lorsqu'il s'agissait de mettre sa science en lumière.

À part Colin Asch, tout le monde avait terminé la salade, tout à fait délicieuse, et on servit le fromage et du raisin ; mais Dorothea n'avait plus faim. Elle remarqua que Colin Asch avait une curieuse façon de se nourrir, un peu comme un chat malade qu'elle avait eu. La pauvre bête, atteinte d'une affection pulmonaire, on l'avait su plus tard, baissait le museau dans son écuelle et le relevait, navrée, vers Dorothea impuissante. Colin lui aussi faisait de vaines tentatives. Il portait la fourchette à ses lèvres, et prenait une minuscule bouchée, une fois sur deux, qu'il mâchait longuement, avec une sorte de dégoût qu'il ne parvenait pas à cacher.

– Quelque chose ne va pas, Colin ? Tu ne manges pas, s'écria, au retour de la cuisine, Ginny Weidmann à qui rien n'échappait.

Colin secoua la tête et bégaya que non, tout allait bien.

– La viande ? L'*agneau* ? demanda Ginny comme si quelque chose de capital était en jeu. Tu n'arrives pas à le *manger* ?

Baissant la tête, Colin émit un nouveau murmure tandis qu'une ombre de panique passait sur son visage.

— Mais en revanche, tu as mangé les légumes, n'est-ce pas, poursuivit Ginny. Oh, mon Dieu, tu es *végétarien*? Colin? C'est ça?

Colin haussa les épaules, au comble de la gêne, comme pour dire oui, ou peut-être non, et surtout : Fichez-moi la paix. Mais Ginny n'allait pas rendre les armes aussi facilement. Il avait faim, dit-elle. Il fallait qu'il mange. Il était d'une *minceur* inquiétante. On chargea Tula de faire disparaître la viande et même l'assiette contaminée par le jus (malgré les protestations de Colin) et d'en apporter une autre, pleine de légumes fumants en quantité presque comique. Le rouge qui était monté au visage de Colin était si dense qu'on aurait dit une tache de vin. Pour le libérer du regard des autres et lui laisser une chance de manger, s'il le désirait, Dorothea lança un sujet de conversation au hasard dont Charles prit le relais, mais malheureusement Agnès Carpenter, nullement découragée, demanda à Colin Asch, d'une voix où se mêlaient agressivité et coquetterie, si sa religion lui interdisait de manger de la viande ou s'il n'en mangeait pas par pure, euh, lubie?

Ce à quoi Colin ne répondit même pas, non par grossièreté, mais parce qu'il n'avait pas entendu ; alors Agnès Carpenter répéta sa question, plus fort.

— Mais vous mangez des œufs? renchérit-elle. Ou du fromage? Et vous portez du *cuir*, non? Je parie que vous avez des *chaussures* en cuir! Une *ceinture* en cuir! Ce que je trouve vraiment désagréable, chez les végétariens, c'est leur pharisaïsme ; je veux dire, on ne leur donne pas de leçons, pourquoi *nous* en donneraient-ils?

Elle fit le tour de la table du regard, comme pour y chercher un soutien.

— C'est comme ces gens qui se portent volontaires pour aider les sans-abri, qui collectent de la nourriture et tout ça, et dont la seule existence nous donne un complexe de culpabilité.

— Eh bien, dit Martin Weidmann avec un rire embarrassé et comme pour conclure sur ce sujet, ces choses-là sont très controversées, évidemment. Tout comme l'avortement ou la pollution. Qui prendra encore un peu de vin ? Jerry ? Dorothea ? Votre verre est vide.

— Alors, est-ce que vous appartenez à une secte ? insista Agnès Carpenter en scrutant Colin Asch. À une de ces religions indiennes et exotiques, avec un gourou qui roule en Rolls-Royce ? J'espère que non !

Impassible, le visage de marbre, Colin Asch dit, avec une patience que Dorothea jugea héroïque, que non, il n'appartenait à aucune secte, mais qu'il était membre de l'Association pour les droits des animaux ; et qu'il était végétarien, mais qu'il n'entrait pas dans ses habitudes de faire pression sur les autres pour qu'ils aient les mêmes croyances et le même comportement que lui.

— Et vous feriez comme moi, si vous saviez, ajouta-t-il dans un murmure.

— Si je savais ? répliqua aussitôt Agnès Carpenter. Que voulez-vous dire, si je savais ?

— Que nous sommes tous des êtres sensibles. Que tous, nous faisons partie d'une même conscience.

— Les animaux aussi ?

— Oui, les animaux aussi.

— Et en quoi consiste le... ce machin dont vous parliez...

— L'Association pour les droits des animaux.

— Oui, c'est quoi ? Vous manifestez contre les expériences de laboratoires ; vous envoyez des commandos dans les zoos ; des actions de ce genre ?

— Agnès, pourquoi ne laisses-tu pas Colin manger tranquillement ? dit Charles Carpenter, soudain exaspéré.

— Mais je lui pose seulement des *questions*. Je suis certaine qu'il sera très heureux de *s'expliquer*.

— Notre organisation part du principe que les humains ne sont pas supérieurs aux animaux, dit Colin en se lançant dans un discours hâtif, mais que les êtres humains *sont* des animaux. « Animal » n'est pas un terme péjoratif mais la simple description d'une réalité biologique. Les animaux ont une personnalité, les animaux ont des émotions et des croyances, et certains possèdent même un langage...

— Vous pensez qu'une éponge a une « personnalité » ? l'interrompit Agnès.

— Une araignée ? Une limace ? Les bactéries ? souffla à voix basse David Schmidt, pour amuser la galerie.

Hartley Evans pouffa. Jérôme Gallagher éclata de rire.

Ils n'avaient pas l'intention de se montrer cruels, mais l'effet fut immédiat et Colin se tut au milieu de sa phrase. Il abaissa sa fourchette. La laissa tomber plutôt, et repoussa son assiette. Sa bouche remuait comme si les mots se bousculaient à l'intérieur et cherchaient à sortir. Bien que Martin Weidmann affirmât énergiquement, sans perdre le ton affable de l'hôte toujours en mesure de contrôler la situation, que personne n'avait à se défendre ni à se sentir attaqué, Colin recula sa chaise, se leva et déclara d'une voix frémissante :

— L'*Homo sapiens* n'est pas la seule espèce sur terre. L'*Homo sapiens* a le pouvoir de détruire beaucoup d'autres espèces et de se détruire lui-même, mais il n'est pas la seule espèce sur terre, pas plus qu'il n'est au-dessus, ou au-delà, ou supérieur à la création, et vous le sauriez parfaitement si vous regardiez à l'intérieur de vous-mêmes, si vous faisiez un tout petit effort pour dépasser votre méprisable égoïsme humain...

— Colin chéri, assieds-toi, je t'en prie, s'écria Ginny.

— La souffrance des animaux n'est pas moindre sous prétexte qu'ils n'ont pas de langage pour l'exprimer, dit Colin avec un étrange sourire crispé. Tout comme la souffrance des enfants.

Il y eut un silence. Stupéfaite, Agnès battit en retraite et marmonna quelque chose pour calmer le jeu ; Martin répéta que personne n'attaquait personne ; Ginny, très

41

empressée, essaya de convaincre Colin de se remettre à table. Il y avait encore de la salade, plaida-t-elle, et un dessert ; il allait bien prendre un dessert, tout de même ? Une tourte aux noix avec de la crème chantilly ?

— Nous sommes d'accord pour les animaux, Colin, je t'assure, dit-elle. Les animaux ont une personnalité, les chats et les chiens par exemple, et les chevaux ; ils ont un sacré caractère, nul ne l'ignore. Assieds-toi donc, chéri. Nous te promettons que tu pourras manger en paix.

— Vraiment ! dit Colin Asch avec colère.

L'atmosphère était des plus chargées. Tout le monde s'épiait. Que s'était-il passé, et pourquoi ? Au beau milieu du silence, Dorothea parla, d'une voix singulière et lente, comme si les mots s'imposaient à elle malgré sa volonté.

— Mais les animaux mangent bien des animaux. Alors nous — je veux dire, nous en faisons autant puisque nous sommes aussi des animaux. Nous devrions certainement en avoir honte, mais la honte fait-elle le poids en face de la faim ?

Colin Asch la regarda fixement ; il la considéra long-temps. Ses lèvres étaient devenues blanches, comme une blessure d'où le sang s'est retiré.

— Oui. Vous avez raison, dit-il simplement, après un long moment.

Et, pendant quelques secondes encore, il continua de fixer Dorothea tandis que les autres, mal à l'aise, s'agi-taient sur leurs chaises.

À la fin, Colin Asch accepta de continuer son repas ; tenant parole, sa tante veilla à ce qu'il puisse terminer tranquillement. Il ne prononça plus un mot. Il ne s'inté-ressa même plus à Dorothea. Puis il s'excusa et se dirigea vers l'escalier. Il était parti. À minuit, Dorothea Deverell arrivait chez elle sans encombre et, vers minuit et quart, elle se prélassait dans son bain (car aller directement au lit, ce soir, était une chose impensable), épuisée et pour-tant étrangement émoustillée, remuée. Pourquoi s'était-elle adressée si bizarrement à l'arrière-neveu de Ginny ? Et pourquoi l'avait-il regardée avec cette intensité, les yeux rétrécis et humides, comme si la peau qui les entourait était meurtrie ? Au moment du départ, dans le hall des Weidmann, Charles Carpenter avait serré très fort la main de Dorothea avec une expression de tendresse, d'affection, et avec aussi un intérêt flatteur. Pourquoi était-il incapable de s'exprimer autrement que par des plaisanteries ou des banalités ? Elle supposait qu'il appellerait dans la matinée, comme à son habitude, et elle savait d'avance ce qu'ils se diraient. *Je t'aime, tu sais. Oui – et moi aussi.* Il poserait des questions sur ce détestable Roger Krauss et sur sa « campagne » contre Dorothea et, avec une grimace, elle lui affirmerait que ce n'était rien, vraiment ; rien du tout, sincèrement ; M. Morland ne lui avait-il pas virtuellement promis son poste lorsqu'il s'en irait... ?

(Mais peut-être intenterai-je un procès à la Fondation, après tout, se dit-elle, amusée. Comme me l'a suggéré mon ami avocat, M. Gallagher. Pourquoi pas ? Qu'est-ce que j'ai à perdre ? Ma précieuse « féminité » ?)

Dans son bain, un peu ivre à présent, Dorothea inhalait la chaude vapeur aux senteurs de narcisse ; il lui sembla que le téléphone sonnait dans la pièce à côté mais c'était évidemment impossible. Jamais Charles n'oserait l'appeler à pareille heure, ce n'était pas dans son caractère.

Quand avaient-ils fait l'amour pour la dernière fois, comme de vrais amants ? Il y avait plusieurs semaines. En septembre. Dans le chaste lit en rotin de Dorothea, entouré de son chaste papier peint Laura Ashley. *Je t'aime, tu sais. Oh ! oui ! – et moi aussi.* Il y avait quelque temps qu'ils n'avaient pas parlé mariage, même pour se mettre mutuellement en garde contre la chose. Ils n'avaient pas non plus évoqué Agnès Carpenter, si ce n'est de façon très générale.

Dorothea se détendait voluptueusement dans l'eau odorante et chaude, notant paresseusement que ses seins, ses seins crémeux et inutiles, flottaient doucement, comme des ballons, et que le buisson sombre entre ses jambes, rugueux au toucher, demeurait invisible sous la surface savonneuse. Elle étira ses longues jambes, poussa du bout des orteils contre le rebord de la baignoire. *Je t'aime. Son esprit a tout simplement volé en éclats.* Le monsieur à qui Ginny Weidmann l'avait présentée ce soir lui avait demandé s'il pourrait l'appeler la semaine prochaine ; serait-elle disposée à dîner en ville, ou à aller au concert ? Elle était restée vague et polie, un peu hypocrite aussi. Oui, merci. Peut-être. Un de ces jours.

Elle s'assoupissait dans le bain. La journée avait été tellement longue.

Le visage d'un jeune homme apparut tout à coup : décidé, audacieux... les yeux durs, avertis. Pas un jeune homme du genre humain mais un ange : un farouche archange guerrier, peut-être échappé de la main de Michel-Ange, et soufflant dans sa trompette du jugement dernier, les joues gonflées et le front douloureusement plissé. Son prénom était Colin. Il l'avait regardée, devant les autres. Mais quel était son nom de famille ? Elle avait trop sommeil pour s'en souvenir.

2

Colin Asch s'était déjà trouvé dans l'obligation de tuer mais jamais avec une telle indifférence. Ni avec aussi peu de préméditation.

Un XXX très net, devait-il noter dans le Registre bleu de son écriture appliquée, *vierge de tout désir.*

Tout s'était passé très innocemment. Un simple enchaînement de faits indépendants de sa volonté. Il avait quitté Sea Breeze Village tôt dans la matinée du 10 novembre et, à la sortie de Fort Lauderdale, il avait emprunté la I-95 juste au sud de Daytona Beach au volant de la Mustang rouge à toit ouvrant que la femme lui avait donnée. Elle ne risquait pas d'aller se plaindre à la police pour la récupérer. Restant à la modeste vitesse de cent dix kilomètres à l'heure à laquelle il avait coutume de rouler, il remarqua bientôt sur la file de droite, légèrement devant, une voiture qu'il crut d'abord identique à la sienne, un coupé deux portes rouge vif, en bon état malgré les traces de rouille sur les pare-chocs, mais qui était en fait une Toyota de la même année. Ce qui attira surtout son attention, c'était qu'elle avait elle aussi un toit ouvrant, *que ce toit était en partie ouvert et qu'une main en sortait dont les doigts remuaient pour le narguer.*

À moins qu'il ne s'agisse d'un signal ?

(Sans retenue ! Avec des voitures tout autour ! Et la police de la route de l'État de Floride qui patrouillait dans ses véhicules banalisés !)

La première réaction de Colin fut de freiner, de ralentir, et de laisser la Toyota filer devant. Parce que cette main sans corps (c'était celle du conducteur : il n'avait qu'une seule main sur le volant) était si gênante, dressée en l'air de la sorte ; l'œil est irrésistiblement attiré par un tel spectacle, sans même qu'on le veuille. Regarder cette main en conduisant, la contempler, c'était dangereux ; et s'il allait avoir un accident ? Par nature et par choix, Colin était de ces gens qui ne reculent pas devant le danger mais qui ne le recherchent pas pour autant. *Cependant, si c'était une provocation ou un signal, quelle attitude devait-il adopter ?* Il ralentit, mais cela ne servit à rien : la Toyota fit de même. Et la distance entre les deux voitures demeura inchangée.

– Pourquoi est-ce qu'ils ne me laissent pas tranquille ? dit-il à haute voix, au bord des larmes.

Il avait de l'argent liquide sur lui, presque 1 000 dollars en coupures diverses, donc non identifiables, donc propres et purs, mais il avait aussi des cartes de crédit. Et d'autres choses, encore, dans le coffre de l'auto.

Dans de telles circonstances, il s'agit de rester sur ses gardes. Il faut être vigilant jusqu'au bout des ongles.

La Toyota de la file de droite était la jumelle miroir de sa voiture, et à l'intérieur il y avait un conducteur (un homme, seul) qui sortait la main avec arrogance par le toit ouvrant, serrait le poing, agitait les doigts. Ça voulait dire quoi ? Est-ce que ça s'adressait personnellement à Colin Asch ou tout simplement au conducteur de la Mustang rouge de 87 ? Ça pouvait aussi être un signal de pédé, se dit-il. Il voulut accélérer pour se dégager, mais cette main surgie du toit était *si dérangeante, si insultante, si dangereuse qu'il renonça.* Une soudaine panique venait de s'emparer de lui et il craignait de perdre le contrôle de la voiture.

Mais il se ressaisit. Intérieurement, il avait conservé tout son sang-froid ; il avait la possibilité d'entrer dans la

Chambre bleue et de respirer son air frais et engourdissant ; il allait devenir inaccessible. N'avait-il pas beaucoup impressionné le Dr X... (le dernier en date de ses innombrables psychiatres, psychothérapeutes, conseillers spirituels, etc.) avec sa personnalité « intégrale » ? Sa maturité ? Son bon optimisme tempéré par un excellent sens des réalités ? Cette façon de regarder droit dans les yeux (c'est si important d'avoir un contact visuel avec les salopards) qui signifiait intelligence, patience, humour ? À quoi ça rime de prendre des risques ? Et les cartes de crédit, dont l'une pour le magasin Neiman-Marcus de Palm Beach, avec un nom qui n'avait rien à voir avec le sien. Et ce qu'il y avait dans le coffre, qui *lui* appartenait de droit. Tout cela était quand même périlleux.

Au nord de Daytona Beach, à environ cinquante kilomètres de Jacksonville, le conducteur de la Toyota sortit et se dirigea vers une aire de repos. Colin Asch le suivit. Depuis quelques minutes, la provocation de la main sans corps avait cessé mais les faits étaient établis. Pour se préparer, il avait sifflé intégralement, sans manquer une note ni un soupir, le langoureux premier mouvement de cette célèbre sonate de Beethoven connue sous le nom de « Clair de lune ». Un titre sentimental et insipide dans lequel Beethoven n'était pour rien. Mais qu'on avait gardé.

Soudain, il le vit, le conducteur de la Toyota : taille moyenne, corpulence moyenne, cheveux noirs drus, lunettes, une allure de prof, barbe taillée court, veste en serge de coton, jeans... Pas même un coup d'œil en direction de Colin quand celui-ci rangea sa Mustang juste à côté de sa voiture. Les nerfs solides. Il avait fermé sa portière à clé et se dirigeait vers les toilettes des hommes.

Le pare-chocs arrière de la Toyota arborait un autocollant : LES ANIMAUX SONT DES HUMAINS COMME LES AUTRES. Qu'est-ce que cela voulait dire ? Était-ce un jeu de mots ? Colin Asch avait horreur des jeux de mots d'autocollants de pare-chocs ; c'était fait pour vous troubler l'esprit. La

Toyota était immatriculée dans le District de Columbia et avait une vignette de parking de l'université de Georgetown. Des livres, des brochures et quelques vêtements étaient éparpillés sur le siège arrière. Tout en s'étirant et en bâillant comme s'il était éreinté, Colin Asch étudiait minutieusement l'aire de repos : pratiquement déserte, à part une familiale de l'Iowa, une caravane de l'Ontario et un diesel qui n'avait pas arrêté son moteur, à l'autre bout. L'endroit puait l'humidité et la solitude.

Discrètement, Colin essaya d'ouvrir la porte passager de la Toyota, mais elle était verrouillée. Et le toit ouvrant aussi était fermé.

Dans les toilettes des hommes et leur puissante odeur de désinfectant, il engagea la conversation avec le conducteur à propos de l'autocollant du pare-chocs – ça signifie quoi *les animaux sont des humains comme les autres ?* – et le jeune homme dit qu'il militait dans une organisation appelée Association pour les droits des animaux ; l'autocollant était juste une sorte de jeu de mots, ajouta-t-il sans se faire prier, mais sans non plus s'étendre sur le sujet. Colin dut poser encore une ou deux questions pour apprendre que cette organisation regroupait des amis des animaux, des protecteurs de la nature, des philosophes (platoniciens) et des avocats ; leur but était de «définir» et de «protéger» les droits des animaux, de dénoncer les comportements inhumains de notre société envers eux et les abus commis tous les jours, expliquat-il, *et il se comportait exactement comme s'il n'y avait jamais eu ce signal entre eux.* Colin joua lui aussi l'innocence, approuvant de son délicieux sourire de petit garçon, ses yeux couleur de feuilles mortes, aux cils magnifiques, plantés dans ceux d'un brun boueux très ordinaires de l'autre derrière les verres de ses lunettes. Deux jeunes mâles se jaugeant l'un l'autre. Mais ils étaient dans un lieu public et quelqu'un pouvait entrer à tout moment.

Ce type était un pédé qui ne voulait pas se l'avouer ? Ou alors Colin n'était pas son genre ?

À moins que ce ne soit tout à fait autre chose ?

L'ami des animaux, professeur de philosophie à Georgetown, avait peut-être trouvé étrange que Colin Asch fût captivé par leur conversation au point de le suivre hors des toilettes sans en avoir usé, mais il n'en laissa rien voir, probablement séduit par la sincérité de son adhésion et ses protestations improvisées contre la façon répugnante dont les hommes traitaient les bêtes promises à la boucherie et torturaient dans les laboratoires au nom de la Science avec des arguments tordus à la Jeremy Bentham (c'était bien Bentham ? Un de ces utilitaristes bornés ?) : pas de droits sans lois, car les lois morales, les lois naturelles n'existent pas, seules comptent celles qui ont été transcrites par l'homme dans le cadre étroit de la politique. Cette diatribe prit l'interlocuteur de Colin par surprise. Il se détendit et se mit à discuter avec chaleur comme s'il venait de retrouver un vieil ami ou même un frère. C'était généralement l'effet que produisait Colin sur les gens lorsqu'il s'en donnait la peine.

L'homme s'appelait Lionel Block ; ils se serrèrent la main. Colin parut très intéressé par la littérature de l'Association pour les droits des animaux, remercia gentiment Block qui lui offrait une brochure («Métaphysique de la conscience chez l'animal» de Lionel Block), et resta auprès de la Toyota à feuilleter les pages pleines de photographies d'animaux brûlés, écorchés, mutilés... et même de bêtes sauvages qui avaient dévoré leurs propres pattes pour se libérer des pièges. Block parlait mais Colin ne l'écoutait pas. Il avait les yeux remplis de larmes de douleur et de colère.

— Rien ne les arrête, hein, les gens comme vous ? articula-t-il lentement.

Il y eut un silence soudain. Colin sourit à Lionel Block qui fronçait les sourcils comme s'il n'avait pas entendu.

49

Très haut, dans le ciel, un avion passa. Sur la route, le flot de voitures s'écoulait toujours. Au fond, le diesel s'en allait, se mettait en branle bruyamment, comme une bête préhistorique. La familiale n'était plus là, la caravane non plus.

— Ce signal que vous faisiez sur la route, ça voulait dire quoi ? dit Colin.

— Un signal ? Quel signal ?

— Avec votre main. Vous savez bien. Par le toit ouvrant de votre voiture.

Block remonta ses lunettes sur son nez, avec un regard de totale incompréhension. Ses cheveux, désordonnés et crépus, se dégarnissaient sur le devant ; après tout, il était un peu plus âgé que Colin. Lorsqu'il demanda à nouveau «Quel signal ?», Colin lui montra le geste, de la main droite, en agitant les doigts. Block regarda.

— Je ne faisais pas de signal, dit-il. J'essayais juste de rester éveillé.

— Éveillé ?

— L'air froid, le vent. C'était juste pour m'empêcher de somnoler, expliqua Block, mal à l'aise. Quand je suis seul en voiture, je me laisse hypnotiser par la route, alors, parfois il faut que j'ouvre un peu le toit. C'est idiot.

Colin lui sourit tranquillement, comme s'ils partageaient quelque sous-entendu secret.

— Alors, c'était ça, dit-il. Pendant des kilomètres, j'ai cru que vous faisiez un signal.

Ils s'observèrent. L'aire de repos était déserte, trop à l'écart de l'autoroute pour qu'un conducteur puisse voir ce qui s'y passait. À tout instant, pourtant, quelqu'un pouvait s'y engager et venir se garer à quelques mètres d'eux et cette idée ne déplaisait pas à Colin, d'une certaine façon. Ça le maintenait en alerte. Il avait la boucle de fil de fer toute prête dans la poche droite de son blouson, et il y glissa la main pour la caresser. Il fit un clin d'œil, sourit et déclara :

– Vous vous êtes certainement moqué de moi ! Vous avez joué avec *moi* ! Pour que je me méprenne ainsi.

Block se mordit les lèvres, et essaya de rendre son sourire à Colin, mais sans grand succès. Ses yeux le trahissaient, c'était les yeux de quelqu'un qui avait peur.

– Eh bien oui, dit-il. On dirait que vous vous êtes mépris. Je suis désolé.

Il se frotta vivement le nez de ses doigts boudinés, et une chevalière d'or brilla à sa main gauche.

– Maintenant excusez-moi, ajouta-t-il, mais il faut que je parte.

– Vous savez que c'est très troublant, ce genre de choses. À grande vitesse. De faire des signaux aux autres conducteurs et de les déconcentrer.

– Mais je ne faisais aucun signal ! Seigneur Jésus ! Je ne pensais pas que quelqu'un me voyait. Ou alors, même si on me voyait – Block avala péniblement sa salive à mi-phrase – que ça pouvait être gênant.

– C'était un faux signal, alors, s'exclama Colin gaiement. Une fausse alerte.

– Si... si vous voulez.

– C'est ce que vous venez de dire, non ?

Colin se tenait immobile, la tête légèrement penchée, comme s'il se préparait à un combat. Ses longs cheveux étaient retenus sur sa nuque par un catogan, mais quelques mèches s'en étaient échappées et lui balayaient le visage. Il les chassa nerveusement ; il ne supportait pas les cheveux sur sa bouche, ni les siens ni ceux des autres. Puis il replongea la main dans sa poche et retrouva le fil de fer. Il avait bien un cran d'arrêt de quinze centimètres dans sa poche intérieure, et puis aussi, dans le coffre de l'auto, le petit .38 Smith et Wesson très court de la femme, mais ce matin, ce serait le fil de fer, le nœud coulant.

– Personne n'aime qu'on se fiche de lui, dit-il doucement.

– Mais personne ne se fiche de personne, bégaya Block. Je suis vraiment désolé que vous ayez cru ça.

Il aurait bien avancé vers sa voiture, en bousculant Colin Asch, mais le courage lui manquait. Ils n'en étaient pas arrivés aux mains, jusqu'ici.

— Écoutez, essaya-t-il de raisonner. C'est insensé, non ? Vous plaisantez ? Ou alors, vous êtes fou ? Je vous assure que je n'avais aucune intention de... si c'était un signal, si ça ressemblait à un signal secret, je jure que je ne m'en rendais pas compte. Je n'ai jamais entendu parler d'une chose pareille. Vous me croyez ? J'ai fait ça en parfaite innocence ! Et jamais non plus je n'ai voulu rester à votre hauteur sur la route.

— D'accord, dit Colin en hochant la tête. Mais dites-moi, pourquoi m'avez-vous choisi ? Je veux dire, pourquoi moi ? Comment avez-vous su ?

— Écoutez, je vais crier au secours. Je vais appeler la police, si vous ne me laissez pas passer.

Un filet blanc apparut autour de ses sombres pupilles dilatées. Sa respiration devint bruyante. *À ce moment-là*, devait écrire plus tard Colin dans son Registre, *il sembla avoir conscience de son erreur et qu'il n'y aurait pas d'échappatoire.*

Pourtant, la discussion se poursuivit. Colin dit que Block n'irait nulle part avant de s'être expliqué, et Block continua à affirmer qu'il n'y avait rien à expliquer ; Colin demanda ce que signifiait ce signal, et comment il avait su qu'il se trouvait dans la voiture derrière lui, *comment il avait pu le savoir alors que Colin lui-même l'ignorait.* Il serrait le fil de fer, calculant le mouvement qu'il devrait faire, s'observant de loin, ou plutôt, spectateur d'un film, comme si tout était déjà advenu. S'il avait tenté de se défendre, Block aurait sans doute eu le dessus, mais, comme la plupart des hommes dans son genre (Colin connaissait bien ce genre), il ne tenterait rien, terrorisé par le premier inconnu qui le regardait bizarrement et lui disait des choses inhabituelles. Et, en effet, Block baissait les bras, cherchant vaguement de l'aide autour de lui sans

52

quitter Colin des yeux. Mais de l'aide, il n'y en avait pas. Personne ne viendrait. D'un ciel incertain de grosses gouttes de pluie tombèrent mollement, irrégulièrement, tachant l'asphalte et les deux voitures rouges assorties. D'une voix brisée, Block demandait : «Laissez-moi tranquille. J'appelle la police» et Colin répondait : «Mais mon vieux, je veux seulement que vous me disiez pourquoi, parmi tous les automobilistes qui roulaient sur cette autoroute, vous m'avez choisi *moi*, pourquoi *moi*? » et Block dit : «Mais je ne vous ai pas choisi» et Colin dit : «Pourquoi? Pour ça? Pour maintenant? Pour ce que vous m'obligez à faire?» et Block s'affola enfin et cria : «Mais qu'est-ce que je vous oblige à faire?»

Quatre jours plus tard, le 14 novembre, en fin de soirée, Colin Asch se présenta chez les Weidmann, à Lathrup Farms, Massachusetts. Il était au volant de la Mustang rouge de 87. Négligé et épuisé, il n'avait rien mangé depuis longtemps. Il ne s'était lavé que les mains et n'était pas rasé. Il avait pensé s'arrêter à Baltimore (où, par culpabilité ou par crainte, en tout cas sans enthousiasme, on l'aurait certainement reçu) mais décida finalement de poursuivre sa route. Au nord, en direction de New York et du Massachusetts. Vers Boston. Il se dit que c'était plus sage, étant donné les circonstances. Bien sûr, personne ne le pincerait jamais, mais l'éloignement ne gâtait rien.

Il avait promis à sa tante Ginny de passer la voir, un jour. Elle l'aimait bien et s'occuperait de lui, et même si elle se mettait à poser des questions embarrassantes, il saurait s'en tirer. Avec le mari, pas de problème non plus. Il ne manquait pas d'argent – il avait environ 1 075 dollars dans son portefeuille – mais enfin ça ne durerait pas éternellement et il était fatigué, soudain si fatigué. Pendant des jours, la sensation de bien-être l'avait tenu debout, mais maintenant elle l'avait quitté, comme toujours, telle l'eau aspirée dans le trou d'un évier, et il arrivait à Lathrup Farms, devant la maison de sa tante, avec la certitude qu'elle allait l'accueillir.

– C'est une des rares personnes qui croient en moi, dit-il tout haut, comme s'il avait un passager.

Et c'était vrai. Les autres fils de putes n'espéraient qu'une chose : qu'il commette une erreur, pour l'enfermer à nouveau dans un hôpital. Mais sa tante Ginny l'aimait et avait confiance en lui ; elle l'avait même hébergé quelque temps après le scandale du collège, quand on avait retrouvé M. Kreuzer mort et tout. Penser à elle l'aidait, en quelque sorte, à oublier son âge réel et à revenir (comme dans un rêve) des années en arrière. Mais après tout, cela restait très subjectif.

Dans le Registre bleu où il rendait compte de sa vie, il avait juste noté, à propos de ce qui s'était passé en Floride, B.L. 781011 Alf., en intervertissant les initiales et les numéros pour le cas où quelqu'un viendrait à le lire. Colin savait qu'il existait des décrypteurs de codes professionnels qui travaillaient pour la police et le FBI, mais ça ne l'inquiétait pas le moins du monde. Pour déchiffrer votre code, il faut d'abord mettre la main sur votre code. Et mettre la main sur vous.

Les Weidmann avaient des invités, bien installés autour de la table de la salle à manger. Mais tout s'interrompit pour accueillir Colin dès qu'il apparut à la porte. Sa tante se conduisit comme si elle l'attendait depuis des semaines, le prit dans ses bras, s'affaira. De puissantes vagues de timidité et de plaisir alternèrent en lui, lui empourprant les joues.

Ginny Weidmann était une femme forte, douce et parfumée, assez belle pour son âge – elle devait avoir la cinquantaine, pensait Colin – avec un visage clair, maquillé, et des yeux intenses. Le genre de femme qui garde une marque sur la peau quand on lui serre le bras. Mais observatrice et loin d'être idiote : elle essayait de deviner son degré de faim, de fatigue, et elle aurait bien aimé savoir où il avait passé les derniers jours. Elle remarqua même les traces sur ses mains, des éraflures rouges et profondes.

– Oh ! Colin, mon Dieu ! que t'est-il arrivé ? Et où étais-tu ? dit-elle en le grondant presque, comme s'il était beaucoup plus jeune.

Elle l'envoya en haut se doucher et se changer ; son oncle Martin était un chic type et il le prit en main – voici la salle de bains, et dans ce placard tu trouveras des chemises et de tout ; tu choisis ce que tu veux, promis ? – et Colin, un peu suffoqué, promit. Cet accueil lui mettait les larmes aux yeux.

– Ils savent qu'ils peuvent me faire confiance – ils ne sont pas comme les autres, murmura-t-il lorsqu'il se retrouva seul sous la douche, le visage offert à l'eau chaude et picotante.

S'il avait débarqué chez son oncle de Baltimore, le vieux salaud l'aurait fichu dehors une fois de plus. Poli comme il l'avait été avec les Weidmann, Colin aurait dit : Je m'en vais. Je ne veux pas vous déranger, et la vieille ordure aurait sauté sur l'occasion. C'était la raison pour laquelle il n'était finalement pas allé à Baltimore. Ou l'une des raisons.

Il y avait bien six ou sept ans que Colin n'était pas venu chez les Weidmann, mais il se souvenait très bien de la maison. D'une certaine manière, il avait une mémoire photographique. D'après ce qu'il avait lu et ce qu'on lui avait expliqué, il avait compris que son esprit était un peu hors du commun. Ainsi, des choses enfouies remontaient à la surface, dans les moindres détails. C'était le cas pour cette maison pleine d'antiquités qui sentait l'argenterie frottée. Les fleurs fraîchement coupées. L'argent.

Il avait été question que les Weidmann recueillent Colin après l'accident qui avait coûté la vie à ses parents et à nouveau plus tard, après l'affaire de Monmouth

Academy, sa dépression et son hospitalisation. Mais leurs enfants, un garçon et une fille dont Colin avait oublié les prénoms, s'y étaient opposés. Ils étaient jaloux de lui et prétendaient qu'il les terrorisait. Les petits salopards.

– Mais maintenant j'y suis, ici.

Il profita au maximum de l'eau chaude, du savon parfumé, du shampooing onctueux. C'était bien naturel qu'ils fassent ça pour lui – il était de leur famille, après tout. Il se rinça les cheveux et fut surpris de leur longueur. Il ne faudrait pas qu'on aille le prendre pour un pédé de hippie. Il se sécha avec une serviette grande comme un drap de plage, puis se rasa avec un rasoir déniché dans l'armoire à pharmacie. Il devait aller lentement parce que ses mains tremblaient légèrement et il n'avait pas envie de se couper. Dans le miroir, il voyait son expression méfiante. Il avait toujours été conscient de sa beauté. Un ange nordique, comme l'appelait M. Kreuzer sur un ton où se mêlaient moquerie et convoitise. Mais la beauté, on peut la perdre très rapidement, il le savait bien ; en quelques mois, en quelques jours, en une heure parfois. Il avait les yeux cernés, même dans cette lumière crue, et le blanc tout injecté de sang comme s'il n'avait pas dormi depuis longtemps. (Pour ce qui était de dormir, il ne se souvenait pas très bien. Il avait dû s'accorder un peu de sommeil dans la voiture, à l'écart de la route, le .38 dans la main.) Ici, ils allaient le nourrir, veiller à ce qu'il se repose et retrouve son équilibre. C'était des braves gens, les Weidmann : surtout Ginny. Si seulement elle voulait bien essayer de ne pas en faire trop.

Il avait mal aux mains à l'endroit où le fil de fer s'était incrusté. Sur le moment, il n'y avait pas prêté attention, trop concentré sur la conduite, agrippé au volant. Il n'avait pas voulu utiliser des gants parce que la boucle, c'était déjà très délicat à mains nues. Il pensait aux chirurgiens, à leur adresse manuelle : ils doivent porter des gants extra-fins pour pouvoir garder la sensation du toucher avec leurs instruments si précis. Mais alors, si la membrane se déchire et que le sang du malade s'infiltre à l'intérieur, là, il y a danger de sida. Sans le sida, il aurait bien étudié la médecine pour devenir chirurgien. On a le don de naissance, c'est sûr, ou on ne l'a pas. Comme le talent pour la musique, que Colin possédait aussi, quand il était petit.

– C'est si *injuste,* merde.

Il n'aurait pu dire ce qui était injuste mais il le ressentait douloureusement, tout comme il savait qu'ils étaient en train de parler de lui, au rez-de-chaussée, de sa vie «tragique», etc., à grand renfort de hochements de tête et de banalités. Si les Weidmann allaient trop loin avec ces conneries, ils le regretteraient.

Ça le faisait vraiment braire que son oncle Martin (qui n'avait d'ailleurs aucun lien de sang avec lui) tienne pour acquis qu'il n'avait rien à se mettre. Prends ce que tu veux, ce qui peut à peu près t'aller, avait dit ce vieux foireux en lui tapotant l'épaule de sa grosse paluche, comme s'il en avait le droit. Il était peut-être bien pédé, lui aussi, comme l'autre emmanché de l'aire de repos. À cet âge, ils tâtent de tout.

Et donc Colin, le cœur battant soudain un peu plus fort, choisit une chemise blanche ordinaire en coton et une cravate bleu marine toute simple. La chemise était trop grande au cou et aux épaules, mais ça lui plaisait bien, d'une certaine façon, d'avoir des vêtements un peu larges. Ça accentuait ses airs de petit garçon. Toujours il serait jeune, et toujours on lui donnerait moins que son âge. Il aimait beaucoup cette idée ; il y voyait un atout.

Il s'assit au bord du lit des Weidmann pour enfiler des chaussettes de soie noires. Dingue ! Quelques jours plus tôt, il était sur la plage de Lauderdale, ses cheveux graisseux lui venant dans la bouche, et maintenant il atterrissait ici ! La chambre des maîtres était spacieuse, haute de plafond, tapissée de satin vert, moquettée de blanc, avec des meubles immenses – grand lit à baldaquin, grand bureau, grand miroir en pied. Il aurait bien fouillé un peu, mais il n'avait pas le temps, ils l'attendaient en bas ; et puis il avait faim. Dans le coffret de son oncle, il trouva une paire de boutons de manchettes en or et onyx qu'il glissa dans sa poche ; et dans la boîte à bijoux de sa tante, il prit aussi des boucles d'oreilles en or et diamants, en se disant qu'avec tout ce que possédaient les Weidmann – et bien sûr les bijoux de valeur de Ginny devaient être enfermés dans un coffre-fort – ça ne leur ferait pas défaut. Dans un placard, il dénicha aussi le sac de sa tante, l'un de ses sacs, un Gucci de cuir rouge, en tira le portefeuille et y préleva quelques billets : deux de dix, un de vingt, un de cinq. Ça non plus, ils ne s'en apercevraient même pas, avec tout ce qui restait. Et bien sûr, elle avait des cartes de crédit, la salope. Elles en avaient toutes.

– Vous me devez bien ça. Tas de pourris.

En bas, il pénétra dans la salle à manger comme on entre en scène : il perçut l'électricité de l'air ; sa seule présence produisait des étincelles. Ginny, avec sa grande gueule, et sans doute Martin aussi, avaient dû leur brosser son portrait et maintenant, le visage grave, tous ces trous du cul le regardaient comme une bête curieuse, *lui*, Colin Asch. Mais il fit le gentil, car tout le monde aime les garçons doux et timides, n'est-ce pas, les garçons qui se taisent, avec des petites mines d'*orphelins*. Et, pour une raison inconnue, si ce n'est qu'il avait feuilleté ces brochures sur le siège arrière de la Toyota, il se sentit très proche de ces animaux sacrifiés, les pattes broyées dans des pièges, de ces poulets au bec arraché, de ces bêtes ligotées sur les tables de dissection, de ces singes à la boîte crânienne sciée en deux – *Seigneur, quel monde de souffrance ! Pourquoi Dieu autorise-t-il des choses pareilles ?* – et alors, en prenant sa fourchette, il lui sembla qu'il était devenu une de ces personnes qui ne peuvent pas manger de viande, et il fallait qu'ils le sachent,

58

les autres. En quelques secondes, le goût et même l'odeur de l'agneau rôti lui soulevèrent le cœur.

Il y eut tout un micmac, sa tante se lamentant et envoyant la fille noire chercher une assiette propre. Tout en affichant de la gêne, Colin était aux anges. Ces fils de putes qui le reluquaient avec des airs supérieurs, qui avaient pitié de Colin Asch.

Il les enregistra un à un. Il s'appliqua à retenir leurs noms – sa mémoire immédiate était stupéfiante quand il s'en donnait la peine.

La femme la plus jeune s'appelait «Hartley». Une trentaine d'années, le genre petite fille bien élevée, des cheveux noirs rutilants, la frange au ras des sourcils, une bouche écarlate et charnue qu'il imagina bien en train de le sucer, et avec compétence; et très prochainement. «Charles Carpenter», des manières rondes mais sans doute un connard aux vues étroites et au cœur de pierre, quarante-cinq-cinquante ans, avocat, prospère. Sa femme «Agnès», une pocharde au doux visage ravagé, les paupières tombantes, avec trop de bijoux qui créaient une sorte de lueur minérale, mais chez qui Colin débusqua quelque chose d'amer et d'agressif qui attendait son heure. Après, il y avait un type de son âge, peut-être un ou deux ans de plus, «Schmidt», avec une tronche de juriste ou d'agent de change, au costume étudié, plein d'avenir, suffisant, essayant d'impressionner les autres (essayant d'impressionner «Hartley») avec ses foutaises sur l'Allemagne de l'Ouest. Et encore un autre homme dont Colin n'avait pas compris le nom – il faudrait qu'il se renseigne avant la fin de la soirée – le visage fermé, chauve à part deux touffes grises au-dessus des oreilles, nerveux, triste, le cœur lourd, Colin le voyait bien, ou le sentait bien, la cinquantaine, peut-être plus. Et puis, la plus normale de tous était une femme nommée «Dorothea Deverell», une amie de sa tante, peau crémeuse, grands yeux intelligents et observateurs, tranquille, d'un âge difficile à évaluer mais qui devait tourner autour de trente-cinq ans... à qui lui faisait-elle penser ? Ses cheveux étaient tirés en arrière et pris sur la nuque dans une barrette en écaille. Elle le regardait avec intensité, mais aussi, se dit-il, avec respect. Il considéra que ce devait être une personne bien, dotée d'une âme douce, franche et généreuse. Cette conviction illumina son esprit comme une étoile filante et son sang se réchauffa. Dans la nuit, il noterait dans le Registre bleu : *Je crois, mais bien sûr, je n'en suis pas certain.*

Sans doute, cette impression ne se serait-elle jamais concrétisée si cette femme, un peu plus tard, n'avait pas parlé d'une façon si étrange et si... pertinente. À lui. Devant tout le monde.

Comment ça s'était passé exactement, il ne s'en souvenait plus, le soir, au moment de rendre compte de l'incident dans le Registre bleu. Agnès, la femme de Carpenter, lui avait posé des questions sur les végétariens, lui avait demandé s'il appartenait à une secte, allant presque jusqu'à l'insulter – c'était vraiment dingue, l'hostilité de cette garce, *sans raison si ce n'est le plaisir de nuire,* ce que Colin pouvait très bien comprendre, mais pas forcément apprécier, pas plus que d'être tourné en ridicule devant un public comprenant une fille appétissante avec des yeux et une moue, et Mlle Deverell que cette attaque semblait blesser – mais il sut rester impassible. Pas une seconde il ne se troubla, ne bégaya ni n'aborda un sujet qu'il aurait pu regretter. En réalité, plus Mme Carpenter était odieuse, plus Colin se montrait aimable ; ils avaient une sorte de rythme en commun, on aurait dit qu'ils exécutaient un pas de deux, ou qu'ils s'étaient mis à baiser : peut-être la raison pour laquelle Mme Carpenter n'arrivait pas à s'arrêter ? Lorsque Colin se dressa enfin, il ignorait complètement ce qu'il allait dire ; les mots s'échappèrent tout seuls de sa bouche : « La souffrance des animaux n'est pas moindre sous prétexte qu'ils n'ont pas de langage pour l'exprimer. Tout comme la souffrance des enfants. »

Ça les cloua. Ça les cloua ! La Carpenter dut battre en retraite, réalisant qu'elle avait été trop loin. Les autres balancèrent des trucs, pour essayer de sortir de ce pétrin, et cette grosse vache de Ginny Weidmann qui voulait absolument le prendre par le bras, comme si elle en avait le droit. «Nous sommes d'accord, Colin, je t'assure», qu'elle bavait. «Assieds-toi, chéri. Nous te promettons que tu pourras manger en paix.»

– Vraiment ! dit Colin en se dégageant.

Et il pensait : Allez tous vous faire foutre.

C'est à cet instant, dans le silence électrique, que la femme Dorothea Deverell parla. Une étrangère qui percevait pourtant clairement la détresse intérieure de Colin Asch. Elle prononça *d'une voix réfléchie et mystérieusement calme* des paroles hautement consolatrices : «Mais les animaux mangent bien des animaux. Alors nous – je veux dire, nous en faisons autant, puisque nous sommes aussi des animaux. Nous devrions certainement en avoir honte, mais la honte fait-elle le poids en face de la faim ?»

Colin la regarda à travers une brume rougeâtre. Comme ses paroles étaient bizarres, inespérées ! Et c'était à lui qu'elles étaient adressées ! Elles lui transperçaient le cœur !

Jamais encore de sa vie il n'avait ressenti une chose pareille.

Enfin Colin put, dans la dignité, reprendre sa place et son repas : et il avait une faim de loup. Plus tard, dans la chambre que ces gens délicieux avaient mise à sa disposition, il avait relaté de son mieux la scène dans le Registre bleu, malgré son épuisement et son énervement. *Les animaux aussi mangent des animaux.. Nous... je veux dire... Même la honte ne suffit pas.*

Une belle femme. «Dorothea Deverell». Une étrangère pour Colin Asch, *et qui pourtant le connaissait inexplicablement* ; qui savait à quel point il avait besoin qu'on le comprenne, qu'on l'aime, qu'on le console. *Le cœur du problème, c'est que la faim sanctifie !* écrivit-il.

Une vérité toute simple, et il avait fallu que ce soit une inconnue qui la lui révèle, de peur qu'une fausse culpabilité ne vienne contaminer son âme.

Ainsi, Colin Asch, qui avait une nature itinérante – ou faut-il dire errante ? – et qui, agité jusqu'à la moelle des os, semblait prendre exemple sur le soleil et ne jamais s'arrêter, s'accorda-t-il une pause chez les Weidmann pour se faire un peu cajoler. Au moins jusqu'à Thanksgiving, afin d'y voir plus clair dans ses projets d'avenir. (Il voulait chercher du travail. Peut-être reprendre ses études. Il y avait tant d'établissements prestigieux autour de Boston. Et sans doute de belles carrières à mener.)

Il dit oui. Merci du fond du cœur.

Et il était sincère ! Oh ! oui , Seigneur !

– Tous les autres me traitent comme – il s'interrompit pour réfléchir – de la merde.

– Allons, Colin chéri, c'est impossible, s'écria tante Ginny sur un ton de reproche. N'est-ce pas ?

Il avait vingt-sept ans. En décembre, il en aurait vingt-huit. Seul. Célibataire. Aucune vraie famille. En Europe, on lui avait affirmé plusieurs fois qu'il était « si radicalement américain », mais en Amérique, comment pouvait-on le définir ? L'innocence irradiait de lui comme de la chaleur, brillait dans ses yeux, coulait dans ses veines. Sa poignée de main, son contact, exprimaient sympathie, force, simplicité, destin exceptionnel. Ignorant tout de son terrible passé, les femmes raffolaient de lui pour son expression douloureuse et pour sa virilité. Quelques hommes aussi l'adoraient, et il en effrayait certains. *Non sans raison !* commentait-il, amusé.

Des divers XXX consignés dans le Registre bleu, un seul concernait une femme. Et encore, c'était dans un État de l'Ouest, à une période si particulière de la vie de Colin (on lui avait fait goûter de la mescaline) que ça ne comptait pas vraiment. C'était comme une sorte de rêve. En parcourant les notes codées dans le Registre, il se sentait dans la peau d'un lecteur étranger. Il avait oublié le nom de la fille, son visage et même la façon dont il l'avait tuée. Ça n'était pas dans son caractère.

Avant Fort Lauderdale et Sea Breeze Village, Colin Asch avait vécu en Amérique, en Europe et jusqu'à Tanger où Paul Bowles l'avait reçu. Il avait traîné partout et fait des tas de boulots indignes de lui... Tout était si flou. Des pans entiers de son existence se dissolvaient, comme son enfance qui lui semblait appartenir à quelqu'un d'autre. À peine revoyait-il la rive opposée d'un fleuve.

C'est ça qu'il brûlait de dire à l'amie des Weidmann, Dorothea Deverell. Comment il était maudit parce que trop doué. En musique, en peinture, en science, mais aussi comme acteur et comme écrivain, sans parler de son «génie pour les relations humaines». Et pourtant, il n'avait à ce jour réussi dans aucun de ces domaines alors que d'autres, plus médiocres, faisaient des carrières.

– C'est trop *injuste,* bon Dieu.

La vérité, c'était que tout ce qui était arrivé dans la vie de Colin Asch, à commencer par l'Accident, évidemment, mais peut-être bien par sa naissance elle-même, venait d'ailleurs. Était extérieur à sa volonté et *indépendant de son projet.*

Et donc, «félicitations» et «remontrances» sont également imméritées.

Et donc «lui» (l'acteur) et «elle» (l'action) sont faussement séparés.

Et donc même les distinctions dans le temps – «passé», «présent», «futur» – n'ont aucun sens.

Car dans la Chambre bleue (où Colin Asch avait parfois le privilège de pénétrer) tout devient un. L'ardente lumière bleue gomme toutes les ombres. Il n'y a plus de pesanteur, plus de poids. Plus même de haut ni de bas.

63

Le but, c'est la purification. Les moyens importent peu.
Absolution.
Sanction.

C'est tout cela que Colin Asch expliquerait à Dorothea Deverell. Quand il la reverrait.

Tous les jours, il feuilletait les journaux dans l'espoir d'y découvrir un compte rendu de l'aventure répertoriée BL 781011 Alf dans le Registre bleu. Mais il n'y avait rien. Une semaine était déjà passée, et toujours rien.

– Enfoirés !

Ça le mettait hors de lui que Block, qui, sur la fin, avait désespérément lutté pour échapper à la mort, comme un animal aux abois, et avait donné un mal fou à Colin, ne soit même pas gratifié d'un entrefilet ici dans le Nord. Pas une ligne non plus dans *Newsweek* auquel les Weidmann étaient abonnés. On aurait quand même pu penser que les policiers de Floride auraient signalé à la presse un « crime parfait » – car, s'il n'était pas parfait, où était l'assassin ?

– Ouais, ricanait Colin. *Où est-il ?*

Il pensa écrire à la police de là-bas. À celle de Jacksonville, aussi – ils suivaient peut-être l'affaire. Histoire de leur chauffer un peu les fesses. Pour leur donner une idée de celui à qui ils avaient affaire. Et encore, pourquoi pas, à l'université de Georgetown où Block avait enseigné – LES ANIMAUX SONT DES HUMAINS COMME LES AUTRES constituerait un excellent message codé.

Mais pourquoi faire un tel cadeau à ces connards ?

Et puis Colin avait de quoi s'occuper ici. Trouver du travail. Rencontrer des gens. Tisser sa toile.

Il n'avait pas la moindre crainte que la police parvienne à remonter jusqu'à lui. Depuis l'âge de quinze ans, où il avait tué pour la première fois, où, plutôt, on l'avait forcé à tuer pour la première fois, jamais Colin Asch

64

n'avait été inscrit sur une liste de suspects, du moins à sa connaissance. Comme tout le monde, ou presque (excepté le mouton à cinq pattes qui sortait du lot) la police était totalement stupide.

D'ailleurs, il considérait que la stupidité du monde rehaussait ses propres qualités. Au sein du troupeau de bœufs débiles, il était le léopard capable de bondir à la vitesse de la lumière. En Floride, il n'avait pas eu besoin de se dépêcher et était, comme toujours, resté méthodique, sachant bien que, de retour dans sa voiture, il pourrait réintégrer la Chambre bleue et y flotter au fil des kilomètres, pendant des heures, délivré du poids de la vraie vie. Il appliqua donc sa méthode de brouillage avec un plaisir enfantin. Il s'offrit une mise en scène. Il traîna le corps derrière le bâtiment, au milieu des broussailles (incroyablement lourd, comme si, même mort, Block avait décidé de lui créer des difficultés) et épingla sur la poitrine du cadavre une page déchirée d'une de ses brochures, en se disant que les policiers verraient dans la photographie (un malade du sida dans une clinique de Washington) un indice. Puis il mit dans la Toyota des mégots tachés de rouge à lèvres qu'il avait ramassés sur le gravier. Il y jeta aussi un préservatif déroulé et son emballage. Enfin, à l'aide des clés de Block, il traça sur la carrosserie d'obscurs signes zodiacaux. Après quoi, il ne lui resta plus qu'à effacer ses empreintes un peu partout. Il était temps : une voiture pleine d'enfants, immatriculée en Georgie, approchait. Il remonta dans la Mustang rouge de 87 et s'en alla. Presque aussitôt, il se retrouva dans la Chambre bleue et s'y installa voluptueusement, comme une âme qui arrive au paradis.

3

Le pauvre homme, pensa Dorothea Deverell. Mais il ne peut pas être complètement aveugle, pour sortir ainsi tout seul ?

Le monsieur en question, silhouette effacée et courbée, coiffé d'une casquette en tweed, portant des lunettes fumées, enveloppé dans un imperméable à la ceinture lâche et chaussé de bottes de pluie non fermées, traversait le hall de la Fondation Brannon en faisant claquer devant lui le bout blanchi de sa canne. Il était seize heures, en ce dimanche venteux et sombre de la fin novembre et les gens venaient entendre, plus nombreux que n'avait osé l'espérer Dorothea, la soprano anglaise Natalya Lowe chanter Schumann, Brahms et Poulenc. Toujours très anxieuse avant de tels événements (et d'ailleurs avant tout événement susceptible de lui être reproché), Dorothea se sentait encore plus nerveuse aujourd'hui : elle devait très certainement faire pitié à ceux qui la connaissaient, dans son élégante robe de soie noire aux innombrables plis. Elle avait des perles à ses oreilles et autour de son cou gracile et, très pâle, elle souriait sans désemparer. Elle avait craint que le public ne boude ce récital pourtant gratuit. Elle avait même eu peur que Mlle Lowe, réputée pour ses sautes d'humeur, ne se présente pas elle non plus. Ou que son accompagnateur refuse de jouer sur le piano qu'on lui avait préparé (il avait déjà refusé, vendredi, de jouer sur le Steinway de la Fondation et exigé qu'on en loue un autre). Et, de plus, Roger Krauss, qui haïssait Dorothea Deverell, était là, en compagnie d'un autre administrateur et de sa femme, tandis que Charles Carpenter, qui lui l'aimait, n'était pas encore arrivé – et n'arriverait peut-être pas du tout. Debout dans l'entrée, souriante, accueillant ses amis à bras ouverts, elle sentait son cœur se glacer. Cela n'aurait pas été pire si elle avait dû elle-même chanter. Et tout cela était tellement absurde. Tellement excessif. Tellement futile.

Quel était ce philosophe qui avait dit que tout glisse naturellement vers le chaos, et que c'est l'ordre des choses qui est contre nature? Car il n'y a qu'une seule façon d'aller droit et mille d'aller de travers.

Voyant que l'homme aux lunettes fumées tanguait dans sa direction, Dorothea s'avança pour l'aider.

– Vous permettez, monsieur?

Il sursauta mais accepta aussitôt qu'elle lui prenne le bras.

– Ah! merci! Vous êtes très aimable, murmura-t-il tandis qu'un sourire entrouvrait sa barbe grisonnante.

S'il s'était tenu bien droit, il aurait sans doute eu près d'une tête de plus qu'elle, mais il marchait penché, avec des maladresses de crabe. On ne pouvait lui donner un âge précis. Certainement pas jeune. Mais vieux jusqu'à quel point? Tandis que Dorothea le conduisait par l'allée centrale à un siège du troisième rang, il s'excusa pour la gêne qu'il causait. Il n'était pas totalement aveugle, expliqua-t-il, et avait même un assez bon œil gauche, du moins dans une forte lumière; la plupart du temps, il pouvait se déplacer sans trop de difficultés.

– Vous ne causez aucune gêne, protesta Dorothea. Nous sommes très heureux que vous soyez venu.

Elle s'exprimait sur un ton enjoué mais n'avait pas la moindre idée de ce qu'elle était en train de dire (car

Charles Carpenter venait peut-être d'entrer et la regardait aider un aveugle à s'asseoir).

Dorothea aurait bien aimé s'enfuir mais l'homme aux lunettes fumées lui tendait maintenant la main.

– Mon nom est Lionel Ashton, puis-je connaître le vôtre ?

– Dorothea Deverell.

M. Ashton ne lâcha pas sa main aussi vite qu'elle l'aurait souhaité ; il la tenait fermement. Il avait entendu parler d'elle, disait-il ; n'était-elle pas liée directement à la Fondation Brannon ? Et même un peu célèbre à Lathrup Farms ? Dans le hall, il paraissait timide et hésitant, mais maintenant une étrange autorité émanait de lui. Sa voix enrouée semblait assourdie par un masque invisible et casquette et lunettes cachaient presque entièrement son visage, sans parler de cette barbe qui rappelait le poil d'un fox-terrier. C'est vraiment bizarre que ce soit la première fois que je le rencontre ici, pensa Dorothea. Lorsqu'elle parvint enfin à s'éclipser en s'excusant, il l'arrêta :

– Encore merci, Mademoiselle Deverell. Je n'oublie jamais une gentillesse.

Il était à peine plus de seize heures et la salle était agréablement remplie. Dorothea libéra les filles qui proposaient des programmes dans le hall et prit leur place pour accueillir les quelques retardataires. Elle regardait les portes d'entrée, le visage affable, en attente. Comme souvent. Peut-être fais-je partie de ces femmes qui ne sont bonnes qu'à attendre, se dit-elle. Derrière elle, la puissante voix de soprano, surhumaine, s'emparait de tous les esprits. Dorothea avait signé en mars avec Natalya Lowe, et se faisait une fête d'avoir réussi à l'amener à Lathrup Farms, dans le cadre des concerts d'après-midi de Dorothea Deverell, et voilà, songeait-elle, maintenant elle entendait à peine...

Les portes extérieures s'ouvrirent sur deux dames, somptueusement emmitouflées dans des manteaux de fourrure, qui apportèrent avec elles une bouffée d'air glacial.

Dorothea Deverell gagna sa place à l'intérieur de la petite salle, seule, au fond, les mains serrées sur les genoux. Depuis que Roger Krauss avait entamé son travail de sape systématique, elle devait bien reconnaître qu'elle faisait beaucoup de choses de travers.

L'autre jour, vérifiant les épreuves du calendrier de l'année prochaine, elle avait trouvé un « aristes » à la place d'« artistes ». Alors qu'elle n'en était pas à sa première relecture... L'erreur était bénigne mais elle l'avait catastrophée : car si l'œil joue ainsi à remplir les manques, quelle valeur peut avoir notre conception du monde ? Et celle de la place que nous devons y occuper ?

Jusqu'ici, elle ne s'en inquiétait pas, consciente que, sous-payée et surchargée de travail à la Fondation, elle pouvait compter sur le soutien de toute la communauté. Maintenant, elle se disait que ce n'était plus le cas, et qu'en fait cela ne l'avait jamais été. On l'aimait bien, évidemment, comme on aimait les autres femmes actives de son milieu, mais mises en regard de celles d'un homme – de n'importe quel homme ? – ses qualités, comme celles de ces autres femmes, étaient négligeables. Dans cette banlieue prospère, de nombreuses épouses de notables trompaient leur ennui par des travaux bénévoles, irréguliers et fantaisistes. Eh bien la plupart des gens ne confondaient-ils pas Dorothea Deverell avec ces dames patronnesses ? À qui la faute ? Suis-je vraiment différente d'elles ?

Elle accumulait aussi les bêtises dans sa vie domestique. Elle rapportait des fruits pourris de l'épicerie, des articles hors de prix. Elle égarait ses affaires, les perdait, les oubliait. Parfois, elle se sentait sous l'emprise d'une voix intérieure qu'elle ne connaissait pas et qui l'interrogeait, la taquinait, la torturait. La voix jugeait Dorothea Deverell et la condamnait au silence. Ah ! pensait-elle, quel privilège de pouvoir s'exprimer publiquement avec autant de force (et de tendresse) que le faisait en ce moment Natalya Lowe dans *Tel jour, telle nuit* de Francis

Poulenc ! La puissance de la voix est-elle donnée en premier ou bien est-ce la confiance qui procure la voix ?
Dorothea se posait la question.

Au téléphone, Charles Carpenter, dont l'intangible
image incarnait tous ses espoirs de «bonheur émotionnel», lui avait murmuré en s'excusant qu'il ne saurait qu'à
la dernière minute s'il viendrait ou non au concert.

— Si je ne suis pas là, c'est que je ne viendrai pas, avait-
il dit.

— C'est d'une logique imparable, avait-elle répliqué en
riant.

— Mais j'ai envie de venir. Tu sais que j'en ai envie – là,
il avait marqué un silence – pour te voir, Dorothea.

— Bah, Charles, tu peux me voir n'importe quand, avait-
elle répondu négligemment.

À la fin du récital, Mlle Lowe et son pianiste furent
acclamés et Dorothea, s'éveillant de son songe, joignit ses
applaudissements à ceux du public. Malgré sa distraction,
elle avait remarqué que la chanteuse, qui avançait en âge,
restait très belle ou du moins «impressionnante», mais
qu'elle accusait un léger enrouement sur les notes graves
tandis que son registre le plus aigu semblait un peu forcé
dans le sentiment, sinon franchement simulé. Entre les
deux, Natalya Lowe était parfaite et c'était donc dans ce
juste milieu qu'elle délivrait son âme, ou parvenait à
convaincre qu'elle le faisait. De toute façon, nous ne
sommes pas des spécialistes et il est très facile de nous
plaire, pensa Dorothea. Elle applaudit jusqu'à en avoir
mal.

Elle était si satisfaite de cet événement voulu par elle,
que même la perspective du buffet de près de deux cents
personnes où elle devait tenir le rôle d'hôtesse ne l'effa-
roucha pas. Ses joues avaient retrouvé leur éclat et ses
yeux brillaient à nouveau. Le pressing avait fait du beau
travail avec sa robe de soie noire. Elle avait totalement
oublié Roger Krauss, son ennemi. Elle avait oublié cet

aveugle importun qui l'avait retenue avec tant d'insistance. Elle avait – presque – oublié que Charles Carpenter l'avait déçue une fois de plus.

Le lendemain à midi, en traversant le parc de la Fondation (la Fondation Morris T. Brannon avait ses locaux dans l'ancienne demeure de style Tudor du riche industriel philanthrope Josuah Brannon, et la propriété occupait plusieurs hectares), Dorothea aperçut une silhouette assise sur un banc, tête nue, les cheveux très blonds, dans une trouée de soleil pâle. L'homme tenait à la main les *Poèmes choisis* de Shelley. C'était cette même édition de poche qu'elle possédait depuis l'université, la couverture lui était familière ; tout comme le jeune homme qui semblait si passionné par sa lecture. Grand, mince, l'air juvénile, un foulard bleu autour du cou et un blouson sale doublé de mouton : mais oui, Colin, le neveu de Ginny. Dorothea hésita à lui dire bonjour car il ne l'avait pas vue. Elle était bien du genre à tourner les talons, par timidité, pour échapper à une rencontre, même avec de vieux amis, pour peu qu'ils ne l'aient pas remarquée.

Par la suite, elle repensa au jeune homme avec plaisir : si romantique, seul dans ce parc glacé et désert, à lire en plein jour des poésies de Shelley ! Je peux dire que je l'envie, songea-t-elle.

Le soir, elle éprouva le besoin de téléphoner à Ginny Weidmann, afin de la remercier, avec bien du retard, pour sa soirée ; et s'excuser de ne pas l'avoir appelée plus tôt. Célibataire dans un univers de couples, Dorothea Deverell était persuadée qu'on ne l'invitait que par charité, sinon par pitié ; elle devait freiner ses manifestations de gratitude. Mais Ginny Weidmann tenait surtout à critiquer l'attitude d'Agnès Carpenter pendant le repas – comme toutes les femmes de Lathrup Farms, elle acceptait mal qu'une créature aussi peu séduisante et si indifférente à son manque de séduction fût l'épouse de Charles Carpenter.

72

– Je n'arrive pas à lui pardonner de s'en être prise à mon neveu après que j'eus expliqué à tous à quel point il était... euh... sensible, dit-elle. Le pauvre garçon a fait des dépressions nerveuses, il a été hospitalisé et ça lui a coûté, le terme n'est pas exagéré, un effort héroïque, pour rester en prise avec le monde. Ça lui passera, d'être végétarien, j'en suis sûre, et, après tout, ce n'est pas un *crime*.

Il y eut un silence. Dorothea éprouva elle aussi un frisson de sollicitude maternelle ou plutôt fraternelle pour l'infortuné jeune homme.

– Comment va-t-il ? demanda-t-elle. Je suppose que vous allez le garder un peu chez vous ?

– Comment expliquez-vous que Charles supporte cette femme ? poursuivit Ginny toute à sa colère. C'est un être tellement supérieur – mais je pense qu'il attache trop de prix à la loyauté, pas vous ? Il y a chez Charles Carpenter quelque chose de si fâcheusement démodé, vous ne trouvez pas ?

Dorothea murmura une phrase qui pouvait aussi bien passer pour son contraire. Charles Carpenter, comme sujet de conversation, la mettait très mal à l'aise.

– Martin prétend que Charles est «désespérément stoïque», insistait Ginny, et que c'est sa religion qui l'empêche de divorcer. Ces vénérables familles protestantes, ces vieilles bourriques de Bostoniens !

Charles Carpenter n'a pas plus de religion que moi, pensa Dorothea. Et elle dit :

– Eh bien, on devine qu'Agnès a dû être très séduisante, naguère. Et elle le serait encore si...

– Oh Dorothea, arrêtez, je vous en prie. Vous exagérez, avec cette manie !

Quelle manie ? se demanda Dorothea Deverell.

Puis Ginny en vint à Jérôme Gallagher qui avait été «fasciné» par Dorothea – «Exactement comme je l'avais prévu. C'était bien inutile de vous inquiéter» – et à cette sublime Hartley Evans.

— Elle est belle, n'est-ce pas ? Si pointue, vive et *dans le vent*. Elle a téléphoné la semaine dernière pour savoir si Colin accepterait de venir parler à la télévision des droits des animaux et des végétariens. Martin et moi étions ravis – il faut que Colin se frotte au monde, au monde de tous les jours – et, à notre grande surprise, il a été d'accord. Il est très timide, mais vous avez sans doute remarqué qu'il se montre parfois étonnamment loquace et même éloquent. Il voudrait trouver du travail dans le secteur relationnel, alors rencontrer des gens dans la station de Hartley ne peut que lui être bénéfique, à notre avis – il a d'ailleurs laissé échapper, tout à fait par hasard, qu'il avait été employé par une chaîne de télévision allemande, à Heidelberg, en tant que consultant américain, d'après ce que j'ai compris. C'est bien, non ? Et si gentil.

— Oui, dit Dorothea en se forçant un peu.

— Il va rester quelque temps chez nous – il y a tant d'excellentes universités, d'écoles de dessin et tout ce qu'on veut par ici ; il a l'intention de reprendre ses études dans un an, je pense. Ce qui est embêtant, c'est qu'il n'a pas beaucoup d'argent et qu'il ne supporte pas d'être à la charge de quelqu'un. Devenir orphelin à douze ans a été sans doute plus traumatisant que s'il l'avait été à la naissance, parce qu'il a sa fierté.

— Oui, dit encore Dorothea, peu convaincue mais sans force pour argumenter. Est-ce qu'il a des amis, au moins ? Des petites amies ?

— Oui et non. Il est si mobile qu'il n'a pas d'amis au sens habituel, je veux dire qu'ils sont très dispersés. Mais dès qu'il s'installe, il les attire. Hartley, par exemple – c'est une jeune femme extrêmement sophistiquée, eh bien, elle semble tout à fait séduite par Colin... J'aimerais beaucoup qu'il trouve la femme de sa vie et se marie. Je suis assez vieux jeu pour être persuadée que ce serait la seule solution à son problème.

— Son problème ?

— L'ennui, c'est que Colin fait trop confiance aux autres. C'est un idéaliste. Il exige toujours des gens qu'ils soient parfaits, alors forcément il est déçu, et parfois amèrement. Je ne connais pas l'affaire en détail, mais à l'époque où il vivait chez un frère de son père à Baltimore et allait à l'université – pas Hopkins, l'université d'État; il avait postulé pour Hopkins mais n'avait pas été accepté, ce qui l'avait scandalisé, brillant comme il est – il a eu des contacts avec des individus arrêtés par la suite pour vente de drogue et chèques volés et, pour une raison bizarre, ce pauvre Colin s'est retrouvé dans le lot et a été arrêté aussi. Évidemment, c'était une erreur et il a été blanchi, mais c'était *vraiment* perturbant. Et il y a eu encore d'autres choses, de malheureux incidents dus à sa naïveté. D'une certaine manière, vous comprenez, Colin Asch est un enfant. Un enfant pur, *naturel*. Il y a une expression française pour nommer ces enfants perdus en forêt et élevés par des animaux...

— *L'enfant sauvage* [1]...

— Par exemple, avant-hier, Colin a absolument voulu nous inviter au restaurant, Martin et moi, pour fêter, a-t-il dit, le simple fait que nous soyons en vie. C'était tellement touchant. Plusieurs fois, il m'a offert des fleurs; l'autre jour, j'entre dans ma chambre, il y avait un bouquet de magnifiques roses rouges; j'en ai pleuré, vous pouvez me croire; jamais mes propres enfants n'auraient... Ils n'ont jamais... enfin, vous savez bien. Ils trouvent normal tout ce que nous faisons pour eux, Martin et moi. Mais pas Colin, apparemment. Il est si motivé, si affamé, d'une certaine manière... et si curieux. Par exemple, il a demandé de *vos* nouvelles, Dorothea.

— À moi?

— Oui, et aussi depuis quand nous vous connaissons, quel travail vous faites, comment vous vivez. Je lui ai dit des bribes – j'espère que cela ne vous chagrine pas?

---

1. En français dans le texte.

– Oh non, répondit Dorothea, pas du tout.

Et elle pensait : Mon mariage. Mon mariage « tragique ». Elle se doutait de la façon dont Ginny avait pu parler de la mort de Michel Deverell ; dont elle avait fait le récit larmoyant de sa fausse couche, postérieure à l'accident, évidemment. Mais enfin, malgré sa gêne, elle était contente que Colin Asch, cet étrange jeune homme, se soucie de Dorothea Deverell. C'était peut-être enfin pour elle l'occasion de s'intéresser à elle-même. Mais elle repoussa cette idée. Sa vanité consistait à ne jamais céder à la vanité.

Avant de raccrocher, elle déclara qu'elle espérait avoir très bientôt les Weidmann à dîner, en tout cas avant Noël.

– Et votre neveu également. S'il n'a pas peur de s'ennuyer avec nous.

– Oh ! je suis sûre que Colin serait ravi ! dit Ginny sur un ton tout de même un peu vague. En réalité, il progresse beaucoup. Quand il rentre, nous sommes déjà couchés. Le jour il cherche du travail, et le soir il doit se faire des amis, des jeunes comme lui. Nous lui avons donné une clé, bien sûr, et il est parfait, très discret. Il se déplace dans la maison comme un vrai fantôme.

– Pardon ? Mademoiselle Deverell ?

Dorothea leva la tête et vit, à l'entrée de son bureau, Colin Asch en personne qui avait étrangement échappé à la vigilance de sa secrétaire, avec une expression tendue sur le visage et les mâchoires serrées, comme s'il s'était fait violence pour arriver jusqu'ici. Par la suite, Dorothea devait se rappeler avec quelle force leurs yeux s'étaient rencontrés, et pourtant si naturellement ; et comme elle avait aussitôt éprouvé ce mélange de surprise, de familiarité et d'embarras. Elle sentit le rouge lui manger les joues.

Elle pensa, sans raison valable, que Ginny Weidmann avait peut-être envoyé son neveu lui dire bonjour.

Mais Colin semblait avoir des projets personnels. Grand, maigre, très nerveux, son écharpe bleue nouée autour du cou, l'air à la fois timide et belliqueux, il était venu demander à Dorothea si elle se souvenait de lui ? Et si elle accepterait de déjeuner en sa compagnie ?

– Je passais dans le quartier, Mademoiselle Deverell, dit-il rapidement, comme s'il devait se justifier. En réalité, je voulais visiter l'exposition d'aquarelles, que je trouve très bonne. La personne qui a choisi les œuvres a le goût très sûr. L'aquarelle est la technique la plus délicate, en peinture. Il ne faut faire qu'un seul geste ; il n'y a place ni pour l'hésitation ni pour l'erreur. Mais... mais je suppose que vous savez cela.

Dans le petit bureau, la voix du jeune homme avait pris un ton rauque ; il se tut brusquement. Dorothea lui dit qu'elle était désolée.

– Je crains bien de ne pas pouvoir déjeuner dehors aujourd'hui.

Elle était si surprise qu'elle avait tendance à bégayer elle aussi. Sa réponse, un peu plus abrupte qu'elle n'aurait voulu, plongea Colin Asch dans la confusion ; écarlate, il s'excusa plusieurs fois ; il aurait dû se douter, bredouilla-t-il, qu'une personne comme Dorothea avait beaucoup de travail. Elle dit que ce n'était peut-être que partie remise, car elle voyait bien qu'il souffrait et n'avait pas le cœur de le renvoyer d'une manière aussi cavalière. Elle s'inquiéta des Weidmann, interrogea Colin sur sa recherche d'emploi et le ramena sur le sujet de l'exposition d'aquarelles (il s'agissait d'œuvres de jeunesse de John Marin que Dorothea trouvait intéressantes bien que mineures – d'aucuns les considéraient comme uniquement mineures), ce qui donna à Colin l'occasion de faire preuve d'un impressionnant talent de critique. Il déclara que son aquarelliste favori était Winslow Homer.

– Et ce sont celles qu'il a réalisées dans le Maine que je préfère, ainsi que celles des Caraïbes. Celles des Adirondacks ressemblent plutôt à d'excellentes illustrations de presse, vous ne trouvez pas ?

Saisie, Dorothea dit qu'elle le pensait aussi, oui. Oui, elle avait toujours pensé cela.

Ils purent ainsi discuter plus facilement. Presque naturellement. Dorothea proposa à Colin Asch de s'asseoir, tout en regrettant d'avoir mis tant de précipitation à décliner son invitation. Le neveu de Ginny Weidmann appartenait visiblement à cette catégorie de gens, un peu comme Dorothea elle-même, qui ne craignent pas seulement d'être rejetés, mais redoutent encore plus la subtile alchimie sociale qui force autrui à les rejeter.

(Mais pourquoi son cœur battait-il si fort ? Et pourquoi ce feu aux joues ? Était-ce parce que la conduite maladroite de Colin Asch – en si grand désaccord avec les traits de son visage et sa façon de s'habiller – lui rappelait les garçons qui l'avaient tant embarrassée, dans sa jeunesse, en lui proposant des rendez-vous, au lycée ?)

Au bout de dix minutes, Colin Asch, qui aurait dû s'en aller – en réalité, il s'était déjà levé lentement et dominait le bureau de Dorothea – la surprit une nouvelle fois.

– Êtes-vous certaine, Mademoiselle Deverell, dit-il avec un désarmant sourire de petit garçon, que vous ne voulez pas venir déjeuner avec moi ? Tout près ? Ça ne prendrait pas bien longtemps.

Dorothea s'entendit rire et déclarer, après une hésitation :

– Eh bien... pourquoi pas ?

Car, finalement, il n'y avait vraiment aucune raison de refuser.

– Mais appelez-moi donc Dorothea, ajouta-t-elle comme il l'aidait à enfiler son manteau.

– Dorothea ! dit joyeusement le jeune homme, comme pour faire un essai.

Dehors, dans le maigre soleil d'hiver, il y eut un petit flottement. Iraient-ils dans le salon de thé où elle déjeunait parfois avec ses amis, ou dans le restaurant qu'il avait repéré en venant ? Pourquoi pas le restaurant puisqu'il avait sa voiture ? Il s'appelait *L'Auberge*. Dorothea dit que c'était un endroit beaucoup trop cher, mais sans savoir comment, elle finit par se laisser entraîner et, quelques minutes plus tard, ils empruntaient le boulevard dans une voiture vert métallisé rutilante pour laquelle Colin Asch tint malgré tout à s'excuser : c'était une Olds Cutlass Calais de deuxième ou troisième main qu'il avait achetée récemment dans une braderie et dont il n'était pas très content, maintenant. Pour alimenter la conversation, Dorothea parla de sa Mercedes héritée qui calait toujours aux pires endroits.

À *L'Auberge*, il y avait un préposé aux voitures, mais Colin refusa de lui confier la sienne et, après avoir déposé Dorothea devant l'entrée couverte, il alla lui-même la garer. Une fois à l'intérieur, dans l'atmosphère feutrée, une nouvelle difficulté surgit : si Colin Asch avait bien réservé et qu'effectivement une table les attendît, le jeune homme ne portait pas un « costume convenable », il n'avait pas de veste. Le blue-jean ne dérangeait pas, l'absence de cravate non plus – mais la veste... Dans l'angoisse du moment, Dorothea n'eut pas le temps de trouver bizarre que des réservations aient été faites. L'instant d'après, elle était captivée par l'échange entre Colin Asch et le maître d'hôtel – un véritable numéro de duettistes – l'un expliquant qu'il n'y avait aucune raison pour que les exigences ne soient pas les mêmes à Lathrup Farms qu'à Manhattan dans les établissements chic, l'autre rétorquant que, s'il n'était nullement concerné par les codes vestimentaires, il l'était en revanche tout à fait par leur subversion. Puis, conscient de la mine ennuyée de Dorothea, Colin abandonna brusquement la partie et accepta l'horrible veste « sport » rembourrée aux épaules, beaucoup trop grande pour lui, que la direction mettait à sa disposition. Ainsi, leur premier sujet de conversation fut-il tout naturellement l'absurdité du conformisme que, par des raccourcis saisissants, Colin Asch relia à l'Inquisition, à l'Holocauste, à la répression des femmes au cours des siècles et à la lapidation de Socrate – à moins que Socrate ne soit mort autrement ? demanda-t-il, peut-être alerté par une légère ombre sur le visage de son interlocutrice.

– On lui a fait boire de la ciguë, dit-elle.

Et elle ajouta, car la situation exigeait apparemment des formules dignes, globales et profondes :

– Il est mort noblement.

– Mais oui, s'écria Colin Asch. Absolument.

Et ils se mirent à parler – ou plutôt, Colin se mit à parler avec beaucoup d'exaltation – de Percy Shelley : de *sa* mort ; des ignorants qui l'avaient tellement diffamé, et surtout des classes dirigeantes anglaises, de la façon dont elles l'avaient poussé à la noyade, une mort que Colin Asch considérait comme un suicide comparable à celui de Chatterton.

– À mon avis, dit-il avec passion, ces deux suicides furent des fautes : des poètes aussi géniaux n'ont pas le droit d'interrompre si prématurément leur vie et de donner quitus à leurs ennemis.

– Quel est ce poète qui a écrit, approuva Dorothea en buvant de ce vin délicieux servi en carafe – il me semble que c'est un contemporain –, que le suicide ne rimait à rien « mais qu'il existait quand même » ?

Sur quoi Colin Asch rit de bon cœur, comme si elle avait dit une chose particulièrement spirituelle.

Ce qui était peut-être le cas ?

Dorothea était souvent venue à *L'Auberge* depuis son arrivée à Lathrup Farms, pourtant elle sentait sa vanité flattée à se savoir ici, sans préméditation, un jour de semaine, au lieu du salon de thé bondé où tout le monde la saluait et où elle savait d'avance ce qu'elle allait commander ; ou, pis encore, de son coin de bureau encombré où elle se serait contentée d'avaler distraitement une cuillerée de yaourt et un morceau de pomme ou de croissant, tout en planchant sur les dossiers dont M. Morland se serait déchargé sur elle. Ici, au moins, dans l'élégant rutilement de l'argenterie et des fils d'or de la porcelaine, bercée par le murmure des conversations – n'avait-elle pas reconnu plusieurs personnes dont un homme aux cheveux crantés qui ressemblait un peu à Roger Krauss ? – Dorothea Deverell pouvait passer pour quelqu'un d'important. Pourquoi, sinon, un jeune homme si séduisant, en chemise de soie noire à la mode et jeans, un jeune homme qui n'était pas un membre de sa famille et qui ne lui devait rien, s'adresserait-il à elle avec tant d'intérêt et de volubilité ? Pourquoi boirait-il la moindre de ses paroles, comme s'il avait l'intention de l'apprendre par cœur ?

– Je craignais que vous ne vous souveniez pas de moi, Dorothea, disait-il.

– Bien sûr que je me souvenais de vous, répondit-elle sur un ton de reproche amusé.

– Mais vous devez rencontrer tant de gens, dans votre métier – tant de gens célèbres.

– Pas tant que ça. Et beaucoup moins célèbres que vous ne pensez.

– Ah ! j'ai du mal à le croire !

Colin se pencha en avant, les coudes sur la table, en dévisageant Dorothea de ses yeux bruns intenses, un peu interrogateurs, chaleureux. Son visage aux lignes pures semblait éclairé de l'intérieur et il souriait sans cesse. Il avait renvoyé ses longs cheveux pâles derrière ses oreilles, et ils fuyaient en vagues souples jusqu'à son col. Il était rasé de près et ses ongles, coupés court et comme rongés, étaient scrupuleusement propres. Au majeur de la main droite, il portait une chevalière en or et une montre digitale à cadran noir luisait à son poignet gauche. Dans la veste prêtée par le restaurant, il avait tout d'un garçon qui se serait déguisé avec les vêtements de son père.

Au cours du repas, Colin se détendit et Dorothea en fit autant. Le menu ne posa aucun problème. Comme les plats végétariens n'étaient pas appétissants, Colin Asch avait commandé du crabe, déclarant que, ayant décidé de rester quelque temps chez les Weidmann, il avait assoupli son régime.

– Je ne voulais pas que tante Ginny cuisine spécialement pour moi, dit-il.

Ils parlèrent un peu des végétariens, des droits des animaux et des questions philosophiques relatives au seuil de la conscience. Si la possession d'un langage est nécessaire pour parler d'«être», que fait-on des humains qu'un accident au cerveau a privés de langage ? Sont-ils pour autant des «animaux»? Les chimpanzés capables d'apprendre un langage sont-ils plus «humains» qu'eux ? Puis – car Colin Asch ne s'embarrassait pas de transitions – la conversation revint brusquement aux aquarelles de Marin, à leur effet sur l'âme, et aux écoles de peinture que Dorothea pourrait lui conseiller. Colin se sentait prêt à se mettre au travail. Il lui demanda quelles études elle avait faites et rêva brièvement d'entrer lui aussi à Yale, mais écarta presque aussitôt cette idée. Yale était sans nul doute un de ces endroits snobs et intellectuels comme John Hopkins, Harvard, Princeton, où on vous regardait de haut si vous n'aviez pas le diplôme requis.

– Ce doit être merveilleux, Dorothea, dit-il, songeur, un travail comme le vôtre. À la Fondation Brannon. Tante Ginny m'en a un peu parlé – il marqua un temps –, elle m'a parlé de vous, aussi.

Le visage de Dorothea, qui affichait beaucoup trop ses sentiments, avait dû se durcir, car Colin se reprit immédiatement avec tact.

– Je veux dire... tout ce que vous faites pour la communauté, tous les amis que vous avez et comme tout le monde vous aime.

Les mots flottaient dans l'air, comme pour donner à Dorothea une chance de les réfuter. Mais c'était plutôt exact, pensa-t-elle. Incomplet, mais exact.

– Elle n'a fait aucune allusion à ma «tragédie»? dit-elle avec un petit sourire en baissant la tête.

– Ah ! ma tante est très douée pour les «tragédies» !
s'exclama Colin dans un rire qui découvrit ses dents.

Au grand soulagement de Dorothea, il ne poursuivit
pas sur ce terrain mais, avec son énergie si particulière,
bondit vers d'autres sujets, la dispensant de se lancer dans
l'habituelle litanie de ses malheurs qui déclenchait chez
les autres des émotions qu'elle-même ne ressentait
presque plus. Ainsi, au début de leur liaison, Charles Carpenter revenait-il souvent sur le choc qu'elle avait subi, le
courage qu'il lui avait fallu, etc., tout en l'enlaçant, en
l'embrassant dans un mouvement où le désir sexuel
s'effaçait devant la compassion, si bien que Dorothea
finissait par se rebeller, dans un sursaut de joie de vivre
exaspérée.

– Mais Michel est mort depuis tant d'années ! C'est *toi*,
l'homme que j'aime !

Vers la fin du repas, il sembla à Dorothea que Colin
Asch se mettait à parler plus vite. Sa conversation deve-
nait brillante, spirituelle, drôle, magnétique. Il était tard –
près de deux heures – et il tint absolument à ce qu'elle
partage avec lui un petit soufflé aux fruits et du café, ou
du thé – une infusion ? – que le jeune serveur alla chercher. Lorsque Dorothea tenta de payer la moitié de la
note : «Vous n'allez pas payer une somme pareille alors
que vous cherchez du travail ?» Colin la regarda un instant, surpris, blessé, comme si elle s'était exprimée dans
une langue inconnue. «Mais laissez cela, Dorothea, dit-il
doucement. Laissez cela.»

Comme ils quittaient le restaurant, Dorothea se
retrouva, à son grand embarras, en face de Roger Krauss,
au milieu d'un groupe bruyant, sans doute des hommes
d'affaires comme lui. M. Krauss, trapu, approchant la
soixantaine, avec d'épais cheveux noirs ondulés sur le
haut du crâne et des yeux vifs, perçants et narquois, non
seulement vint à sa rencontre dans un geste parodique de
bienvenue – «Mademoiselle Deverell, il me semblait bien

que c'était vous que j'avais aperçue ! » – mais se planta devant elle, au vestiaire, n'offrant pas d'autre choix à Dorothea que de présenter Colin.

– Colin Asch est le neveu de Ginny Weidmann, il séjourne chez elle en ce moment, souffla-t-elle dans un murmure.

Alors qu'il n'y avait aucune raison – absolument aucune ! – de se justifier. Colin, qui remontait la fermeture Éclair de son blouson, le visage coloré par le repas, gratifia Krauss d'un inquiétant sourire resplendissant, un peu mécanique, et lui serra vigoureusement la main. Krauss s'en alla en compagnie de ses amis hilares (à qui, Dorothea en était certaine, il avait parlé d'elle) après avoir enfoncé sur son front une toque en astrakan.

– Comme c'est aimable à vous, Dorothea, de distraire ce garçon !

Cette remarque n'avait aucun sens mais était cruelle. Elle était cruelle parce qu'elle n'avait aucun sens, et Dorothea se montra si peu bavarde sur le chemin du retour que Colin finit par demander, d'une voix presque effrayée :

– Cet homme... est-ce qu'il est méchant ?

– Oh, pas vraiment méchant, répondit-elle en riant. Seulement pas très gentil.

– On dirait qu'il vous connaît, dit Colin, hésitant.

– Il a à voir avec la Fondation. C'est un des administrateurs.

Et comme il faisait très beau et que c'était bien agréable de rouler dans la jolie voiture de Colin Asch, elle décida de ne pas en dire davantage sur Roger Krauss, et même, autant que possible, de n'y pas penser. Elle aurait tout le temps pour ça, une fois chez elle. Dans son bain. Dans son lit. Dans ces moments d'hallucination qui suivaient ses réveils brutaux, comme si une voix lui parlait, tout près, et où elle restait le plus souvent sans pouvoir se rendormir, tendue, traquée, terrifiée.

– On dirait qu'il vous a bouleversée, insista Colin après un bref regard. Comment s'appelle-t-il ? Roger Krauss ?

– Mais pas du tout, dit Dorothea presque gaiement. Il m'en faut plus pour être bouleversée.

De retour à la Fondation, elle remercia Colin Asch pour ce repas raffiné – hors de prix, à son avis, mais délicieux.

– Et j'espère que les Weidmann et vous viendrez très bientôt dîner à la maison, en tout cas avant Noël.

Elle lui tendit la main qu'il prit et garda dans la sienne une fraction de seconde de trop. Le front soucieux, il faisait la moue.

– C'est très loin, Noël, Dorothea, dit-il.

Dorothea habitait, seule, comme par perversité, dans une impasse nommée Marten Lane. Le délabrement pittoresque de ses six ou sept bâtisses de brique et de pierre ne leur conférait pas encore un cachet « historique ». La maison de Dorothea, achetée grâce à un petit héritage l'année de ses trente et un ans, était de pierre grise alvéolée et portait, gravée dans l'une des marches du perron, la date de 1878. Sur la rue, elle comptait deux fenêtres à chaque étage, encadrées de volets noirs qui auraient bien mérité une couche de peinture fraîche ; le toit aussi était noir et avait l'air de vouloir glisser vers le sol, comme un front bas. À l'intérieur, les pièces du premier étaient grandes sans être spacieuses, mais en haut, dans les trois chambres et la salle de bains démodée, on se sentait plus à l'étroit. L'escalier central, exigu et vertical, rappelait celui d'une ferme. Au moment de la construction, ici, c'était la campagne, se croyait-elle obligée de préciser aux visiteurs. C'était d'ailleurs sans doute une ferme, au départ, car le village se trouvait un peu plus loin. Alors tous s'extasiaient – comme c'est joli, c'est parfait pour vous, quelle chance vous avez eue de dénicher ça – et Dorothea elle-même partageait ce sentiment. L'ironie de l'existence avait voulu que, lorsqu'elle cherchait un logement, elle avait décidé de prendre quelque chose pour elle seule et de ne jamais se remarier, de ne jamais courir le risque (d'ailleurs, elle avait son indépendance financière) de connaître à nouveau l'indicible perte de l'autre. Et ce fut Agnès Carpenter, à l'époque plus sociable et assez entichée de Dorothea, qui lui avait conseillé d'appeler la propriétaire (une veuve) avant qu'elle ne s'adresse à une agence.

Bien que les occupants précédents aient effectué quelques rénovations – cuisine, installation électrique, fenêtres sur l'arrière – la maison retenait encore une sorte d'atmosphère humide comme si elle cachait dans ses murs des secrets maussades qu'aucune lumière ni aucune décoration ne pourraient dissiper. Même les plafonds, qui pourtant ne l'étaient pas, paraissaient bas. Les invités de grande taille avaient le réflexe de baisser la tête. En entrant dans la chambre de Dorothea, Charles Carpenter jetait toujours un coup d'œil au-dessus de lui, un petit sourire gêné aux lèvres. Il mesurait environ un mètre quatre-vingt-cinq, et les portes basses le déstabilisaient.

La pièce que Dorothea préférait n'était pas la chambre, malgré les souvenirs et les espoirs qu'elle recelait, mais le salon du bas, face à la grande cheminée de pierre, qu'elle avait meublé de choses disparates, datant de son mariage, héritées, ou encore achetées, de plantes, dans tous les coins et de quatre vieilles pendules capricieuses. La table basse était encombrée de magazines et de livres car Dorothea, de plus en plus, commençait plusieurs livres à la fois sans se décider à en privilégier aucun. Depuis l'enfance, elle sentait obscurément qu'ouvrir un livre – un livre sérieux, du moins – vous liait d'emblée par contrat à l'auteur : on était tenu de rester jusqu'à la fin, ou au minimum d'essayer. Elle lisait aussi dans une sorte d'état fiévreux, comme si elle tentait de capter des vies et des images fantomatiques d'elle-même dissimulées derrière les miroirs de chambres inconnues. Et ce soir, voici que sa passion la reprenait, blottie dans son vieux sofa, enveloppée dans son peignoir de cachemire bien fatigué, son exemplaire des *Poèmes choisis* de Shelley à la main.

Elle abandonnait sa lecture de temps en temps pour repenser à cette aventure singulière et au neveu de Ginny qui, maintenant elle s'en rendait compte, avait tout organisé avant de venir la voir. Au déjeuner, elle était tombée sous son charme, mais à présent, rendue à elle-même, elle se sentait un peu désorientée. Cette personnalité enflammée était admirable, mais épuisante ; elle n'envisageait pas de revoir Colin Asch trop souvent. Elle avait terminé l'après-midi à la Fondation dans un état de profonde fatigue, avec une migraine, comme si l'heure et demie passée dans la pénombre de *L'Auberge* l'avait vidée de son énergie. Sur le chemin du retour, Colin Asch s'était inquiété de savoir s'il n'avait pas trop parlé et s'il ne l'avait pas interrompue trop fréquemment – c'était un de ses défauts, avoua-t-il, mais seulement avec certaines personnes. La plupart du temps, expliqua-t-il, il demeurait seul, silencieux, et ce silence débordait – c'était son propre terme : « débordait » – en face de certaines personnes, il se passait quelque chose. Dorothea n'avait pas voulu s'engager sur ce sujet et avait évoqué sa conversation avec sa tante ; n'avait-il pas de nombreux amis ? Cette jeune femme, Hartley Evans, lui avait bien téléphoné, non ? Mais ce fut au tour de Colin d'éluder.

Comme beaucoup de gens calmes, à la tête bien faite et introvertis, Dorothea Deverell se flattait de pouvoir analyser les sentiments, que ce soit les siens ou ceux des autres. Ginny Weidmann avait parlé de « mystère » à propos de Colin Asch et il lui semblait qu'avec un peu d'efforts elle parviendrait à l'élucider. En premier lieu, l'attirance du jeune homme pour elle, sans doute temporaire, était celle d'un fils pour sa mère (Dorothea n'aurait pas été surprise si, interrogeant Ginny, elle apprenait un jour qu'elle ressemblait à la défunte Mme Asch). Mais la caractéristique de Colin n'était pas qu'il avait perdu ses parents – après tout, les orphelins sont légion – mais qu'il était atypique : l'esprit vif, une réelle intelligence malgré son instabilité, une inépuisable curiosité, et, rare chez un jeune, une tolérance parfois poussée jusqu'à la manie. Il avait observé attentivement le visage de Dorothea, avec une sorte d'avidité, comme ces enfants qui se gorgent d'un spectacle qu'ils ne pourront décoder que plus tard.

Mais cette sympathie était exténuante, songeait-elle. Son pétulant cavalier avait à plusieurs reprises joué à deviner ses pensées, et toujours avec succès.

Il restait encore à Colin Asch, tout comme à Dorothea Deverell, à se « connecter » à la vie, mais il était plus éloigné qu'elle de l'accomplissement. Il avait touché à tout, voyagé à droite à gauche, avait débarqué chez sa tante un peu par hasard. Personne ne l'avait jamais aidé à suivre un quelconque chemin. Il disait qu'il cherchait du travail – et Ginny semblait le croire – mais pour quel travail avait-il la plus petite compétence ? D'après ses confidences, à la fois floues et naïves, il était facile de déduire qu'il n'avait été au bout d'aucune filière d'études et qu'il n'avait pas le moindre diplôme en poche. L'école de peinture miroitait comme la plus pathétique des chimères.

Dorothea voyait en Colin Asch, comme en elle-même, un manque fatal de force, de but, d'ambition. C'était le contraire de l'hypertrophie du moi. Une énergie sauvage, comme celle du « Vent d'Ouest » de Shelley, semblait le rouler de place en place, et Dorothea avait relevé qu'il employait bien souvent le mot « méchant ». C'était un mot d'enfant et il le prononçait comme un petit garçon. Mais elle se persuada que cela ne signifiait rien. Il était trop semblable à elle.

Lorsque Charles Carpenter l'appela dans la soirée (au ton clair de sa voix, elle comprit qu'il n'était pas chez lui mais peut-être dans son bureau de Boston, ou en tout cas dans un endroit neutre) et l'interrogea sur son emploi du temps de la journée, elle ne lui dit rien de Colin Asch, prévoyant que la petite excursion ne se reproduirait pas, mais elle lui confia qu'elle se sentait bien, presque merveilleusement heureuse, pelotonnée dans son sofa, à lire un livre de poche jauni datant de son séjour à Bryn Mawr, et elle lui demanda son avis sur ces vers :

> *Emporte mes pensées mortes de par l'univers*
> *Comme des feuilles sèches pour hâter une nouvelle*
>   *naissance !*
> *Et, par l'incantation de ce poème*
>
> *Disperse, comme d'un feu encore rouge*
> *Les cendres et les étincelles, mes mots parmi l'humanité !*
> *Sois à mes lèvres pour la terre endormie*
>
> *La trompette d'une prophétie ! Ô Vent,*
> *Quand vient l'hiver, le printemps peut-il être encore loin ?*

   — C'est beau, non ? demanda Dorothea, un peu essoufflée. On ne fait pas assez de cas de Shelley.
   — Oui, c'est beau, dit Charles Carpenter.

4

– C'est beau.

Le souffle de Colin Asch produisait un petit nuage blanc devant lui. Une lune toute ronde brillait comme un phare au-dessus de sa tête et lui blessait agréablement les yeux. Un coup de lune : ça voulait dire quoi ? Était-ce réel, scientifique, ou du domaine de la superstition ? *J'ai eu un coup de lune,* devait-il consigner plus tard dans le Registre bleu, mais il ne mentionnerait pas son excitation nerveuse, ni son espoir lorsqu'il leva à nouveau les lourdes jumelles. *Non coupable : COUP DE LUNE.*

À l'intérieur de la maison doucement éclairée, à quinze ou vingt mètres du sapin de Douglas couvert de neige sous lequel Colin Asch s'était dissimulé, elle était blottie dans son sofa, se croyant à l'abri des regards. À la voir ainsi, pieds nus, dans son beau peignoir vert, un coussin calé derrière ses épaules, Colin comprit que c'était là une posture familière, privilégiée : *personne n'a encore vu Dorothea Deverell ainsi, et même elle ne s'est pas vue ainsi.*

Le téléphone venait de sonner, elle avait mis son livre de côté, et maintenant, à nouveau allongée, le récepteur au creux de son épaule, elle enroulait le fil autour de ses doigts... nerveuse ?... heureuse ?... Colin se demandait à qui elle pouvait bien parler, mais c'était sans arrière-pensée, sans jalousie, car il était content de la voir contente, si c'était bien du contentement qu'il lisait sur son visage.

Ce n'était pas la première fois que Colin Asch venait ainsi espionner Dorothea Deverell, mais jamais encore il n'avait pénétré sur sa propriété, dans son sanctuaire *où, cette nuit, elle était doublement en sécurité*, protégée par les murs de sa maison et par son ami qui veillait dehors. Et c'est pourquoi il ne ressentait aucune culpabilité, ou si peu. Il se disait que si Dorothea découvrait sa présence, elle ouvrirait sa porte et l'appellerait. *Est-ce vous, Colin ? Pourquoi restez-vous dans le froid, entrez donc... !*

Il lui semblait même entendre sa voix, cette voix légère comme un tintement de clochette.

Mais bien sûr, elle téléphonait toujours, la lumière de la lampe caressant l'acajou de ses cheveux et la pâleur d'albâtre de sa peau. Même si un jour elle s'apercevait que Colin l'observait, chez elle ou ailleurs, il ne doutait pas qu'en grande dame, elle ferait comme si de rien n'était... car il y avait entre eux cette chose si particulière : chacun «savait» tout en feignant de ne pas «savoir». Et cette connaissance brutalement révélée gâcherait tout, jusqu'au plus sacré de cette entente...

Car elle savait. N'est-ce pas qu'elle savait ? – d'une certaine façon. Tout comme Colin Asch avait su dès la première seconde. Il y avait des semaines de cela. Le premier échange de regards, la stupéfaction de se reconnaître. *L'âme sœur,* disait Shelley, *l'âme sœur* disaient tous les poètes, *la sœur de mon âme,* et c'est par les yeux que les âmes se parlent, alors que les mots, trébuchants, maladroits, ne viennent qu'après.

Et ce midi – ce long moment passé ensemble. Elle l'avait écouté si gentiment, avec tant de compréhension. Son sourire, ses yeux chaleureux et graves, sa petite main chaude et sèche dans la sienne, oui merci, merci de m'avoir fait cette bonne surprise, bien qu'il ait senti une petite réticence ; il faudrait qu'à l'avenir il prenne garde à ne pas exercer une trop forte pression sur elle.

Tu parles trop, imbécile. Du calme.

92

Je crois être trop seul. Pour avoir une amie.

Après l'avoir quittée, il était resté longtemps dans un état d'exaltation et d'angoisse, les yeux remplis de larmes qui débordaient et lui coulaient sur les joues ; son pouls s'était accéléré, bien au-delà de ce qu'il aurait souhaité, comme s'il avait bu quelque chose sans s'en rendre compte, ou comme si on lui avait fait une piqûre à son insu. Au volant de sa voiture, au hasard des rues, il avait parlé tout seul et chanté des cantiques qui lui revenaient de l'époque où sa voix n'avait pas encore mué, de cette époque oubliée, aussi étrangère qu'une vieille photographie ou que la rive opposée d'un fleuve. Seuls les inconnus y jouent des rôles. Vous n'avez vraiment rien à y faire. En fin d'après-midi, à l'heure où les lumières s'allument – *comme il aimait ce moment ! On dirait la naissance du monde !* – il s'était senti la force de voir, comme prévu, H.E. chez Luigi, près des studios de télévision. Elle avait de bonnes nouvelles à propos du travail pour lequel il avait postulé. Elle bouda un peu car il était arrivé avec une demi-heure de retard, mais il sut se montrer si désolé et si tendre qu'elle lui pardonna bien vite et l'emmena chez elle. Après l'avoir baisée, Colin retrouva son calme. *Tu es merveilleuse ! Seigneur, je suis fou de toi, tu me manques sans arrêt, je t'aime, je t'aime, je t'aime, chérie.* Il se livrait avec une belle sincérité, l'implorant presque, comme s'il avait peur d'elle, du pouvoir qu'elle exerçait sur lui, pendant que son cerveau travaillait telle une machine bien huilée, et il expliqua qu'il ne pouvait pas rester dormir parce que sa tante et son oncle l'attendaient et qu'il était déjà très tard. Il s'esquiva donc peu après 22 heures, en l'embrassant près de l'ascenseur, le bras passé autour de son cou et si fort serré qu'elle grogna de douleur tandis qu'il meurtrissait sa bouche sous la sienne, et lui prenait la langue comme en proie à la passion. *Oh ! mon amour ! je t'appelle demain, je ferai tout pour te voir demain, si du moins je peux tenir jusque-là.* Dans l'ascenseur, il essuya le rouge à lèvres. Mais il l'aimait réellement bien. Oui, il l'aimait bien – elle avait honoré sa promesse, l'avait aidé, et il allait décrocher le boulot. *Le premier pas de Colin Asch dans la carrière télévisuelle*, bien que le salaire ne fût pas terrible. Il avait gagné davantage comme portier d'hôtel, et beaucoup plus sur la plate-forme pétrolière au large du Mexique, deux ans auparavant. Il retourna à Lathrup Farms, rangea sa voiture à l'entrée de Marten Lane, dans un endroit où personne ne la remarquerait et s'approcha du 33 où habitait Dorothea Deverell sans prendre de risques inutiles, les pupilles dilatées et les sens aux aguets comme un fauve en territoire ennemi. Parvenu derrière la maison, à l'ombre du sapin, il leva les jumelles d'une main tremblante jusqu'à ses yeux. Et soudain elle *fut* là. Là – elle était *là*.

Étendue sur le sofa, au milieu des coussins, dans son peignoir vert, pieds nus, concentrée sur son livre – il vit avec un frisson de plaisir qu'il s'agissait des *Poèmes choisis* de Shelley : le même que le sien ! elle ignorait tout de sa présence, évidemment. Il ne resterait que quelques instants. Ensuite il s'éclipserait aussi discrètement qu'il était venu. La dernière chose qu'il aurait voulue eût été d'effrayer Dorothea Deverell : «J'aimerais mieux me faire sauter la cervelle.»

Dans le soleil de midi, Dorothea avait paru, sous le regard acéré de Colin Asch, un peu moins belle que dans son souvenir du premier soir, et que lors du récital de chant, à travers la magie des verres fumés, mais maintenant la lampe de chevet lui rendait tout son éclat. La peau douce, le regard si sombre qu'on le croirait noir... la ligne du front et celle, étroite, du nez... les lèvres ourlées (humides ?) à la perfection. Elle se disait à elle-même les poèmes de Shelley. Comme une musique. Comme si elle lisait Colin Asch.

Ce n'était pas un visage humain mais celui de la statue de sainte Thérèse. Le Bernin ? Il s'appelait bien ainsi, le sculpteur italien ? Ce visage parfait – c'était celui de sainte Thérèse, non ? – se relevait dans une extase rêveuse, les paupières mi-closes, et devant elle se tenait un ange souriant armé d'une lance d'or. Il venait de l'arracher du cœur de la sainte – à moins que ce ne soit Léonard de Vinci ? À cet instant, l'excitation s'empara de Colin Asch *mais il ne voulut pas se toucher de peur de désacraliser la scène*.

Un coup de lune.

Il abaissa les jumelles pour se reposer les bras, puis les remonta. Vieilles, ces jumelles, mais puissantes : il les avait dénichées en fouillant dans la cave des Weidmann. S'il leur avait demandé l'autorisation de les emprunter, ils auraient sans doute été d'accord, mais il s'en était bien gardé : il ne faut rien demander. Juste prendre. *Et fermer sa gueule.* (D'ailleurs, il avait bien l'intention de les remettre à leur place, comme il l'avait fait pour les boucles d'oreilles et les boutons de manchettes lorsqu'il avait décidé de rester chez sa tante... mais l'argent liquide, il l'avait conservé. Elle ne risquait pas de s'en apercevoir, cette salope, riche comme elle l'était. Et quand bien même, jamais elle n'aurait le toupet de l'accuser... *lui* !)

À l'intérieur de la maison, la conversation téléphonique s'était animée. Dorothea ne tortillait plus le fil, mais agitait les bras, se redressait, parlait avec passion... elle se rembrunissait, souriait, souriait en se rembrunissant, elle hochait même la tête et, dans une mimique, découvrait ses dents. Que disait-elle ? Était-ce une dispute ? Soudain, Colin Asch fut frappé par la perversité de la situation. Dorothea Deverell se comportait au téléphone comme la plupart d'entre nous, imaginant que l'interlocuteur nous voit, mais sachant qu'il ne le peut pas, *or, en fait, quelqu'un la regardait bel et bien à la jumelle.* Et, pour la première fois, il ressentit les atteintes de la culpabilité, de la honte. Car il forçait l'intimité de la femme qu'il admirait le plus au monde, et il n'arrivait pas à se persuader que cela serait du goût de l'intéressée – ça non !

Mais il ne posa pas les jumelles pour autant. Il était tard – près de minuit. La lune avait changé de position. Comme si elle avait perçu sa présence, Dorothea jeta sur la fenêtre un regard sévère – mais Colin était hors d'atteinte, et, de plus, depuis une pièce éclairée, la nuit, au-dehors, garde ses secrets. Dorothea Deverell se passa la main dans les cheveux dans un mouvement brusque qu'il mit sur le compte d'une grande nervosité. Allait-elle éclater en sanglots ? Ou riait-elle, au contraire ? Que signifiait ce spasme d'émotion indéchiffrable ? *Que disait-elle ? À qui le disait-elle ? À une heure pareille ? À un amant ? Dorothea Deverell avait-elle un amant ?*

Colin Asch recula d'un pas comme si quelqu'un l'avait bousculé.

– Ça ne me plairait pas.

Ce n'était pas la première fois que Colin Asch se sentait irrésistiblement attiré dans les filets de la Femme (il nota cette pensée dans le Registre bleu). Il y avait d'abord eu l'été de ses treize ans. Il vivait alors avec des gens de sa famille. Il les avait accompagnés dans leur ranch du Wyoming où il avait rencontré cette femme qui s'appelait Mindy – ou peut-être Mandy ? – l'épouse jeune et blonde d'un voisin. Elle lui avait appris à monter à cheval et elle savait lire sur le visage de Colin des choses que les autres ne voyaient même pas. Dommage que tu ne sois pas mon fils ! répétait-elle en le décoiffant et en le gratifiant d'une bourrade. De celles que se donnent les garçons entre eux. Mais elle avait ses propres enfants, des gueulards tout le temps à cheval qui haïssaient Colin Asch. Cet été-là, il l'avait suivie partout avec ses yeux fixes d'insomniaque et on l'avait découvert plusieurs fois près de sa maison avant l'aube alors qu'il n'avait aucune raison de s'y trouver. On avait raconté n'importe quoi et la femme n'était plus venue. Colin savait bien tout ce qu'on avait colporté sur son compte. Alors, vers la fin du mois d'août, il s'était vengé et, même si personne n'avait pu prouver que c'était lui qui avait mis le feu, tout le monde s'en était douté. Après, il avait haï Mindy (ou Mandy? – même ce nom lui faisait horreur) et ceux qui l'avaient amené là et qu'il n'avait jamais cités dans le Registre bleu. Et puis il y avait eu cette Mme Kendrich, à Monmouth, la femme de l'aumônier qui lui avait tout de suite témoigné de la sympathie, lui avait prêté des livres, avait critiqué ses poèmes et avait prié avec lui. Et lorsque les bruits avaient circulé sur le compte du directeur, c'est Mme Kendrich qui était allée voir M. Kreuzer. Ils s'étaient fâchés et des clans s'étaient formés dans l'école... Et la nuit où Colin Asch avait découvert le corps dans le pyjama ensanglanté et s'était enfui pieds nus dans la neige, c'est encore Mme Kendrich qui l'avait recueilli... qui lui avait sauvé la vie. Et elle l'avait protégé pendant toute l'enquête.

Il y en avait encore une ou deux autres dans le Registre bleu – pas davantage. En quinze ans, pas davantage. Et aucune n'avait été aussi merveilleuse que Dorothea Deverell, ni aussi superbe ; aucune n'avait ses belles manières, ni son allure de dame, son raffinement, son intelligence – *car, intellectuellement, Dorothea Deverell valait le plus brillant des hommes.* Par un pur hasard – une remarque en l'air de sa tante Ginny – il avait appris que Dorothea était l'auteur de trois petits ouvrages de peinture : des monographies avec illustrations sur les peintres américains Isabel Bishop, Charles Demuth et Arthur Dove ! Évidemment, elle était bien trop modeste pour s'en vanter.

Et c'est une héritière. Qui un jour (peut-être) héritera bien davantage.
Et elle est libre de tout homme.
Et elle est pure. Et bonne. Et pourtant bienveillante.
Parmi les élus qui s'élèvent au-dessus de la masse, elle est à l'évidence notre semblable – et cependant sa voix est douce et tolérante.

Son pouvoir est aussi réel que celui de la lune sur la mer, mais c'est un pouvoir de paix, de calme, d'amour, d'abandon. Non la vague furieuse, mais la tendre caresse qui va lécher la plage, comme l'approche du sommeil. Comme la félicité de la Chambre bleue – pas un bruit, pas une ombre ! Et nulle pesanteur !

Colin Asch consignait tout cela dans le Registre, assis sur son lit, à quatre heures du matin, éveillé comme en plein midi et il écrivait, écrivait, dans une transe, son stylo courant sur la page, sans se soucier des marges, des lignes, des colonnes rouges. (Le Registre, dérobé à l'intendance de Monmouth, était un livre de comptes d'une taille excessive, à la couverture cartonnée rigide très abîmée et tachée au fil des ans. Au début, des feuilles avaient été arrachées violemment. D'autres étaient couvertes de calligraphies différentes, de plusieurs encres, principalement bleues, mais aussi vertes, rouges, violettes et brunes. Il y avait de sévères déchirures réparées avec du scotch. Des paragraphes entiers étaient caviardés avec tant de soin que *personne, pas même Colin Asch, ne pouvait les déchiffrer.* Depuis environ six ans, il utilisait le même code, mais auparavant, il en avait essayé plusieurs, beaucoup plus compliqués. Si bien que, lorsqu'il voulait relire certains passages, il en était incapable. Mais il savait parfaitement que, s'il s'en donnait un jour la peine, il parviendrait à déjouer ses propres pièges !) Il fonçait en avant, comme un homme chargé d'une pyramide d'œufs. Il les voyait très beaux, ces œufs, plus grands que la normale, et décorés comme des œufs de Pâques, et il avait bien du mal à rendre par écrit ses émerveillements qui avaient tous trait, non pas aux innombrables rencontres destinées à obtenir du travail, mais exclusivement à Dorothea Deverell. Au cours des deux dernières semaines, il avait reçu plusieurs offres, et excellentes, en plus, car les employeurs potentiels étaient épatés par ce jeune homme bien élevé qui semblait riche de multiples aventures intellectuelles et surtout par sa facilité à parler et à communiquer. Mais il était déterminé au bout du compte à accepter le poste à la chaîne de télévision WWBC bien que le médiocre salaire de départ risquât de repousser à plus tard son installation dans un appartement à lui. Comme c'est bien, chéri, quelle chance, disait tante Ginny en battant des mains. Et on voyait l'affection dégouliner des yeux de la vieille. Tante Ginny était une des rares personnes sur cette planète de merde à montrer de la considération pour Colin Asch et il savait qu'il pouvait avoir confiance en elle si les choses se gâtaient avec Martin Weidmann – et, dans ce domaine, Colin avait un pouvoir phénoménal de prévision, *essayez donc de vous attaquer à ce garçon, bande d'enflures* – elle lui viendrait en aide, ça ne ferait pas un pli, elle se rangerait de son côté, car c'était inévitable, à vivre ainsi dans le cadre étroit d'une famille, même si les Weidmann avaient eu le tact de lui confier une clé et de le laisser libre de ses mouvements. Ça finissait toujours de la même façon : une femme prenant courageusement le parti de Colin Asch contre un détracteur ou un ennemi.

– Enculés.

Puis, tandis que le mot grossier restait curieusement suspendu dans les airs :

– Mais maintenant, c'est différent.

C'était vrai, Colin Asch était engagé à la télévision. Il s'était révélé si efficace au cours de l'émission – celle de Dave Slattery – que les appels avaient été cinq fois plus nombreux que d'habitude. Le public était plutôt conservateur et même réactionnaire et Slattery s'efforçait d'attirer ses invités dans des pièges, mais Colin avait conservé tout son calme et n'avait jamais omis de regarder la caméra dont le voyant rouge était allumé pour garder un contact visuel avec tous ces êtres invisibles qu'il voulait séduire. Slattery lui-même finit par lui manifester une admiration réticente et les téléspectateurs, au départ peu enclins à apprécier les discours sur les végétariens ou sur les droits des animaux, pas plus d'ailleurs que les cheveux longs, blonds et christiques de Colin Asch, s'entichèrent littéralement de lui, ainsi que devait le déclarer Hartley Evans. Elle répétait à tous ceux à qui elle présentait Colin : « Il a un don pour la communication. »

Et effectivement, les collègues d'Hartley Evans aimaient bien Colin. Ils lui serraient la main sincèrement, avec beaucoup de chaleur. Ils le félicitaient. Quelques jours plus tard, le directeur de la station l'aborda près de la machine à café. Oui, il y avait une possibilité. Quelque chose comme l'assistant d'un assistant, une sorte d'internat, comme dans les hôpitaux, voyez-vous. Modeste salaire de départ, mais « une vraie carrière en perspective ». Colin lui parla de sa première expérience en Allemagne et aussi de son passage dans cette petite station locale à Galveston, dans le Texas, où on pouvait toujours se renseigner sur lui si nécessaire, à condition que cela ne retarde pas trop les choses.

— J'ai hâte de m'y mettre vraiment, vous comprenez.

Le directeur éluda les références, il suffisait de faire ses preuves sur le tas. Une simple poignée de main et le marché était conclu. Hartley Evans le prit par le cou et lui mordilla la lèvre inférieure en lui caressant les cheveux comme si elle en avait le droit, mais Colin, tout à sa joie, se prêta à sa fantaisie, passif comme un enfant entre ses griffes, en attendant le moment où il lui imposerait son pouvoir, et la pénétrerait – lui « ferait l'amour », comme on dit – l'esprit ailleurs, détaché de son corps qui s'activerait entre ses cuisses un peu lourdes qui s'ouvriraient et se resserreraient jusqu'à ce qu'un cri (Colin Asch n'aurait pu préciser si ce cri sortait de sa gorge à elle ou de la sienne) ponctue l'affaire. Une heure plus tard, lui sembla-t-il, bien que ce fût en fait le lendemain midi, il se présentait devant Dorothea Deverell, à son bureau, pour lui annoncer qu'il avait décroché un emploi à la WWBC de Boston. Il fut un peu déçu d'apprendre qu'elle n'avait pas vu l'émission, mais elle avait tout de même l'air très impressionnée par l'avenir qui s'ouvrait devant lui. Et tout se passa admirablement, sans le moindre faux pas. En partant, après une hésitation, il avait dit :

— Je crois bien que je partage votre dédain pour la télévision, Dorothea, mais c'est du travail : un point de départ.

— Oh, oui, évidemment, avait-elle aussitôt répondu.

Le monde est un paysage solitaire, solitaire comme une tombe. Nous vivons initialement dans le silence — et dans la solitude — et le « média » a pour but d'abolir cette fatalité. C'est de là que le « média » tient son pouvoir d'inonder la terre de bien ou de mal.

Colin Asch inscrivit scrupuleusement toutes ces réflexions dans le Registre bleu, à l'issue de sa première semaine d'assistanat à la station. Un jour, il livrerait ses découvertes aux téléspectateurs — à condition que les enfoirés qui dirigeaient la WWBC lui en laissent l'occasion.

— Je trouve que c'est vraiment injuste qu'une femme de la compétence de Dorothea Deverell, et, disons-le, de sa *valeur,* puisse être traitée de la sorte, disait Ginny Weidmann au téléphone comme Colin passait par hasard près de la porte. D'autant plus qu'Howard Morland l'a toujours beaucoup appréciée et que depuis quelques années — est-ce à cause de sa santé ? de son cœur ? — il l'exploite littéralement ; et, vous savez, j'ai bien l'impression qu'elle refuse de voir la vérité en face. Évidemment, je veux bien croire que le neveu de Roger Krauss ou je ne sais qui est plus qualifié, on trouve toujours plus qualifié que soi — non, je *n'ai pas* dit ça, Sandra ! Ne me faites pas dire ce que je n'ai pas dit, je vous en prie — ce que j'affirme, c'est que Dorothea a droit à ce poste, sur le plan moral, abstraction faite de ses capacités, et que ce serait bien que le conseil d'administration en soit avisé.

Elle se tut. Elle écoutait. Colin s'était immobilisé, le cœur battant. Puis Ginny émit un son sourd qui pouvait être un soupir.

– Non, rien n'est encore décidé, reprit-elle. C'est seulement une rumeur. Martin pense que nous ne devrions pas nous en occuper – d'ailleurs Howard n'a pas encore annoncé son départ – car la programmation de Dorothea a été un succès, ça, même Roger Krauss est obligé de l'admettre. Je ne vois vraiment pas comment le conseil pourrait refuser la direction à Dorothea. Tout de même, Evelyn Mercer y siège et c'est une femme charmante, vraiment charmante et parfaitement honnête. Mais c'est la seule femme. Le problème est justement là. Roger Krauss a réussi à porter l'affaire sur le plan du sexe, allant jusqu'à insinuer que Dorothea occupe son poste uniquement parce qu'elle est une femme et que le conseil lui a fait une faveur en la plaçant là !

Dans sa voiture, au milieu des embouteillages de fin d'après-midi, en route pour visiter un appartement à Lathrup Farms Mews – une nouvelle cité résidentielle de la proche banlieue – Colin siffla du début à la fin cet air connu de Schumann, « Widmung ».

19 décembre : Colin Asch a vingt-huit ans.

Étendu, en pleine effervescence, perdu dans ses calculs, en sueur... si seulement il y avait un moyen d'informer Dorothea Deverell de cet anniversaire, il était certain qu'elle l'inviterait à dîner avec les Weidmann. Elle l'avait bien promis quelques semaines plus tôt, non ? Et c'était le genre de femme qui devait mettre un point d'honneur à tenir ses promesses, pas de doute là-dessus. Il l'avait aperçue plusieurs fois – totalement par hasard, en ville, chez l'épicier, au pressing et à la bibliothèque où tout le monde l'appelle par son nom, car tout le monde l'aime, c'est évident – *les visages s'éclairent quand elle paraît comme si elle n'était rien de moins qu'un rayon de soleil* – et aussi à la sortie du supermarché, au moment où elle montait dans sa Mercedes bordeaux qu'il connaissait si bien. Il l'avait observée, juste pour voir si le moteur démarrait, on ne sait jamais, ou si les roues ne patinaient pas sur la glace. Il y a toujours un peu de glace sous la neige et alors, elle aurait pu avoir besoin d'aide...

Colin Asch aborda habilement le sujet avec sa tante, suggérant, non pas que Dorothea donne une fête d'anniversaire en son honneur, bien sûr, mais que lui, Colin, emmène les Weidmann dans un restaurant de leur choix et que Dorothea Deverell éventuellement se joigne à eux. Mais comme Colin aurait dû le prévoir, Ginny insista pour organiser elle-même le dîner chez eux ; elle avait oublié cet anniversaire – le temps filait si vite ; pourquoi ne lui avait-il rien dit ? – et, d'ailleurs, il dépensait beaucoup trop d'argent dans les restaurants, non ? – elle le regardait, interrogative – mais Colin l'écoutait à peine. Il hochait la tête avec une petite grimace.

– D'accord, dit-il, un peu irrité. Vous croyez que votre amie Dorothea Deverell accepterait d'être des nôtres ?

Ginny hésita un instant avant de répondre que, naturellement, elle allait appeler Dorothea, que c'était une très bonne idée, mais qu'elle aurait plutôt cru que... et elle l'avait à nouveau fouillé du regard :

– Tu n'as pas envie que j'invite aussi Hartley ? Toi et Hartley, vous...

Elle laissa sa phrase en suspens.

– Hartley et moi, nous ? demanda Colin dans un mouvement de défi, comme s'il ne voyait pas exactement de quoi sa tante voulait parler.

C'était à la grosse de trouver le mot ; pas «baiser» quand même. Pourtant c'est à ça qu'elle pensait, on ne la lui faisait pas, à la vieille.

– ... Vous vous voyez ? Souvent, non ? Enfin, j'avais cette impression. Je me trompe ?

– Non, vous ne vous trompez pas, ma tante. Je suis très content que vous me l'ayez présentée – ils échangèrent un sourire de conspirateurs – Hartley n'est pas une fille ordinaire.

– C'est certain, c'est certain, dit Ginny comme si elle n'en était pas si sûre. Alors, tu aimerais que je l'invite ? Samedi soir ?

– Et votre amie Dorothea Deverell également.

– Et Dorothea également, oui.

Un peu plus tard, Ginny lui déclara, sur un ton légèrement réprobateur :

– Je suis ravie que tu m'aies parlé de ton anniversaire. Il aurait été dommage que personne n'en sache rien. Y a-t-il d'autres choses que tu voudrais nous confier ? D'autres secrets ?

– Pas le moindre, ma tante, répondit Colin en riant.

Mais à la grande tristesse de Colin, Dorothea Deverell ne put assister au dîner. Elle était désolée, mais elle avait un autre engagement ce soir-là.

Elle lui envoya une carte de vœux, jolie, de bon goût, mais d'un modèle courant. Achetée dans une boutique de souvenirs. Pas de cadeau, rien de plus. S'il était déçu – et il l'était – il ne le montra pas et tout le monde (les Weidmann, H.E., plus discrète que d'habitude dans un ensemble classique en dentelle, de couleur pastel) s'amusa beaucoup ; Colin raconta avec humour des histoires fantastiques sur ses voyages en Europe et en Afrique du Nord, sur les vicissitudes de l'auto-stop et, vraiment, ça lui plaisait de faire rire les gens, surtout ceux qui l'aimaient bien, qui se rangeaient dans son camp ; les grands yeux fardés de H.E. brillaient d'émotion ; voilà une fille (enfin une fille, elle avait tout de même trente et un ans) qui l'adorait, qui adorait sa bite, qui disait oui à tout ce qu'il voulait, le moment venu, à condition (mais pas de problème, Colin Asch n'était pas un de ces branleurs de machos) qu'il prenne son temps, qu'il fasse les choses en douceur, qu'il ne perde pas patience devant ses minauderies de petite fille et qu'il n'aille pas la lorgner sous la douche, avec ses gros seins pleins de veines, ses grosses mamelles pendantes, ses cuisses grasses, ses bourrelets, sa peau plutôt moche, sans l'épaisse couche de fond de teint. Ah ! bon Dieu ! ce qu'il pouvait détester son cinéma quand elle jouissait comme s'il l'assassinait, ça lui cassait son rythme et sa concentration, ça l'emmerdait tellement que l'idée cruelle, vraiment cruelle, lui venait de sortir sa queue d'un coup, au meilleur moment, comme il l'avait fait par le passé avec une ou deux connasses qui pensaient avoir mis la main sur Colin Asch, et, pourquoi pas, de tuer carrément cette gourde en lui appuyant ses deux pouces sur la gorge – la carotide, c'est bien ça ? – pour voir si elle jouissait toujours et la regarder gémir et suffoquer et l'accuser de meurtre tout près de son oreille avant de sangloter en prononçant son nom comme une prière, *comme si elle en avait le droit* sous prétexte qu'il lui avait dit qu'il croyait bien être amoureux d'elle, qu'il n'avait jamais rencontré une fille pareille, etc.; ça le faisait chier en plus qu'elle gobe ça aussi facilement; ça lui inspirait de la compassion et *il exécrait la compassion : ça ne servait qu'à vous ramollir.*

– Merci à tous du fond du cœur... c'est sans doute le plus bel anniversaire de ma vie, dit-il, les larmes aux yeux. Des larmes de vraie souffrance.

Et voilà, pauvre con.
Le putain de vingt-huitième anniversaire de Colin Asch.

Noël arriva, passa, et Colin Asch ne vit pas une seule fois Dorothea Deverell. Mais il fut heureux d'apprendre qu'elle était allée visiter de la famille – «des parents

105

éloignés, avait dit une amie des Weidmann, la pauvre, elle n'a plus que des parents éloignés » – et il se sentit tout de suite mieux, consignant dans le Registre bleu ses projets pour le Nouvel An. Il parcourut nerveusement les pages précédentes. C'était quoi, cette citation latine, qui, une fois traduite, avait fait frémir toute la classe et que M. Kreuzer avait écrite au tableau noir avant de poser, comme toujours, son regard étrange sur C.A., le joli garçon du premier rang ? Qu'est-ce que c'était donc, bon Dieu ? Et tout à coup, il tomba dessus ; il la contempla, ravi. En caractères d'imprimerie tracés à la main avec de l'encre de Chine toute bavante : *Mors tua, vita mea.*

Il sourit ; il voyait clairement ce qu'il lui restait à faire. Et elle n'en saurait jamais rien – rien du tout !

– Ta mort, ma vie.

DEUXIÈME PARTIE

1

– Oui ? Qui est là ?... Quoi ?

Le cœur emballé, les poings devant son visage pour se protéger, Dorothea Deverell fut tirée d'un profond sommeil par un bruit, comme si quelqu'un se trouvait dans la chambre avec elle. Un mot murmuré, un souffle, ou le craquement d'une latte de parquet... et, soudain, elle ne dormait plus du tout et avait peur.

Elle se garda de bouger. Tout était silencieux. Il n'y a personne d'autre que toi dans cette chambre, et personne d'autre que toi dans la maison, tu le sais bien, se dit-elle. Qu'avait-elle bien pu entendre ? Il était trop tôt pour que les oiseaux chantent dans les arbres, puisque le jour n'était pas encore levé, trop tôt aussi pour les éboueurs ou pour le livreur de journaux... Un avion, peut-être. Oui. Qui aurait fait trembler les vitres et créé de mauvaises ondes dans l'air de la pièce. C'était l'explication la plus plausible.

Sa peur diminua sans disparaître, comme une ombre rognée par la lumière. Elle ramena les couvertures sur sa tête, dans un mouvement enfantin pour se cacher les yeux, le visage enfoncé dans l'oreiller... Elle essaya de se raisonner en se répétant qu'elle était de retour chez elle après dix jours d'absence, au milieu de tout ce qu'elle aimait, sous son propre toit, prête à se jeter dans le flot impétueux de son travail. Mais cette pensée l'angoissa.

Aujourd'hui, 4 janvier, premier lundi de la nouvelle année, elle n'avait pris aucune des décisions qu'elle s'était promis de prendre pendant ces vacances.

Elle s'était retirée dans une petite auberge de Framington, dans le Vermont, sans en informer personne, en dehors de Charles Carpenter. Elle s'en était allée seule pour considérer sa vie ou, comme elle concevait alors les choses, les ruines de sa vie. Car elle savait parfaitement – comment aurait-elle pu l'ignorer ? – que ses jours à la Fondation Brannon, où elle avait été si heureuse, étaient comptés et qu'il fallait qu'elle cesse de s'illusionner sur Charles Carpenter. Ils s'étaient un peu disputés au téléphone et elle avait eu des paroles amères. Dorothea Deverell, la femme la plus douce du monde, s'était entendue dire à l'homme qu'elle aimait :

– Pour être tout à fait franche, Charles, j'ai l'impression que tu attends qu'Agnès tombe sérieusement malade et meure. Jamais *tu* ne feras le moindre geste pour divorcer d'avec elle ou pour te séparer de moi.

Avant son départ pour le Vermont, Charles avait insisté pour la voir, pour plaider sa cause encore une fois – il l'exhortait à prendre patience, à avoir foi en lui, à l'aimer, car que serait sa vie sans elle ?

– Qu'est-elle exactement, ta vie, *avec* moi ? avait demandé Dorothea, sans agressivité, mais avec beaucoup de fermeté, comme si elle cherchait un précieux renseignement.

– Elle est... ma vie, avait murmuré Charles en enfouissant son visage dans son cou.

Il avait essayé de la dissuader de partir seule dans le Vermont, surtout en ce moment. Elle allait se sentir encore plus isolée. Elle allait agiter des pensées morbides (il se souvenait que, durant le premier été de leur mariage, Dorothea et son époux avaient sillonné en voiture la Nouvelle-Angleterre, séjournant dans de petites auberges de campagne). Mais surtout, elle allait lui manquer.

110

— C'est encore plus douloureux de te savoir seule à cette époque de l'année, ajouta-t-il. Alors qu'on n'a pas une minute pour respirer et qu'il faut à tout prix s'amuser.

Dorothea ne releva pas cette tentative d'humour. D'habitude, ce genre de remarques ouvraient la porte de la réconciliation.

— Tu n'as qu'à venir avec moi, dit-elle, déloyale.

— Mais, Dorothea, comment veux-tu ?

Et voilà. Ils ressassaient ce dialogue usé. Charles Carpenter n'était pas homme à prendre ses responsabilités à la légère. Il avait une femme dont le comportement désordonné n'excluait nullement le suicide, de vieux parents à Boston, tout à fait charmants, pour qui il représentait un indispensable soutien moral. Et puis, en cette période, en tant qu'associé chez Bell, Carpenter, Smith & Lowe, il était de son devoir d'assister aux diverses manifestations allant des soupers habillés à l'arbre de Noël des employés. Une escapade dans une auberge romantique relèverait de la provocation.

— Ce que je souhaite surtout, dit Dorothea, c'est passer un peu de temps seule pour pouvoir déprimer en paix. Je me suis rendu compte, l'autre jour, alors que le téléphone sonnait cinq fois par heure, qu'il y avait bien longtemps que je n'avais pas été tranquille. Lorsqu'on travaille, il n'y a vraiment pas moyen de s'offrir une dépression.

Charles se mit à rire, apparemment surpris. Bien qu'il connût Dorothea Deverell mieux que quiconque, il s'étonnait parfois de ses réflexions les plus candides, comme si elles n'étaient pas sérieuses.

— Tu plaisantes, bien sûr ?

— Oh, bien sûr, dit-elle en riant.

Ils s'embrassèrent, d'abord timidement, puis avec chaleur. Dorothea sentit le désir soudain de son amant avec une bouffée de malaise et d'excitation. Car Charles Carpenter était le mari d'une autre femme : Dorothea

Deverell était en faute. En ce moment, ils commettaient un crime.

— Et si nous montions ? Dorothea... Chérie ? Tu veux bien ? Juste un petit moment, murmurait Charles.

— Non, s'il te plaît. Ça ne ferait que rendre la séparation plus difficile, répondit-elle contre toute attente.

— Mais qui de nous deux s'en va ? demanda Charles, froissé.

Puis, voyant son expression douloureuse, il ajouta :

— J'ai bien peur d'avoir gâché ta vie. Tu sais pourtant que je voulais ton bonheur.

— Ne dis pas ça. Tu parles comme si j'étais une victime, comme si ma vie était finie. Nous avons toujous su que tu n'étais pas libre.

— Mais je t'empêche de rencontrer d'autres hommes, soupira humblement Charles.

— Je n'arrête pas d'en rencontrer, des hommes, dit Dorothea en se détachant de lui dans un éclat de rire, la gorge nouée par le désespoir. Ce ne sont pas les chevaliers servants qui me manquent, je t'assure ! C'est seulement que, comparés à toi, ils sont sans intérêt.

L'image du jeune neveu de Ginny Weidmann lui traversa l'esprit – les pommettes bien dessinées, le regard intense – mais ne s'y fixa pas.

— Jérôme Gallagher m'a appelée, l'autre soir.

— Qui ?

— Jérôme Gallagher, tu te souviens, l'homme que m'a présenté Ginny en novembre, à son dîner.

— Ah ! oui ! ce soir-là, dit Charles, contrarié.

— Le soir où l'étrange neveu de Ginny a fait son apparition, précisa Dorothea comme si c'était nécessaire.

Elle savait que Charles ne voulait pas entendre parler de cette soirée car, sur la fin, sa femme avait tellement bu qu'elle ne tenait plus sur ses jambes et qu'il avait même dû l'aider à se lever de sa chaise. Et pourtant, elle interrogea d'un ton détaché :

– Qu'est-ce que tu en as pensé, toi ? Nous n'en avons jamais discuté, de Colin Asch ?

Charles se caressa le front. Il avait des sortes de plaques rouges sur la peau. Il se tenait là, au milieu du salon de sa maîtresse décoré de façon charmante, sur le délicat tapis chinois, et il parut vaciller. Par la suite, honteuse, Dorothea devait se demander s'il était très sain de passer ainsi sans transition du désir physique à la conversation à bâtons rompus. Mais lorsqu'il parla, sous son apparente douceur, sa voix en disait long sur ses sentiments :

– Je n'en ai rien pensé du tout.

Charles Carpenter avait obtenu de Dorothea Deverell la vague promesse qu'elle lui téléphonerait depuis le Vermont pendant ses vacances. Mais, finalement, elle n'en fit rien. À son grand soulagement, elle parvint à n'en rien faire. (Combien de fois, au cours de ces années, avait-elle appelé son amant pour en être réduite à raccrocher immédiatement en entendant la voix de sa femme ? Elle ne voulait pas non plus compter ses passages en voiture, sans raison valable, devant la vieille et belle maison à colonnades des Carpenter dans West Fairway Drive.) Ainsi, durant cette retraite, et bien que Charles lui manquât terriblement, Dorothea s'aperçut que, en matière d'amour, la distance est un puissant analgésique.

Elle fut tout de même heureuse, à son retour, de découvrir, parmi le courrier et les paquets variés accumulés pendant son absence, une lettre manuscrite de Charles qu'elle ouvrit aussitôt. Les battements de son cœur, d'abord douloureux, se calmèrent bien vite. Qu'est-ce que j'espérais ? pensa-t-elle. Après tout, il est égal à lui-même.

L'un des paquets, de taille impressionnante, enveloppé dans un papier cadeau de chez Saks, était accompagné d'une carte de vœux du magasin sans signature ni adresse. Dorothea le défit lentement et sortit du papier de soie un chemisier de dentelle blanche – ou était-ce une petite veste ? – ravissant et à sa taille – 38 – et une jupe assortie, longue jusqu'aux pieds, en laine de soie, d'un blanc éclatant. C'était un si beau cadeau, si inattendu. Dorothea n'avait rien acheté pour Charles. Elle avait insisté pour qu'ils ne s'offrent rien, cette année. Elle éclata en sanglots.

– C'est trop beau pour moi. Je ne l'ai pas mérité !

Une fois au lit, elle avait été tellement assiégée de pensées inopportunes qu'elle avait dû renoncer à trouver le sommeil. Elle se leva, se doucha et s'habilla. Et elle commença sa journée comme une poupée mécanique, bien qu'il ne fût pas encore sept heures. Dans sa chambre d'auberge mal chauffée de Framington, avec ses meubles en faux rustique et ses fenêtres dominant une pelouse, Dorothea avait réussi à dormir profondément, et pourtant elle n'en avait retiré que maux de tête, lourdeurs et angoisse – comme si son escapade l'avait mise en danger, ouvrant des possibilités de déséquilibre indécelables jusque-là. Elle avait toujours eu des problèmes de sommeil. Si elle dormait bien, elle avait tendance à se sentir coupable, et si elle dormait mal, elle passait sa journée à bâiller. Dans le Vermont, elle avait refusé de prêter attention à cette petite indisposition qui grossissait dans son âme, à ces fréquents réveils en pleine nuit, comme aujourd'hui, avec l'impression d'une présence dans la chambre.

Et lorsqu'elle partait en promenade, elle avait dû combattre la pénible certitude que quelqu'un la suivait. La suivre, elle ! Dorothea Deverell, engoncée dans son vieux manteau de fourrure, informe, sans âge, sans sexe. Elle savait bien que cela n'avait aucun sens.

Pourtant, elle parvint à bien profiter de son séjour. Elle était forte, résistante, pleine de ressources et têtue comme une mule. Elle avait emporté toute une valise de dossiers – des affaires concernant la Fondation, mais aussi de la correspondance en retard, des fiches, des diapositives et des bouts de brouillon pour la plaquette sur Charles Burchfield qu'elle devait remettre à un éditeur new-yorkais – et elle réussit, au cours de ces jours d'hiver tranquilles, à bien avancer les choses. On lui servait ses repas, on s'occupait de son ménage. Elle n'avait pas de télévision dans sa chambre. Pas de téléphone. La Fondation Brannon était fermée pendant les vacances, il n'y avait donc rien d'urgent à régler. Rien ne l'obligeait non plus à penser à M. Morland qui, malgré sa gentillesse, semblait l'éviter ces derniers temps. Pas plus qu'à M. Krauss qui, l'autre jour au restaurant, ne l'avait pas assez évitée, justement. Après avoir dîné dans la grande salle de l'hôtel, sous les poutres, elle regagnait son lit et ouvrait l'un des nombreux romans à jaquette multicolore qu'elle avait achetés avant de partir. Elle avait une prédilection pour les histoires longues et compliquées comme la vie elle-même, où elle pouvait s'égarer des heures entières. Et puis, elle avait aussi son indispensable volume des poésies de Shelley.

Et maintenant, on était le 4 janvier. C'était un lundi matin barbouillé de nuages, et Dorothea Deverell avait retrouvé Lathrup Farms; elle reprenait ce mouvement perpétuel dont elle était pourtant bien décidée à triompher. Elle pouvait toujours démissionner de la Fondation avant d'en être priée – avant que M. Morland ne la convoque pour la navrante entrevue. Elle pouvait se lancer dans la recherche d'un nouvel emploi, mettre sa maison en vente, déménager: tout était possible puisqu'elle ne dépendait de personne. Elle alluma les lampes comme toujours avant de quitter la maison pour la journée, l'hiver où les jours sont si courts et elle monta le son de la radio (selon les recommandations de Michel: des voix dans une maison découragent les cambrioleurs).

115

Elle alla dans le garage glacé et monta dans sa voiture ; de la vapeur sortait de sa bouche, ses mains gantées se posèrent sur le volant et elle se demanda pourquoi, dans ce cadre si familier, elle ressentait tant d'inquiétude... comme si le silence lui-même était une menace. Opaque et dense. Imperméable à tout, même à ses appels au secours.

Il va se passer quelque chose, pensa-t-elle. Ou bien, il s'est déjà passé quelque chose.

Appréciée pour la qualité et l'efficacité de son travail, et pour la grâce avec laquelle elle l'exécutait, Dorothea Deverell n'avait jamais voulu déclarer franchement à ses admirateurs : Mais que puis-je faire d'autre ? Tous mes efforts se résument en un seul : combattre la solitude.

Il en était ainsi depuis sa petite enfance, mis à part le temps très court de son mariage (et de sa grossesse, encore plus brève), le travail était un refuge. Le problème, c'était que toute tâche avait une fin et que la vie reprenait toujours ses droits, au bout du compte.

Dans son confortable bureau aux lambris de bois et aux fenêtres hautes, elle pouvait s'abstraire. Et ce matin, elle y était justement parvenue, lorsque, à 8 h 55, Jacqueline, sa secrétaire, fit irruption dans la pièce avant même d'avoir enlevé son manteau, tout essoufflée, les yeux encore brûlés par le froid de janvier.

– Dorothea, dit-elle. Vous étiez absente ! Vous n'êtes pas au courant ? Vous n'avez pas lu les journaux ? Roger Krauss... ?

Jacqueline était une femme forte et agréable d'environ quarante-cinq ans, mariée mais laissant entendre que son ménage ne marchait pas bien, qui mettait toute son énergie au service de Dorothea Deverell. Elles travaillaient ensemble depuis six ans et, si Dorothea n'avait pas une totale confiance dans son sens de la diplomatie, notamment au téléphone, elle n'aurait pu imaginer la

116

Fondation privée de la présence vivifiante de cette femme.

Elles se regardaient et Dorothea sentit son cœur se rompre en voyant tant d'excitation dans les yeux de sa secrétaire – Oh, qu'y avait-il donc ?

– C'était dans tous les journaux d'avant-hier, disait Jacqueline, le souffle encore court. Comment il est mort – M. Krauss. L'un de nos administrateurs, vous vous souvenez ?

Comme si Dorothea avait pu oublier qui était Roger Krauss.

– Une sorte d'affaire sexuelle. Pas seulement crapuleuse. Il circule tout un tas de rumeurs. Mais, quoi qu'il en soit, les faits sont là : il est *mort*.

– Quoi ? Que s'est-il passé ? demanda faiblement Dorothea, sans comprendre un mot de ce que racontait l'intruse qui se décidait enfin à déboutonner son manteau.

– Pendant la nuit du Nouvel An. Dans un parking souterrain, en pleine ville. M. Krauss a été assassiné.

– M. Krauss ?

– Oui. M. Krauss. On ignore encore par qui, continua Jacqueline incapable de dissimuler sa satisfaction. Mais nous n'avons pas été mentionnés, le nom de la Fondation Brannon n'a pas été mentionné – dans les journaux, je veux dire – ils n'ont fait état que de sa carrière dans les affaires, de celle de son père à Boston et de ce genre de choses. Et bien sûr, la télévision en a parlé également, aux informations, parce qu'il pourrait bien y avoir un énorme scandale.

Elle s'interrompit, fixa Dorothea et reprit :

– Ainsi, cet homme qui avait le culot de porter des jugements sur *nous*, sur *vous*, Dorothea, et qui a écrit ces monstruosités sur notre exposition du printemps dernier, regardez un peu, *maintenant* – regardez ce qu'il lui est arrivé, à *lui* !

– Roger Krauss est décédé ? Il est *mort* ?

117

– Pas seulement mort, surenchérit nerveusement Jacqueline en sortant un journal de son sac d'un geste large. Il a été assassiné. «Garrotté», c'est la police qui le dit.

– Garrotté !

Le mot resta en suspens comme une obscénité exotique.

Seule dans son bureau, porte close, téléphone décroché, Dorothea ouvrit en tremblant le *Boston Globe* que lui avait laissé Jacqueline pour y lire, atterrée, tous les détails sur la mort violente de Roger Krauss, cinquante-six ans, «homme d'affaires et philanthrope» : on l'avait garrotté avec un fil de fer et il avait également reçu de nombreux coups de poignard aux yeux et au bas-ventre. On lui avait volé son portefeuille, son bracelet-montre, ses boutons de manchettes, sa bague et jusqu'à sa ceinture, son chapeau et sa cravate. Il avait été retrouvé dans sa voiture, une Lincoln Continental neuve, à 4 h 40 le matin du 2 janvier, derrière son volant, dans la position banale d'un homme endormi, par l'employé du parking de Providence Street. Il était garé au troisième niveau et personne n'avait entendu de bruits de lutte. Son ticket de parking portait 20 h 15 et l'employé présent à cette heure-là ne se souvenait pas de lui car c'était un moment de grande affluence ; en revanche, le veilleur de nuit l'avait vu revenir à 3 h du matin et prendre l'ascenseur, mais ne lui avait pas parlé. Il avait aperçu aussi un jeune Noir à lunettes de soleil avec un étui à clarinette à peu près à cette heure, mais il ne pouvait fournir un signalement précis. Les inspecteurs estimaient qu'il ne s'agissait pas d'un simple crime de rôdeur car la victime avait été sauvagement mutilée (Krauss avait eu les yeux crevés avec ses propres clés et le meurtrier lui avait porté de nombreux coups de couteau au bas-ventre à travers son pantalon). Ils déclaraient être en possession

118

d'autres indices que, dans l'intérêt de l'enquête, ils préféraient ne pas divulguer.

En début de soirée, Krauss avait pris quelques verres au Ritz-Carlton avec des amis à qui il avait confié qu'on l'attendait pour dîner, sans toutefois donner de noms. Divorcé depuis onze ans, il avait gardé un petit appartement dans Beacon Street, mais résidait le plus souvent dans sa maison de Lathrup Farms. Dorothea apprit qu'il était membre actif de plusieurs organismes civiques, religieux et de bienfaisance. Il était diplômé de Harvard, section affaires. Il avait été premier lieutenant dans l'aviation. Il avait deux fils, Roger Jr et Harold.

– C'est affreux ! murmura-t-elle.

La photo accompagnant l'article montrait un Roger Krauss plus jeune, aux cheveux plus sombres, aux traits moins empâtés et à la mine plus avenante que celui qu'elle avait rencontré. Elle l'étudia et ne reconnut pas dans ce visage celui de l'homme qui s'était publiquement moqué d'elle quelques semaines plus tôt. Elle décida de gommer ce souvenir car il ne pouvait que nuire à la mémoire du pauvre défunt sans pour autant lui apporter, à elle, quoi que ce soit de profitable. C'est bien suffisant qu'il soit mort, se dit-elle, sans vraiment se rendre compte de ce que signifiait une telle pensée. Elle n'éprouvait plus que de la peine pour Roger Krauss, maintenant, qu'une bouffée de sympathie et de compassion devant cette mort ignominieuse, toute cette boue qui le salirait à jamais.

Dorothea lut l'article, et le relut, et elle resta là, assise, comme foudroyée. Puis elle replia le journal, reposa le récepteur du téléphone sur son socle et se remit au travail.

Mais ce n'était pas si simple ! Ses amis l'appelaient. Il y avait des messages exigeant des réponses (et l'un d'eux de «C.C.» avec son numéro de bureau – événement rarissime). Et il y avait surtout la présence excitée

119

de Jacqueline qui, malgré les prières de Dorothea, ne semblait pas prête à changer de sujet, toute à son impatience d'acheter l'édition de midi du *Globe*.

— Ils l'ont attrapé ! L'assassin ! s'écria Jacqueline, toujours essoufflée, en déposant le journal sur le bureau de Dorothea.

Deux autres secrétaires vinrent lire les derniers développements de l'affaire Krauss : la police avait arrêté un homme qui correspondait au signalement de l'assassin, noir, pas rasé, trente-deux ans, déjà condamné pour agressions et vols aggravés. On l'avait pris à une heure du matin, le 4 janvier, en pleine rue, à trois kilomètres du parking. « Sous l'empire de la drogue » et après avoir « résisté aux forces de police », il n'avait pu fournir aucun alibi, ni expliquer comment il se trouvait en possession du portefeuille et des cartes de crédit de Roger Krauss. Le journal ne publiait pas de photographie.

— Eh bien, ça n'a pas traîné ! dit Jacqueline, quelque peu déçue.

Dorothea Deverell se pencha soudain en avant et se cacha les yeux, comme si elle allait se trouver mal. Et alors qu'on s'inquiétait, elle répondit d'une voix à peine audible :

— Mais vous ne comprenez donc pas qu'un homme est *mort*.

Peut-être avait-elle parlé sur un ton plus sec qu'elle ne l'aurait souhaité. Jacqueline et les deux secrétaires battirent en retraite, comme si elle les avait chassées. Elle les entendit chuchoter dans le couloir et se leva pour fermer sa porte. Elle téléphona à Charles Carpenter, mais, naturellement, on lui dit qu'il était sorti. Il était midi et demi et il ne rentrerait pas avant quatorze heures et qui le demande, s'il vous plaît ?

— Merci. C'est sans importance. Je rappellerai plus tard.

Ensuite, elle aurait bien voulu voir Howard Morland, non pas pour commenter la mort de Roger Krauss, évidemment (c'eût été impensable), mais pour échanger, par exemple, des vœux de bonne année, et recevoir du vieil homme un peu de consolation et d'apaisement. Mais comme le lui expliqua la secrétaire du directeur, il ne serait de retour que dans deux semaines – il était en vacances aux Caraïbes.

– C'est vrai, répondit Dorothea, j'avais oublié.

Elle travailla tout le reste de l'après-midi, avec des accès de zèle, en essayant de ne pas se laisser déconcentrer par l'évocation du mort ou par l'aspect sordide du meurtre, mais obsédée par des mots : *garrotté, yeux crevés, coups de rasoir, mutilations*. Elle tenta aussi d'oublier sa voix ricanante : *Comme c'est aimable à vous, Dorothea, de distraire ce garçon !* Je n'ai plus le droit de penser du mal de lui, se sermonna-t-elle, mais que faire contre le mal que lui pensait de moi ? Vers 16 heures, alors que tout le monde, à la Fondation, travaillait encore, Dorothea renonça, cédant à la migraine et à un inexplicable sentiment de malaise. Elle ferma son bureau et sortit du parking comme si elle quittait une prison.

Et pourtant elle n'avait pas envie de rentrer. Pour une raison inconnue, aller s'enfermer chez elle lui faisait peur.

Ce superbe ensemble blanc que lui avait envoyé Charles Carpenter... n'évoquait-il pas une robe de mariée ?

Était-ce une robe de mariée ?

– Alors que nous avions promis de ne rien nous offrir cette année, dit tout haut Dorothea, sur un ton de léger reproche.

Mais bien sûr, elle était ravie. Elle refusait même de s'avouer à quel point. Sans doute Charles avait-il éprouvé des remords de l'avoir laissée partir seule dans le Vermont. Et pourtant, sa lettre – si retenue et si circonspecte, si typiquement diplomatique – ne faisait pas la moindre allusion au cadeau.

— Il a dû l'acheter à la dernière minute, dit-elle encore. Dans un élan.

Au volant de sa voiture, elle ne tarda pas à se sentir mieux, beaucoup mieux. Mettre de la distance entre la Fondation Brannon et elle semblait lui rendre son énergie. Elle se retrouva au-delà de Prides Crossing, après Beverly Farms, presque dans le Maine... Elle se gara au bout d'une route de la corniche, surplombant l'Atlantique, et contempla le paysage marin comme si elle n'était venue que pour ces teintes violettes, bleues, vertes et cette blancheur de l'écume qui lui rappelaient un tableau de Winslow Homer. Malgré le froid, elle descendit de voiture et se planta là, debout, les cheveux fous dans le vent et les yeux pleins de larmes. Ça ne lui ressemblait pas, hein ? Ça ne ressemblait pas à Dorothea Deverell, n'est-ce pas ? La force de la vie bouillonnait en elle... la nourrissait de détermination, d'espoir, de projets. Son ennemi était mort et elle était vivante. C'était si simple qu'on aurait pu croire que tout avait été calculé d'avance.

Elle resta là longtemps, frissonnante, ses larmes gelant peu à peu sur ses joues. Elle resta là jusqu'à ce que le soir vienne, d'abord imperceptiblement, et puis d'un coup, comme si des milliers d'ailes noires s'étaient soudain déployées sous le ciel. Pourtant, il n'y avait aucun oiseau ? Elle regarda, stupéfaite. Il n'y avait que le ciel lourd de nuages de neige. Que la nuit qui approchait.

— C'est très choquant, disait Ginny Weidmann. Mais en fait, voyez-vous, ce n'est pas très surprenant.

Elle parlait avec sérieux, et même avec une sorte de gravité, mais sans détours. Elle leva les yeux vers Dorothea pour l'englober dans son auditoire avant d'ajouter :

— Il semble que cet homme ait eu une double vie.

— Comment ? Que voulez-vous dire ? demanda l'une des femmes.

– Asseyez-vous, Dorothea, Martin va vous servir un verre. Vous êtes charmante.

Puis, baissant la voix :

– La police a trouvé des revues pornographiques dans sa voiture, et des cassettes vidéo.

Elle baissa encore d'un ton :

– Mais de la pornographie *homosexuelle*.

– Non ?

– Roger *Krauss* ?

– Ils ont aussi découvert un billet de théâtre X dans sa poche.

Et, comme Martin venait de quitter la pièce, elle ajouta précipitamment :

– Martin n'aime pas me voir échafauder des hypothèses. C'est pourtant bien ce que fait la police. Ils pensent que Krauss a dû ramasser l'homme, le jeune Noir, vous savez bien, dans ce théâtre, et qu'il le ramenait chez lui. Ce qui expliquerait... certaines choses.

– Oh ! mais on a tellement de mal à le croire !

– Surtout venant de lui.

– Oui, tout de même, Roger Krauss...

– Eh ! de nos jours, on ne peut jamais dire...

– ... jamais rien prévoir...

– Et pourtant, de la part de Roger Krauss, c'est moins étonnant, intervint Ginny Weidmann. Souvenez-vous de sa campagne contre Dorothea ! Contre les «féministes» ! C'est évident qu'il avait des préventions irrationnelles contre les femmes.

Les six ou sept personnes présentes se tournèrent vers Dorothea pour confirmation ; mais celle-ci ne put articuler que quelques mots confus, très mal à l'aise. Heureusement, on la laissa tranquille pour s'occuper activement et sans son aide du «mystère» Roger Krauss.

– Mais le Noir a-t-il avoué ? Aux informations, ce matin, ils disaient...

– Il jure qu'il est innocent, évidemment... qu'est-ce que vous croyez ?

123

— Les preuves semblent tout de même...

— ... accablantes, oui.

Tout le monde se tut. On sonnait à la porte. Une retardataire arrivait. Les murmures reprirent, empreints de stupéfaction.

— Qui aurait jamais imaginé ça... *Roger Krauss ?*

On était dimanche soir. Ginny Weidmann avait téléphoné la veille à Dorothea Deverell, pour l'inviter à boire un verre ; il n'y aurait qu'une poignée d'amis. On serait en petit comité, sans cérémonie. Nous ne vous avons pas vue depuis Noël, où étiez-vous donc passée ? Après avoir mollement résisté, Dorothea avait accepté, redoutant et espérant à la fois de nouvelles discussions sur Roger Krauss dont elle avait les oreilles rebattues depuis une semaine et à qui son nom était, hélas, toujours associé. Les révélations «homosexuelles» de Ginny étaient cependant inédites pour Dorothea qui s'en trouva beaucoup plus affectée qu'elle n'aurait pu le supposer. Assise sur le canapé, son verre intact à la main, elle entendait tourbillonner la conversation autour d'elle. C'était ainsi. Il n'y avait rien à faire.

Peut-être n'était-elle venue chez ses amis que pour être consolée, qui sait, ou dans un sentiment de solitude, ou de peur, ou de culpabilité (pourquoi, de culpabilité ?). Ne voyant pas, dehors, la Cadillac blanche des Carpenter, elle avait compris que Charles ne serait pas là. Pourtant, elle s'était préparée à sa présence, à ses regards furtifs et brûlants, qu'il parvenait toujours à voler à l'attention des autres. Mais il n'y était pas. Il y avait quelques hommes – dont Jérôme Gallagher – mais pas Charles Carpenter.

Cependant, Dorothea avait rencontré, brièvement, son amant la veille au soir et lui avait parlé plusieurs fois au téléphone au cours de la semaine. Il s'était montré très gentil et compréhensif à propos de ce qu'il appelait, avec un air un peu dégoûté, l'«affaire Krauss». Il n'avait pas insisté, comme s'il avait deviné (ah ! que Charles la connaissait bien !) qu'elle vivait mal cette histoire ; qu'elle se sentait coupable (mais de quoi ?). Et ils en étaient arrivés à l'embarrassant, et même à l'irritant problème des cadeaux de Noël : celui que Charles Carpenter lui avait effectivement envoyé (le coffret à bijoux en chevreau ornementé d'écaille de tortue) et celui qu'il ne lui avait *pas* envoyé (la veste de dentelle et la jupe assortie). Le coffret avait été posté à Boston, portait la marque d'un grand bijoutier et était accompagné d'une carte : *Amour toujours, C.* Dorothea l'avait trouvé le lundi matin en ouvrant le reste de son courrier. Deux cadeaux, alors ? En son absence, elle avait reçu non pas un, mais deux cadeaux de Noël ?

— Mais si tu m'as offert le coffret... qui m'a offert... l'autre ? avait-elle demandé, avec un peu d'effroi.

— Si *toi,* tu ne le sais pas, Dorothea, comment veux-tu que *moi,* je le sache ? avait répondu Charles dans un rire léger et blessé à la fois.

Mais Dorothea n'avait aucune envie de savoir.

Juste au moment où elle s'apprêtait à partir, car les autres allaient dîner dans un restaurant voisin et elle n'était pas tentée par l'aventure, Colin Asch, le neveu de Ginny, apparut en compagnie de la voluptueuse Cléopâtre dont le nom, dans l'immédiat, lui échappait. Il s'excusa pour son retard avec des mines de petit garçon. Et les battements de son cœur firent comprendre à Dorothea qu'elle avait eu tort de venir ce soir. Car il était là, tout à coup, ce jeune homme, avec son visage d'archange de la Renaissance, ses cheveux d'or presque blancs, ses yeux intelligents... posant sur Dorothea un regard ardent et intime, comme s'ils étaient de très très vieux amis, ou même des parents, ou encore des gens si proches que toute formalité est superflue. Mais on n'échappa pas à une séance de poignées de main, de présentations car certains ne connaissaient pas encore le neveu de Ginny – « mon arrière-neveu, en fait » – ni Hartley Evans qui était, on le sut très vite, la nouvelle présentatrice du journal du soir, en semaine, sur WWBC et, donc, une figure publique, cible de toutes les attentions. Sur le point de prendre congé, Dorothea dut malgré tout attendre, sourire et écouter. Un étrange sentiment l'envahit au spectacle – ah ! cette entente, cette *évidence* ! – de Colin Asch avec Hartley Evans, ou d'Hartley Evans avec Colin Asch (la jeune femme se tenait contre lui, était arrivée à son bras, comme pour proclamer qu'ils étaient amants) – de ces jeunes gens grands, détendus, rayonnants de bonheur et qui, par contraste, renvoyaient les autres personnes présentes dans le salon des Weidmann à leur terne maturité. Dorothea sentit un coup de poignard de... était-ce de la jalousie ? de l'envie ? ou simplement du désarroi ? ou encore un plaisir malsain, aigu et instinctif devant la seule réalité de ces deux jeunes amants.

Tous deux semblaient aussi excités que des acteurs qui ne peuvent se résoudre à quitter la scène. À moins qu'ils ne se soient disputés juste avant – ou qu'ils aient fait l'amour. Derrière son sourire, Dorothea les observait à tour de rôle. Hartley portait encore plus de bijoux que la première fois et ses cheveux noirs luisaient comme un casque ; ses yeux et ses sourcils étaient maquillés avec recherche, les paupières ombrées de bleu pâle argenté ; ses lèvres charnues et écarlates comme des fruits appelaient les baisers ; et, dans la lumière électrique, sa peau, sa jeune peau paraissait parfaite. Mais la grande surprise de la soirée, c'était Colin Asch qui s'était fait couper les cheveux, peut-être en prévision d'une apparition à l'antenne et qui avait troqué son attirail d'adolescent attardé contre un blazer à boutons dorés étincelants, un pull crème à col roulé et un pantalon bleu marine impeccable. À sa main droite, il avait toujours sa chevalière et, au poignet gauche, une montre de platine que

Dorothea ne lui avait jamais vue. L'examinant pendant qu'il regardait Hartley Evans (qui captivait l'auditoire en racontant comment elle avait réussi à obtenir une interview de l'ancien secrétaire d'État Henry Kissinger), Dorothea eut l'inconfortable sensation que quelque chose clochait, ou, pour le moins, que tout n'était pas vraiment clair. Car comment *ce* jeune homme – sain, énergique, aux yeux brillants, qui ne cherchait même pas à dissimuler son excitation, les doigts agités comme par une musique intérieure – pouvait-il découler de *l'autre,* le neveu «tragique» de Ginny, qui avait littéralement échoué chez les Weidmann en novembre, à peine deux mois plus tôt? Ce soir-là, Colin Asch n'était qu'une âme égarée, un être sauvage, à la peau blême et aux idées exaltées. (Se passionne-t-il toujours autant pour les droits des animaux? se demanda Dorothea. Ginny n'en parlait plus depuis un certain temps.) Aujourd'hui, il avait tout du jeune homme intégré, socialement repérable, confiant dans sa réussite professionnelle et respectueux – humble, presque – devant ses aînés. Les deux ne pouvaient être la même personne, se disait Dorothea Deverell, stupéfaite.

À cet instant précis, Colin Asch se tourna vers elle comme si, réellement, il l'avait entendue penser et leurs regards s'accrochèrent. Alors, menacée d'un malaise, Dorothea Deverell annonça soudain qu'elle devait s'en aller – qu'elle était même déjà en retard à un rendez-vous.

– Je vous accompagne jusqu'à votre voiture, alors, Mademoiselle Deverell – Dorothea, je veux dire, proposa simplement Colin Asch.

Il la prit par le coude et l'entraîna hors de la pièce, quittant son amie si précipitamment qu'on put avoir l'impression glaçante qu'il ne l'avait pas écoutée une seconde, ni personne d'autre. Il était vif, enjoué, comme légèrement ivre, et effectivement, Dorothea s'aperçut que son haleine sentait l'alcool. Il se mit à bavarder futilement, se plaignant avec humour de la WWBC et de la « mentalité-média » avec laquelle il devait composer, car ils tenaient tant à le garder, et lui promettaient qu'il ne tarderait pas à passer à l'image, mais il avait plutôt envie de laisser tomber et de rallier la concurrence.

— Ça les inquiète, ces clowns, dit-il avec un sourire averti à Dorothea. Mais, vous, vous ne regardez pas la télévision, n'est-ce pas, Mademoiselle Deverell ? Dorothea ? Et d'ailleurs pourquoi la regarderiez-vous, vous dont la sensibilité est tellement moins ordinaire. Vous vous intéressez à *autre chose*.

Dorothea éclata de rire, comme si le jeune homme se moquait gentiment d'elle, de ses prétentions hautement culturelles, mais bien sûr, il n'en était rien. Il parlait avec la plus extrême sincérité.

Dans l'entrée des Weidmann, Colin Asch aida Dorothea à enfiler son manteau, le lourd manteau luisant en belle fourrure de martre, et elle s'apprêta avec un peu de nervosité à lui expliquer sa provenance, l'héritage de sa tante — car elle aussi réprouvait la cruelle coutume qui consistait à élever et massacrer des animaux pour leur peau — mais il chantonnait, joyeux, comme s'il n'avait rien remarqué. Il dit qu'il y avait bien longtemps qu'il ne l'avait vue, qu'elle lui avait manqué en quelque sorte, qu'il avait adoré ce déjeuner l'autre jour, qu'il était vraiment désolé qu'elle n'ait pu venir à son anniversaire, mais ça s'était décidé à la dernière minute et il se demandait bien pourquoi tante Ginny ne l'avait pas prévenue plus tôt, que c'était d'ailleurs là le seul point où tante Ginny devrait un peu s'améliorer.

— Vous la connaissez, il faut qu'elle fasse tout au dernier moment, je parie qu'elle vous a invitée hier pour aujourd'hui.

Il se tenait derrière Dorothea, soudain parfaitement immobile, les mains posées sur ses épaules.

— C'était vraiment très gentil de votre part, Dorothea,

cette carte. Cette carte d'anniversaire, dit-il calmement. Je l'ai gardée, comme un trésor. Je ne l'oublierai jamais.

Dorothea rit à nouveau, mal à l'aise. Leurs regards se croisèrent dans le miroir près de la porte, et elle se dit c'est lui qui m'a envoyé le cadeau – bien sûr. Mais à la même seconde deux évidences la frappèrent : elle n'avait pas le courage, pour l'instant, de lui en parler ni d'exiger une explication, et Colin, sentant qu'elle avait compris, était trop poli, ou trop habile, pour en faire mention lui-même. Notre secret restera notre secret, était-il sans doute en train de penser en souriant rêveusement à son reflet.

Il l'accompagna jusqu'à sa voiture rangée dans l'allée circulaire des Weidmann bordée de neige fraîchement déblayée. Il marchait d'un pas alerte en sifflotant les premières mesures d'un air connu – n'était-ce pas une mélodie de Schumann ? Il n'avait pas pris son manteau mais il s'était coiffé d'une toque en astrakan.

– Comment trouvez-vous mon nouveau chapeau, Dorothea ? demanda-t-il avec un sourire de gosse plein d'espérance. Je viens juste de l'acheter, en solde, dans une de ces boutiques de mode où tante Ginny habille oncle Martin.

Ce luxe d'informations semblait quelque peu excessif, mais Colin Asch paraissait si naïvement satisfait que Dorothea répondit, comme on encourage un enfant :

– Oui, je l'aime beaucoup, il est très... très beau.

– Vous savez, Dorothea, dit-il en ouvrant la portière de la Mercedes et en s'inclinant dans une parodie de révérence, j'étais sûr qu'il vous plairait.

Dorothea ramena les pans de sa jupe sur ses jambes – c'était une jupe en jersey plissée, à peine usée – et s'installa au volant. Elle respirait très vite, comme une jeune fille, et Colin, avec toutes les manières d'un prétendant, s'approcha en souriant. Son souffle produisait, par intermittence, un nuage de vapeur. Ses lèvres bougeaient sans qu'il s'en rende compte, se retroussaient un peu sur ses dents, comme les babines d'un loup.

— Oui, c'est étrange, dit-il comme s'ils discutaient tranquillement de ce sujet depuis un moment, la façon dont un personnage haïssable qui ne mérite pas d'être en vie s'en voit soudain privé. Comme s'il y avait, après tout, une sorte de justice sur terre ainsi que le croyaient nos grands visionnaires et nos beaux poètes.

Il s'interrompit, puis ajouta :

— *Comme si.*

Dorothea frissonna et fouilla dans son sac en quête de ses clés. Pourquoi lui parlait-il de Roger Krauss ? Elle hocha la tête, en signe de vague assentiment et chercha une façon aimable de le quitter.

— Vous formez un très joli couple, avec cette jeune femme, dit-elle gaiement. Vous avez l'air très heureux, tous les deux.

— Vous aimez ce genre ? Réellement ? Oh ! je vois bien que vous essayez d'être polie ! Dorothea.

Il s'était penché vers l'intérieur de la voiture, pensif, moqueur, les bras ballants. La toque d'astrakan le rendait étranger, lointain, et avait un peu glissé en avant sur son front, comme si elle était trop grande d'une ou deux tailles.

— Elle s'imagine qu'elle est amoureuse de moi, dit-il à voix basse. Elle voudrait que je lui fasse un enfant et tout ! Elle me dévorerait la vie, si elle pouvait. Elle me viderait les os de leur moelle.

Ce soudain assaut de confidences laissa Dorothea interloquée. Que répondre ? Pourquoi Colin la fixait-il si bizarrement, comme pour quémander sa complicité ? Elle commençait à ne pas se sentir très bien et à souhaiter que cet étrange garçon recule d'un pas pour lui permettre de démarrer. L'angle sous lequel il la regardait lui donnait tous les avantages ; Dorothea en était réduite à tordre le cou douloureusement pour le voir.

— Pour dire la vérité, la chair ne me préoccupe pas excessivement, continua-t-il avec un haussement d'épaules insouciant. Mais seulement l'esprit. L'âme.

Ostensiblement, Dorothea sortit ses clés de voiture de son sac ; son sourire se fanait un peu.

— Mais vous, Mademoiselle Deverell – Dorothea – est-ce que vous êtes amoureuse ? demanda tout à coup Colin Asch, comme sur une brusque impulsion, comme s'il plongeait dans une suite de mots involontaires. Un amour ignoré de tous ?

Dorothea se jeta en arrière, persuadée que le fougueux jeune homme allait la frapper.

— Écoutez, vous pouvez me le dire, s'empressa-t-il d'ajouter. Vous pouvez me faire confiance. *Je sais garder un secret.*

Bien que tremblant de peur, intérieurement, et d'indignation, choquée, en fait, Dorothea parvint à répondre calmement :

— Je ne divulgue pas les secrets aussi facilement. Ni les miens, ni ceux des autres. Et maintenant, laissez-moi refermer ma portière. Il faut que je m'en aille.

— Je sais garder un secret, Dorothea, insista Colin Asch comme un enfant obstiné et meurtri. Aucune force au monde ne m'arracherait un secret.

Pour toute réponse, Dorothea mit le moteur en marche. Elle était à présent terrifiée à l'idée que Colin puisse la toucher – qu'il avance la main par exemple, à tâtons comme un aveugle, et lui caresse les cheveux.

Au lieu de quoi, il poussa un soupir, rétablit sa toque sur sa tête et s'effaça pour refermer la portière.

— L'important, c'est que vous soyez heureuse, dit-il comme une excuse. En ce moment, avec la nouvelle année et tout. Vous êtes heureuse, Dorothea ?

— Oui, dit Dorothea Deverell, presque en colère. Très.

Et d'ailleurs, après tout, elle l'était.

2

Il était heureux si Dorothea l'était aussi et si c'était bien les signes du bonheur qu'il avait lus sur son visage.

Mais sa confiance en lui ne semblait pas encore totale – il n'avait pas entièrement fait ses preuves.

Peut-être lorsque la station aurait enfin récompensé ses mérites, ou qu'il aurait démissionné et trouvé un meilleur emploi ailleurs. Lorsqu'il aurait déménagé. Crémaillère au champagne ! Smoking ! Il viendrait la chercher en limousine ! Et elle aurait mis les magnifiques vêtements qu'il lui avait achetés, d'un blanc pur, et qui lui iraient à la perfection. *La Belle Dame sans Merci* [1] (que M. Kreuzer avait déclamée en classe, lentement. On suivait le rythme, fasciné, on sentait la chute légère en fin de strophe ; les yeux du maître s'étaient posés sur le jeune C.A., avachi sur son banc, près de la fenêtre, en train de regarder ses mains, pétrifié. *J'ai vu leurs lèvres affamées dans le noir / Ouvertes, menaçantes, horribles / Et je me suis éveillé, ici / Sur le flanc glacé de la montagne ;* après le dernier mot, il y avait eu un silence si intense, si obsédant qu'il avait eu envie de crier de crier de crier, de le détruire irrémédiablement, mais il n'avait pu que regarder ses mains, pétrifié).

---

1 En français dans le texte.

133

Colin Asch saurait-il préparer le buffet tout seul, ou devrait-il le faire livrer ? Sa tante le conseillerait. Il y avait un tas de traiteurs par ici. Ça marchait bien pour eux. « Ces enfoirés ont tellement de fric qu'il faut bien qu'ils le bouffent pour pouvoir le chier. » Mais attention, lui, ils ne le boufferaient pas.

Et les meubles ? Il faut les commander des semaines à l'avance. Des mois, même. Ça allait être coton de trouver à emprunter alors qu'il n'avait pas encore remboursé un sou. Le fric du portefeuille de K.R. (puisque tel était son code officiel dans le Registre bleu) avait été une bonne surprise mais s'était vite évaporé, et les cartes de crédit étaient inutilisables, évidemment. Il fallait être drogué à mort pour prendre un tel risque, comme le type noir qu'ils avaient piqué. Qu'est-ce qu'il avait cru celui-là ? Que ça lui tombait du ciel ? Il y avait bien H., et S. (qu'il venait de rencontrer, à la librairie de Lathrup Farms), et puis aussi X. Y. et Z.; il n'aurait jamais de mal à trouver un peu de liquide, mais G. commençait à se lasser de lui avancer de l'argent.

— Pas un mot à Martin, je t'en prie.

Et il lui avait saisi la main au gros diamant et y avait posé le front avec des putains d'airs de gratitude filiale. Je ne sais pas ce que je ferais sans vous, tante chérie, vous m'avez sauvé la vie en m'accueillant ici. Il n'y a personne d'autre comme vous dans le monde entier. Oh ! tante G. chérie !

Et si M. mourait, un de ces quatre ? Agressé en pleine rue, abattu dans sa voiture, pas trop près de Lathrup Farms, tout de même – inutile de laisser supposer que ses proches sont mouillés. Ou alors, un cambriolage : il est tué en voulant intervenir ? Non plus, G. pourrait recevoir un mauvais coup et ce n'est pas ce que tu veux. Non, n'y pensons plus. Ou du moins, remettons à plus tard. Il y a trop d'affaires à régler pour l'instant.

En plus, c'est toujours plus dangereux dans la famille, car ils cherchent des mobiles. C'est pourquoi les XXX sans désir sont les plus réussis. L'émotion, ce n'est jamais bon. Comme pour K.R., il le haïssait tellement, au moment d'en finir avec lui. Et puis il y avait autre chose. Autre chose qui avait joué aussi.

– Je vous ai vus.

– Qu'est-ce que tu as vu ?

– Elle et toi. Tu en pinces pour elle.

– Hein ?

– Tu sais très bien de quoi je parle.

– Non, je ne sais pas ! Dis-moi.

– Cette femme pâle au visage rond – celle qui a l'air prétentieux. L'amie de ta tante.

– Et alors ?

– Comment s'appelle-t-elle ?

– Ne t'occupe pas de ça. Je t'écoute.

– Je te dis que je vous ai vus.

– Tu as vu quoi, ma poule ?

– Elle et toi ! *Toi et elle !* Jamais tu ne m'as regardée comme ça !

Colin restait debout, comme aux aguets, faisant craquer les phalanges de ses mains qui étaient soudain devenues osseuses et comme démesurées : d'abord la droite, puis la gauche. Les paupières un peu baissées. Ils avaient plané très haut, mais redescendaient à toute allure. Tant de fric englouti dans la coke et cette salope qui gâchait tout. Ce n'était pas la première fois. Avec ses yeux de folle, on aurait dit qu'elle louchait, et le mascara qui dégoulinait. De plus, elle aurait bien fait de se moucher. Sans parler de sa bouche humide comme une limace.

– Chérie, je te regarde tout le temps comme ça.

– Ta gueule ! Ferme-la et tire-toi !

Colin Asch se mit soudain à siffler. Ce serait sa seule réponse. La tête en arrière et les lèvres formant une moue, comme pour le plus suave des baisers. Il sifflait

Le Boléro. Sinon il risquait de se passer quelque chose. *Ils vous provoquent tous sans retenue. C'est là qu'il s'agit de savoir RÉSISTER.*

Il lui avait menti sur l'endroit où il se trouvait la nuit dernière et sur la raison pour laquelle il n'était pas allé travailler – c'était la troisième ou même la quatrième fois, et c'était elle qui se faisait engueuler. Est-ce qu'il y avait une autre femme, *était-ce cette femme-là* ?

– Elle pourrait être ta mère.

Et l'appartement qu'il était censé chercher, pourquoi ne la tenait-il au courant de rien ? À moins qu'il n'ait l'intention de déménager en douce ?

Elle n'arrêtait pas de caqueter derrière *Le Boléro.* Il se mit en slip. Il avait vraiment très chaud. La transpiration lui trempait le front, lui coulait dans le dos.

– Parfois, disait-elle avec un rire d'hystérique, il y a quelque chose qui déraille, chez toi, Colin. Souvent, tu me fais peur, tu es si...

Il lui avait tout bien expliqué, avec calme et, au lieu de se montrer satisfaite, elle était en train de tout gâcher, c'était inadmissible. Ses pouces allaient se presser, irrésistiblement, sur les grosses veines bleues de son cou... à moins qu'il ne la saisisse par les épaules pour la balancer dans le mur, par terre, ou contre le chambranle de la porte, enfin n'importe quoi de suffisamment dur pour lui péter le crâne. À un certain degré d'exaspération, *tout devient insupportable – ou supportable. C'est ce point qu'il faut atteindre.*

Il transpirait, suffoquait. Le sifflement était en train de mourir comme le son d'un poste de radio dont on tourne lentement le bouton. Sur le seuil de la salle de bains tape-à-l'œil de H., il alluma la lumière et dit :

– Qu'est-ce que tu fais là, chérie ? Qu'est-ce que tu fais dans la baignoire ?

Il s'avança, les yeux écarquillés. Ses narines étaient dilatées comme par une odeur puissante.

– Colin ? Quoi ? Qu'est-ce que tu... ? disait Hartley dans son dos.

Il joua de la semi-terreur qu'il éprouvait réellement. Il mit ses mains devant ses yeux.

– Chérie ? Hartley ? *Qu'est-ce que tu t'es fait ?*

Elle s'approcha derrière lui, effrayée, sans oser le toucher.

– Colin, qu'y a-t-il ?

Et elle essayait de regarder dans la baignoire par-dessus son épaule. *Parfois, il y a quelque chose qui déraille chez toi, Colin, tu es si...* Puis elle lui prit le poignet, mais il ne sentait rien.

– Tu as un côté du crâne éclaté, dit-il. Il y a du sang dans l'eau. Hartley ? Chérie ? Que s'est-il passé ? *Qu'est-ce que tu t'es fait ?*

Il la voyait si bien dans sa baignoire qu'elle finit par s'y voir elle-même, ou presque. Elle le supplia d'arrêter. D'arrêter pour l'amour de Dieu. Il se pencha vers cette femme morte, qui était presque là, dans l'eau souillée, ses gros seins flottant, les aréoles comme deux yeux tuméfiés. Du sang s'échappait de la plaie, là où le crâne s'était ouvert. Les ongles des mains et des pieds étaient bleus. Stupéfait, Colin s'accroupit près du cadavre tandis que Hartley le tirait par le bras, avec un rire nerveux, le suppliant de s'arrêter, par pitié.

– Tu me rends folle, là. Tu es complètement dingue.

Ils se trouvaient dans un ascenseur et le câble avait lâché, c'est ça ? La prochaine fois qu'elle parlerait de D.D., il la tuerait – sans problème. Il se dit qu'elle le savait. Ou alors elle ne savait rien, cette grosse conne. Au lit, plus tard, le visage enfoui dans son cou, il répéta : «amour, amour, amour», et il eut de la peine à rester assez dur pour la pénétrer. Quand il y parvint, elle grimaça comme si elle souffrait et il commença à glisser hors d'elle. L'idée lui vint bien de lui faire mal un bon coup, qu'elle lui foute la paix, mais il pensa à D.D. et comme elle serait triste, si elle apprenait une chose pareille... choquée, dégoûtée. Après tout, elle espérait tant de Colin Asch. *S'il vous plaît, Dorothea, je veux être bon. J'essaie d'être bon.* Il décida de ne pas baiser H. et de ne pas l'effaroucher non plus, mais de demander pardon, avec des sanglots de petit garçon. Elle n'ignorait pas qu'il était orphelin, n'est-ce pas, elle allait le prendre dans ses bras, hein. Bien sûr que oui. *Aidez-moi à être bon, Dorothea, je vous en prie.* Et, comme par miracle, le mal se retira de lui.

Au petit matin, ni C. ni H. ne se souvenait de quoi que ce soit. Ou presque.

Il avait noté *K.R. 8821 Am.* Si laconique et si elliptique que personne, pas même le FBI, ne viendrait à bout d'un tel casse-tête.

Mais cette transcription ne pouvait exprimer ce qu'il ressentait. Tant d'heures, de jours d'errance. *Et soudain le monde était apparu si parfait. PARFAIT.*

Un jour, il partagerait ses secrets avec elle. Il lui tendrait le Registre bleu et l'inviterait à lire.

– Vous voyez, dirait-il avec la voix claire d'un présentateur de télévision, c'est comme lorsque Euclide a découvert les lois de la géométrie. Les lois pures, inviolées et absolues de la géométrie. Pas *inventé – découvert.*

L'euphorie qui s'ensuivit fut si grande. Le bleu de la Chambre bleue : il l'y emmènerait, un jour.

Elle pourrait être ta mère : les mots s'abattaient au hasard, cruels, mensongers. Car D.D. avait l'air beaucoup trop jeune pour être la mère de Colin Asch, et elle ne lui ressemblait pas du tout, autant qu'il pût se souvenir de Mme Asch, morte, noyée, tant d'années auparavant. Une femme transparente et douce, avec des prétentions artistiques, une tresse de cheveux blonds, comme en ont les paysannes, une coquetterie dans ses yeux inquiets, mais rien de la délicatesse de traits de Colin ; rien. Il avait des photos, comme preuves ! Elle fumait cigarette sur cigarette. Elle puait le tabac. Elle fumait même *avec Colin Asch dans son ventre*. Il ne se rappelait pas si elle l'avait aimé. Si elle l'aimait, « ce n'était pas lui particulièrement ; elle aurait aimé n'importe qui à sa place ». M. Kreuzer avait fait ricaner les garçons en leur racontant l'histoire de ce roi ou de ce général qui disait, à propos de son frère : « Pourquoi devrais-je le respecter ? Parce que nous sommes tous deux sortis du même trou ? »

Et puis il y avait aussi M. Asch, dont Colin se souvenait encore moins. Mort, noyé. Un éditeur de manuels de Manhattan, parfaitement anonyme avant l'accident. Les journaux avaient parlé du fils de douze ans qui avait plongé et replongé pour sauver ses pauvres parents. La mémoire de Colin n'avait retenu que très peu de chose. La police et les autres lui avaient dit ce qu'ils avaient choisi de lui dire et lui n'avait posé aucune question parce qu'il n'était pas le genre d'enfant à en poser. *Ton père et ta mère sont dans un monde meilleur, plus beau, avec Dieu,* avait dit Mme Kendrich en lui touchant la joue. *Fais passer ton char sur les ossements des morts,* avait dit M. Kreuzer en lui touchant la joue. Il y avait bien un cimetière, avec des tombes jumelles, à Katonah, dans l'État de New York, mais ça lui était indifférent. Il n'y était pas allé et n'y avait pas pensé depuis des années.

Et les cellules du corps se renouvellent entièrement tous les sept ans.

Les 638 dollars en liquide du portefeuille de K.R. avaient été sa récompense, tout comme sa montre en platine, son épingle de cravate, sa ceinture en crocodile, ses boutons de manchettes et la belle toque que ce salopard portait – *les dépouilles au vainqueur*. La toque, surtout : qui pourrait soupçonner Colin Asch de lâcheté, à le voir porter ainsi ce couvre-chef à la barbe de tout le monde ? Mais personne, excepté D.D. – évidemment – n'avait le pouvoir de percer la réalité de Colin Asch.

Il s'était tenu derrière elle pour l'aider à enfiler son manteau de fourrure. Une fourrure soyeuse et noire, magnifique. Avec près d'une tête de plus qu'elle, il l'avait dévorée du regard, dans le miroir, ses beaux yeux sombres fatigués, les rides naissantes au coin de sa bouche, l'ombre soucieuse sur son front. Il lui confiait, à propos de cette carte d'anniversaire : «Je l'ai gardée. Je ne l'oublierai jamais.» Et sa voix n'était pas loin de flancher.

Car elle était bien la seule à l'avoir traité comme un être humain – comme une âme – et non comme une merde qu'on peut insulter, dédaigner, considérer avec hostilité (comme son enfoiré d'oncle Martin commençait à le faire) ou chasser, ou encore pousser dans un trou pour qu'elle y crève, qui sait. *En dehors de D.D., personne au monde ne se souciait de lui ; on ne le connaissait même pas.*

Elle savait, bien sûr, que c'était Colin Asch qui lui avait envoyé le cadeau de Noël : l'ensemble blanc. Un seul regard avait suffi malgré la présence jacassante des autres pour que les choses soient claires. Inutile dans ces conditions de lui dire «Merci» en lui tendant la main, même si chaque fois qu'il la lui serrait – c'était le rite de l'Amérique aisée, ces poignées de main à tout bout de champ – le courant passait, entre lui et cette main chaude et si étonnamment vigoureuse. *Notre secret demeure notre secret – à nous seuls.*

Ensuite, il s'était coiffé de la toque, tout excité par le risque, et par le gag aussi. D.D. avait marqué un temps d'arrêt, ses yeux noirs et inquiets levés vers lui, avant de dire : «Il est très beau.»

Arrivés à la voiture, ils avaient parlé franchement. Maintenant elle savait, et il savait qu'elle savait – *il y aurait toujours ce lien entre eux,* comme si, lorsqu'il avait passé le fil de fer autour du cou de l'autre enfoiré, lorsque dans la seconde il avait tiré, tiré, tiré, ses doigts à elle avaient guidé les siens. Maintenant, le destin des

140

ennemis jurés de Colin Asch était tracé. Bien sûr, il n'ignorait pas qu'elle aurait eu du mal à participer effectivement à l'accomplissement, car elle était douée de pitié, comme les grands poètes et les visionnaires en quête du Tout – évidemment, la réalité l'aurait épouvantée, car la Mort est un mot bien faible à côté du fait de mourir – cette ignoble lutte convulsive du corps – et de la soudaine odeur de merde dans le pantalon du connard, de la transformation de R.K. en K.R., en simple viande froide. Le type ne manquait pas de force, mais face à la détermination de Colin Asch, il ne faisait pas le poids – face à cet ange lumineux, on ne faisait jamais le poids ! « Vous n'avez pas douté de moi, Dorothea ? Parce que j'ai tardé à intervenir ? Il ne faut pas douter de moi. »

Elle lui avait appris, en partant, qu'elle ne divulguerait jamais leur secret. Car elle le partageait, bien sûr. Et là, oui, il l'avait rendue heureuse – *très*.

Ce qui, après tout, était le but recherché.

TOUT CE QUI SERA ACCOMPLI DÉSORMAIS EST BÉNI. CAR C'EST L'ÂME QUI EN EST LE BERCEAU.

C'est ce que Colin inscrivit ce soir-là dans le Registre bleu.

Le Registre bleu occupait une grande place dans sa vie car, en un sens, il *était* sa vie. Parfois il le transportait dans son sac, parfois il l'enfermait dans le coffre de l'Olds, et il lui arrivait de le cacher sous le matelas, dans la chambre d'amis que les Weidmann avaient laissée à sa disposition gratuitement depuis son arrivée en novembre. Mais c'est là qu'il s'aperçut que quelqu'un y avait touché – on l'avait sorti, sans doute feuilleté, et puis remis en place *mais maladroitement* ! Et Colin, avec son œil infaillible et son sens aigu du danger, l'avait aussitôt remarqué. Ses narines se pincèrent comme sous l'effet d'une odeur violente.

141

– Je vais être obligé de la tuer, finalement – si c'est elle.

Cette perspective le bouleversait, et l'attristait – sa tante était l'un des rares êtres humains à qui il croyait pouvoir faire *confiance*.

Mais lorsqu'il alla lui parler, très calme, les poings serrés derrière le dos, la femme montra tant d'innocence et tant d'ignorance que Colin fut convaincu qu'elle ne savait rien du Registre. Il avait eu l'habileté de ne pas mentionner le cahier, mais seulement de se plaindre que quelqu'un soit entré dans sa chambre et ait mis de l'ordre dans ses affaires, un ordre différent du sien, et *il avait horreur de ça*.

– Je pensais que vous aviez compris, tante Ginny, dit-il un peu essoufflé, que je n'admettrais pas qu'on viole mon intimité. Et je croyais pouvoir faire confiance aux gens de cette maison, bordel !

– Je suppose... que ce doit être Tula, balbutia Ginny, roulant des yeux humides.

– Je vous avais demandé de lui interdire ma chambre, non ?

– Oui, chéri, je le lui ai expliqué, mais...

– J'ai bien dit que je ferais moi-même mon bon Dieu de ménage, non ?

– Colin, chéri, je t'en prie... je t'en supplie, ne te fâche pas. Je suis certaine que c'est une étourderie. Tula a dû oublier. Ou bien elle aura mal interprété mes...

– Vous lui avez dit de faire le ménage, c'est ça ? Parce que ça vous embêtait que je laisse tout en l'air, c'est bien ça ?

– Mais non, chéri, je suis sûre que... je ne me souviens pas *exactement*...

– Au fond, vous n'aviez pas confiance en moi. Pour le ménage ? Pourtant, je vous l'ai bien dit, le premier jour, je vous l'ai bien dit, je ne supporte pas qu'une femme noire nettoie mes saletés, je ne peux pas le supporter. Je

142

vous l'ai *dit*, j'ai *expliqué*, et vous m'avez répondu que vous compreniez.

Un violent sentiment d'injustice le traversa comme une flamme. Pourtant, il parvint à maîtriser sa voix.

– Parce que nous avons la peau blanche et que la leur est noire, et que nous les exploitons depuis des siècles, et que leur statut reste celui d'esclaves. *C'est seulement les proportions qui ont changé.*

– Mais Colin, dit Ginny Weidmann en ôtant nerveusement ses lunettes en demi-lunes, il y a des années que Tula travaille pour nous ! Je suis certaine qu'elle nous aime beaucoup !

– « Tula », comme vous l'appelez – alors qu'elle ne vous appelle pas « Ginny », n'est-ce pas ? – ne travaille pas pour *moi* depuis des années.

– Mais elle...

– *Elle ne travaille pas pour moi depuis des années.*

Il quitta la pièce. Elle le suivit, en s'excusant, en protestant faiblement, alors que son neveu était en train de perdre le contrôle de ses nerfs. *C'était parfois aussi soudain qu'une envie sexuelle, ça lui tombait dessus : le besoin de détruire ! de redresser les torts ! de rendre justice !*

– Colin, tu penses vraiment que c'est si... grave ? dit-elle en se tordant les mains, les larmes aux yeux.

Ailleurs, dans la maison, la bonne noire passait l'aspirateur. Le bruit entra dans la tête de Colin Asch, fouettant son sang chargé de colère.

– Que nous employions des Noirs ? Nous, les Blancs ?

Il recula, les mains devant lui comme s'il capitulait. Non, il n'allait pas lui faire de mal ; *elle était de ceux qu'il voulait épargner* malgré la tentation. Cette lourde vache à la gueule bouffie, avec ses cinquante-cinq ans et le « rinçage » roux de ses tifs, sans parler des diamants – *ah ! oui ! les diamants* – de sa pogne gauche, qui semblaient lui faire de l'œil. Colin prenait bien un peu d'argent dans son porte-monnaie de temps en temps, et avait même emporté quelques petits objets comme la coupe qu'un homme d'affaires avait remise à Martin en 1977, et un petit éléphant de jade, et des boutons de manchettes qui avaient l'air en disgrâce. Mais les grosses choses, non ; il s'était fixé une limite *à ne pas franchir,* car il savait d'expérience que, quand on commence, on ne peut plus s'arrêter et qu'on finit par être obligé de leur défoncer le crâne. Mais là, la salope avait du culot – il fallait bien reconnaître son courage – de lui promener ainsi ses bijoux sous le nez alors qu'elle voyait bien à quel point il était démuni : n'ayant pas eu la chance d'intégrer une grande école comme ses fumiers de gosses, il était promis à une situation médiocre dans la société – mais l'était-il vraiment ?

Il courut dans sa chambre, prit le sac où le Registre bleu était déjà bien à l'abri et le remplit à toute vitesse pendant que Ginny essayait de le calmer. Mais on ne calmait pas Colin Asch. *Son intégrité exigeait son départ. Son âme était atteinte.* Perturbé au point d'en bégayer, il déclara à cette Blanche ignare qu'elle et ses semblables devraient avoir honte d'exploiter le sous-prolétariat noir.

– Payer toute une classe d'êtres humains pour nettoyer votre merde, et vous vanter que vous leur procurez du travail ! Vous vanter que ce sont des «gages» que vous leur donnez !

Là, Ginny Weidmann éclata en sanglots, Ginny Weidmann qui, de toute sa vie bien ordonnée, n'avait jamais été attaquée de la sorte, aussi *mise à nue* ; c'était comme s'il avait giflé la garce, la façon dont elle couinait en le regardant. On aurait dit Moïse et le Buisson ardent, Jacob et l'ange, si bien qu'il se sentit désolé pour elle, tandis qu'elle remâchait ses excuses.

– Colin ? Colin ? Je suis certaine que Tula nous aime bien, qu'elle nous pardonne. Elle a besoin de l'argent que je lui donne, et il y a les pourboires, Colin, je suis aussi généreuse que possible.

144

Un mouvement de pitié et presque de sympathie s'empara de lui. Chassant d'un geste irrité les cheveux qui lui tombaient sur les yeux, il tenta d'expliquer à sa tante, comme on fait avec les enfants attardés, que Martin et elle étaient des victimes au même titre que Tula :

— Si son peuple était formé pour des emplois normaux, s'ils possédaient des universités comme les Blancs, ils ne seraient pas obligés de choisir entre être vos esclaves ou mourir de faim.

Ginny le suivait des yeux sans comprendre, un mouchoir roulé en boule contre la bouche.

— Colin chéri, hoqueta-t-elle. Que fais-tu ? Tu fais tes valises ? *Tu t'en vas ?*

Poliment mais fermement, il l'écarta pour passer. Bordel, il avait plein de trucs à emporter. Ça aurait eu une autre allure, quand même, de fermer la porte et de tourner les talons sans un mot. Il ne pouvait pourtant pas demander à tante Ginny de l'aider, non ?

— Tu... pars ? Comme ça ? Tu nous quittes ? Comme ça ? Sans même dire au revoir à Martin ?

Colin Asch posa sur la femme un simple regard qui voulait dire oui. Qui voulait dire : *Comment oses-tu poser cette question ?* Qui voulait dire : *C'est bien toi qui me forces à partir, moi je n'y suis pour rien.*

Évidemment, il avait un point de chute, des points de chute – plus qu'il n'en fallait, bon sang ! – mais il n'avait pas encore signé le bail de l'appartement. Il allait le signer quand il avait été saisi d'un doute et il avait pris un rendez-vous pour en visiter un autre. Le premier était à Sylvan Towers et le second à Fairleigh Place. Il n'arrivait pas à se décider. Et c'est alors que Susannah – Mme Hunt, qu'il avait rencontrée à la librairie et qui avait dans l'œil quelque chose d'effronté, de dévergondé – lui avait appris qu'il y avait un appartement à louer dans son immeuble, à Normandy Court. Et il l'aimait beaucoup, celui-ci. Il donnait sur un parc, possédait un balcon où, le matin, il pourrait prendre son petit déjeuner ; les murs étaient d'un blanc immaculé et les planchers vernis étincelaient ; deux chambres, deux salles de bains, vide, un grand salon avec une baie sur toute la largeur, idéal pour organiser une fête en l'honneur de Dorothea Deverell quand elle obtiendrait sa promotion – on caserait cinquante personnes sans problème, là-dedans – et une cuisine, petite mais entièrement équipée : « Cet endroit pourrait bien me transformer en homme d'intérieur », dit-il en se dandinant d'aise. Mme Hunt se mit à rire à travers la fumée de sa cigarette, lui attrapa le poignet et répondit :

– J'ai exactement la même cuisine, Colin, et moi, ça ne m'a absolument pas transformée.

Et ce fut là qu'il choisit d'aller. À Normandy Court. En s'installant chez Susannah pour attendre. Il lui raconta que la vie des Weidmann était un enfer où la femme buvait pendant que le mari menait une double vie au-dehors. Ça lui rappelait un peu l'histoire de cet homme qui avait été assassiné – quel était son nom, déjà, Robert Krauss ? Roger ? – un homme d'affaires très prospère mais plutôt dépravé, fréquentant des gens infréquentables. Oui, il avait fait des avances à Colin, une fois, mais assez habilement pour ensuite jouer la méprise. Et ça le navrait pour ces gens au fond très gentils, très généreux mais pathétiques, comme beaucoup d'autres par ici.

– Je vous trouve différente, Susannah, *vous,* vous devez vivre seule, je me trompe ?

Et il ne se trompait pas puisque M. Hunt était parti (parti où ? épouser une femme plus jeune ?) et les enfants élevés et loin eux aussi et que ça puait partout la haine, Colin le sentait bien.

Il lui dirait : *Il n'y a pas de porte, mais on entre par où on veut. Comme Dieu est partout et nulle part à la fois.*

Il y avait longtemps, de l'autre côté du fleuve... échappant, tout essoufflé, au vent glacé, il entrait dans un hall

146

d'hôtel immense comme l'intérieur d'une cathédrale, ses doigts avaient glissé le long de la main gantée de sa mère, et on l'avait poussé sous cet énorme arbre de Noël qui ne ressemblait pas aux autres arbres de Noël parce qu'il n'était pas *vert* mais *blanc,* et était couvert de lumières qui clignotaient rapidement, et de boules bleues grosses comme le poing... l'air aussi paraissait bleu, givré, vibrant à peine du bruit des pas et des conversations. Il avait regardé, stupéfait, ce qui n'était pas un arbre de Noël ni même l'idée d'un arbre réel, mais la représentation d'un arbre totalement artificiel qui annulait l'idée d'un arbre réel parce qu'il était parfait... il était blanc, fabriqué par la main de l'homme et ne mourrait jamais. L'endroit où il se trouvait était tout bleu, un bleu pâle, froid et immatériel et entièrement tapissé de miroirs légèrement constellés de fausse neige, où se reflétait un enfant aux cheveux clairs et au visage livide : il y avait un enfant dans le miroir et un enfant dans un autre miroir qui se reflétait par-derrière, et sur les côtés aussi, il y avait un enfant qui observait son reflet dans les deux premiers. Il y avait une multitude d'enfants, devant, derrière, sur les côtés, en entier ou en fragments, un enfant reproduit à l'infini et pourtant le même, vraiment lui, on ne pouvait pas se tromper, car ses yeux allaient de l'un à l'autre pour se planter finalement en plein dans ceux de Colin Asch. Comment était-ce possible ? Mais c'était un fait. Comme le regard de Dieu, à la fois devant et derrière l'enfant, et aussi à l'intérieur. Et il n'y avait plus eu d'enfant du tout. Seulement cet air tout bleu qui vibrait, si beau !

C'est comme mourir, lui dirait-il, *sans avoir besoin de cesser de vivre pour voir comment c'est, après.*

Dans la Chambre bleue, il flottait pendant des heures entières. *Et personne ne pouvait l'atteindre : il n'avait pas de corps, pas de pesanteur, pas d'ombre. Il flottait.*

Il avait compris ce qu'il avait à faire et il l'avait *fait.*

Et cela ne pouvait pas être défait.

Par aucune puissance terrestre.

Par aucune puissance universelle.

Même pas par Dieu – si Dieu existait.

Un XXX accompli avec compétence et précision, au bout de plusieurs jours de frustration et de colère à en perdre le sommeil et l'appétit parce que la cible était inaccessible ou que les conditions n'étaient pas réunies (présence de témoins) pour agir. Et il savait que Mademoiselle Deverell attendait... se posait des questions. Pourquoi Colin Asch mettait-il tant de temps à intervenir pour la sauver ? Après ce regard grivois que le salopard avait posé sur eux, son clin d'œil et sa bouche graisseuse, comme une insulte. Pour cette seule raison, il méritait d'être puni ! Cette agression avait blessé Mademoiselle Deverell comme un poignard, et *Colin Asch, les sens aiguisés, l'avait tout de suite senti*. Il devait être châtié à tout prix ! «Dommage qu'il ait été déjà mort quand je lui ai fait le reste» – c'est-à-dire les clés dans les yeux, dans une impulsion, un élan irrésistible, et puis les coups de rasoir auxquels il avait pensé à l'avance en fonction des circonstances. Parce que le minutage à la seconde près était primordial : il fallait être sûr de ce qu'on avait à faire, et le faire. Vite.

Et ensuite, disparaître. *Vite*.

Pendant la période qui avait précédé l'exécution du plan, il avait enragé. C'était comme lorsqu'on bande et qu'il est impossible de décharger. Ça, il ne supportait pas. Eh bien, on aurait dit que R.K. le faisait exprès d'empêcher C.A. de l'approcher pour user de son fil de fer ou de son rasoir, selon le cas. Pas une, mais deux ou trois fois, il s'était dit froidement : *Ça y est,* et puis au dernier moment, la situation s'était modifiée, comme un film qui devient brusquement flou. Il n'avait même pas eu le temps d'avoir peur, sur le coup. Pourtant, s'il n'avait pas eu de la chance, si le destin de Colin Asch avait été celui d'un homme ordinaire, il serait sous les verrous, à l'heure qu'il est, ou alors il aurait été obligé de tuer une personne de plus, ou plusieurs... et pas brillamment ; dans l'urgence et la panique.

« Mais bien sûr, Colin Asch avait eu de la chance. »

Il avait eu cette idée de génie de se noircir la figure, et de porter des lunettes de soleil ; et cette casquette en laine tricotée qui lui faisait comme une tignasse crépue. Et l'étui à clarinette. *Le génie réside dans les détails. Les détails sont la marque de l'artiste.*

Ainsi Colin Asch avait pu être aperçu par l'employé qui serait le seul témoin. Le seul témoin survivant.

R.K. avait pris l'ascenseur du parking, C.A. emprunta donc l'escalier, ignorant à quel niveau l'autre s'arrêterait. Mais il n'eut pas de mal à le localiser – avec son manteau sombre et sa toque d'astrakan de connard. Il était tard et tout semblait paisible, à part R.K. qui sortait ses clés. *Quelque chose de céleste. Sans ombres.* C.A. avala sa salive et sentit le petit pincement annonciateur du moment où il accomplirait ce pourquoi il était né, *ce qui était dicté par la justice.* Le secret, c'était le sang-froid. Le secret, c'était d'entrer dans le chemin de la Mort, où vous deveniez l'agent de la Mort, celui qui la contrôle, et pas une victime ou un témoin irresponsable. Et c'est ainsi qu'au niveau 3B apparut un Noir assez jeune, sans doute un ouvrier, se dirigeant vers une petite Datsun garée près de la Lincoln de R.K. C'était une coïncidence que les deux hommes viennent chercher leur voiture au même moment, mais rien de plus. Quand R.K. se retourna, le Noir lui adressa un signe de tête respectueux, avec beaucoup de naturel, puis il sourit et dit amicalement :

– Monsieur Krauss, n'est-ce pas ?

Et c'était bien Krauss, épais, avec un gros cou et des yeux irrités par un excès d'alcool, les lèvres pincées, la mine un peu fermée mais hésitant malgré tout à commettre un impair. Alors le Noir ajouta aussitôt, d'une voix mélodieuse :

– Je n'espérais pas vraiment que vous me reconnaîtriez, Monsieur Krauss, mais nous nous sommes déjà rencontrés il y a quelques semaines, je crois, ici à Lathrup Farms, pour un concert, un récital, à la maison des Arts – il me semble que c'est Howard Morland qui nous a présentés, non ?

Et voilà. R.K. tombait dans le panneau. Tout paraissait tellement innocent, même dans ce décor puant le béton, le froid et la poussière. Un Noir lui offrait une main fraternelle et R.K. ne pouvait faire autrement que se conduire en Blanc libéral et tendre lui aussi une main amicale. C'était réglé comme du papier à musique. Et c'est là qu'on se retrouve empoigné, déséquilibré, et que le sourire du Noir se fige.

– Enculé ! Tu te figurais peut-être que tu allais m'échapper !

L'attaque de l'agent de la Mort est si prompte, si inattendue. La toque de fourrure bousculée et le fil de fer qui passe et se referme. Tout cela si vite, dans un seul geste rond, qu'on a juste le temps de lâcher un petit cri de protestation, un gargouillis étouffé alors que vos yeux vous sortent déjà de la tête, comme dans un rêve. Et la peau vire au rouge tomate. Et puis, vous tombez sur les genoux et vous vous tordez, en essayant d'arracher avec les ongles ce qui vous serre le cou et expulse la vie hors de vous par battements réguliers, par battements parfaitement calibrés – *un mouvement d'horloge dont les aiguilles ne tournent que dans un sens et que personne ne peut inverser, pas même la puissance de Dieu.*

Le chasseur victorieux se tenait au-dessus de cette proie effondrée qui avait bien mérité son sort, qui avait *créé* elle-même sa mort. Les pieds écartés et les genoux fléchis, les muscles tendus à l'extrême, l'expression patiente et pensive – car les convulsions de la mort expriment la *sortie du flot vital* et rappellent *l'entrée du flot vital* de la naissance, lors du premier cri.

Tu te figurais peut-être que tu allais m'échapper ?

M. Kreuzer avait révélé à C.A. et à un petit nombre d'autres élèves privilégiés les secrets du facteur X que la démocratie, le christianisme et «certaines survivances éthiques archaïques» essayaient de nier, mais qui se manifestait bel et bien dans les gènes. Selon lui, un *homo sapiens* sur mille était destiné à commander à tous les autres grâce à sa supériorité intellectuelle, spirituelle et physique, et à cet intangible élément de la psychologie humaine connu sous le nom de volonté.

– La volonté sécrète la destinée, disait M. Kreuzer.

D'abord, C.A. n'avait pas bien compris. Car il était si jeune encore, un petit garçon, un petit *ange* chez qui le *jumeau malfaisant* sommeillait encore. *La volonté sécrète la destinée.*

Ainsi, lorsque l'émotion nous submerge, nous assaille comme des guêpes tournoyant autour de nos têtes, c'est la volonté qui doit prévaloir ; et elle prévalut chez Colin Asch en ce 2 janvier, après le XXX, accompli avec succès. Cette vie qui venait de s'achever entre ses mains était encore si présente qu'il eut envie de crier, de rire, de hurler ! Il eut envie de proclamer à la face du monde qu'il avait rendu justice ! Et, en même temps, il voulait déguerpir d'ici au plus vite et il lui fallait combattre le désir panique de fuir à toutes jambes. (Et si quelqu'un sortait de l'ascenseur ? Et si l'employé avait entendu des bruits de lutte ?) Mais il avait un *plan,* une *méthode,* il avait une *discipline.* Ainsi reproduisit-il les gestes qu'il avait répétés mentalement, avec calme, sans s'affoler, malgré les battements de son cœur, malgré la sueur qui lui dégoulinait dans le dos, malgré le tremblement de ses mains : il s'octroya quelques bijoux et vêtements et, bien sûr, le portefeuille (bourré de billets et de cartes de crédit), *les dépouilles au vainqueur,* et il prit le temps de le punir de façon équitable. Les yeux qui l'avaient insultée, elle ; le bas-ventre, la grosse bite ; il était lourd, ce mort, lourd de toute cette mort, mais qu'importait car c'était sa vengeance à elle et il devait aller jusqu'au bout.

— Je ne suis que l'instrument.

Ensuite, il plaça le billet qu'il avait eu l'idée d'acheter durant l'après-midi (dans un cinéma porno qui présentait deux films à la même séance : *Les Garçons de la nuit* et *Les Secrets des jeunes nazis*) au fond de la poche du pantalon. Puis il installa le corps au volant de la Lincoln, calé sur l'appui-tête, comme s'il dormait, et les bras ramenés entre les jambes ensanglantées. Dans le coffre, il dissimula sous le tapis de caoutchouc des magazines porno de pédés qu'il s'était procurés quelques semaines plus tôt, au tout début de l'élaboration de son plan. Ils étaient tachés, froissés.

Le grand truc, c'est la simplicité : *tu balances aux enfoirés une piste bien nette et ils la suivront.*

Colin Asch accomplit tout cela tranquillement et avec plaisir en moins de temps qu'il ne lui en fallut, par la suite, chez sa tante, assis en tailleur sur son lit, pour le confier à son Registre bleu.

Après cela, il se faufila dans l'escalier du parking, sans rencontrer personne. Une fois au rez-de-chaussée, il attendit patiemment, peut-être dix minutes, que l'employé soit occupé avec un client, et là, il sortit sans la moindre hésitation dans Providence Street — libre. À cette heure tardive (à son poignet la montre du mort indiquait 3 h 20) la rue était déserte. Colin Asch se sentait si pur, si innocent, si vertueux, si revivifié spirituellement — *XXX exécuté pour rendre justice, « œil pour œil, dent pour dent »* — que la voiture de police qui traversait le carrefour ne lui fit aucune impression. Et, de toute façon, il s'en allait dans la direction opposée.

3

Par un lundi neigeux de début février, M. Howard Morland, bronzé et reposé après un séjour prolongé à la Barbade, fit irruption dans le bureau de Dorothea Deverell, pour l'inviter à déjeuner à son club.

– Il faut que nous fassions un peu le point, nous deux, dit-il avec un sourire embarrassé.

– Oh ! mais c'est impossible aujourd'hui, Howard ! répondit Dorothea sans réfléchir. Je suis débordée. Je n'avais pas l'intention de sortir déjeuner.

Devant l'air déçu de M. Morland – à moins que ce ne fût un air de pitié et d'irritation – Dorothea sentit que son visage s'enflammait, comme si on l'avait prise en faute. Mais elle persista.

– Je veux dire, souffla-t-elle faiblement, qu'il y a tant de travail.

M. Morland se mit à rire et recula avec une courbette.

– D'accord, Dorothea. Je comprends. Mais peut-être pourrez-vous passer dans mon bureau ? Quand vous voudrez, dans la matinée ? Je vous promets de ne pas vous garder trop longtemps.

– Oui, ça je peux, dit Dorothea en avalant sa salive, car elle venait de deviner qu'il s'agissait là de la convocation tant redoutée. Je viendrai.

Lorsque, une heure plus tard, elle entra dans le bureau du directeur, introduite par la souriante secrétaire, elle

153

trouva M. Morland, non pas penché sur un dossier, mais étendu sur une chaise longue en cuir noir. Il fit mine de s'en extraire, mais Dorothea le pria de ne pas se déranger.

– Comme vous êtes jolie, aujourd'hui, Dorothea, dit-il comme à peu près chaque fois qu'il la voyait.

Et il lui serra énergiquement la main. Il appartenait à cette catégorie d'individus de petite taille qui mettent un point d'honneur à pratiquer des sports violents et ne détestent pas broyer les phalanges des hommes plus grands qu'eux, et même des femmes. Mais depuis long-temps, Dorothea avait appris à ne pas se laisser sur-prendre.

Toute conversation avec M. Morland débutait par un échange de banalités et, aujourd'hui, Dorothea ne s'en plaignait pas car, à la pensée de la discussion sérieuse qui s'ensuivrait, elle sentait le sang se retirer de ses doigts et de ses orteils.

Elle savait, cependant, que le nom de Roger Krauss ne serait pas mentionné. M. Morland ne l'avait jamais pro-noncé dans le passé, lorsque Krauss était si ostensible-ment vivant, il n'allait certainement pas le faire mainte-nant qu'il était mort.

Une fois et demie plus grand que celui de Dorothea, le bureau du directeur était moins un «bureau» – avec tout ce que ce mot sous-entend de pratique, de routine, de *labeur* – qu'un véritable musée du bon goût. Jamais Dorothea Deverell n'avait sérieusement imaginé qu'elle pût en hériter un jour et ses espoirs de promotion étaient toujours restés abstraits. Car elle n'était certaine-ment pas digne de telles splendeurs.

Howard Morland était célèbre, du moins parmi ses collaborateurs, pour son art du coq à l'âne. Une seconde plus tôt, il parlait encore du charme unique des petits singes sauvages des îles du Vent, et voici qu'il déclarait à Dorothea Deverell, sur le même ton, et sans cesser de sourire, qu'il avait communiqué, vendredi dernier, au conseil d'administration, la date à laquelle il avait décidé de partir en retraite : le 1er juin.

– Et je leur ai demandé, ce qu'ils ont accepté – avec enthousiasme et à l'unanimité, je dois le dire, Dorothea –, que vous soyez désignée comme directrice à ma place.

Son sourire s'élargit. Ses dents magnifiquement arrangées lancèrent un éclat très blanc. Son bronzage accentuait aussi l'argent de ses cheveux, neigeux, inoffensif, rassurant.

– Dorothea ? Vous m'entendez ? Nous souhaitons que vous soyez la prochaine directrice de la Fondation.

Dorothea Deverell écoutait de toutes ses forces, mais elle n'avait pas vraiment entendu, non.

Pourtant, elle parvint à sourire et à hocher la tête ; elle murmura quelques mots d'assentiment, sentit ses yeux se gonfler de larmes. Il fallait qu'elle résiste à l'envie de déclarer à Howard Morland qu'elle considérait soudain comme un père bienveillant, un ami, un protecteur : « Mais la direction, c'est trop pour moi, je ne la mérite pas. » Au lieu de quoi elle répondit :

– Je suis très honorée.

M. Morland se lança alors dans le compte rendu de la réunion du conseil d'administration au cours de laquelle, bien sûr, il avait joué un rôle déterminant : ce qui avait été dit et par qui ; à quel point les qualités de Dorothea Deverell étaient appréciées de tous ; la crainte aussi (car certains bruits avaient couru) qu'elle n'aille chercher un emploi ailleurs. Il l'informa enfin que le conseil suggérait, dans l'hypothèse de son acceptation, qu'elle prît les responsabilités de « directrice effective » dans quelques semaines, pour que la transition se fasse sans heurts.

– Avec un ajustement de salaire immédiat, évidemment, ajouta-t-il précipitamment, se méprenant sur le regard inexpressif de Dorothea.

Ils traitèrent ensuite des problèmes pratiques, et de ceux qui s'étaient accumulés pendant l'absence de

155

M. Morland et, pour Dorothea, cette fin d'entretien se passa dans une sorte de tension – car elle avait grand-peur d'éclater en sanglots et que son patron ne fût obligé de la consoler. Mais l'ironie de la situation ne lui échappait pas. Si Roger Krauss siégeait encore au conseil d'administration ou si sa mort n'avait pas été aussi ignominieuse, le directeur de la Fondation Brannon ne serait pas en train de converser agréablement avec son assistante, ou bien alors il se serait agi d'une tout autre discussion.

Elle trouvait également plaisant qu'on lui propose solennellement un intérim de « directrice effective » alors qu'elle assumait cette tâche, *de facto,* depuis plusieurs années.

Pourtant, lorsqu'elle se leva pour partir et que M. Morland lui broya tendrement la main, Dorothea sentit monter des larmes de gratitude, des larmes de soulagement, de joie enfantine. Maintenant mon avenir est clair, pensa-t-elle. Du moins, une partie de mon avenir.

– Ça a toujours été mon vœu le plus cher, vous le savez, Dorothea, dit chaleureusement M. Morland. Que vous me succédiez, je veux dire. J'espère, chère amie, que vous n'en avez jamais douté... ?

– Jamais, s'exclama Dorothea tout aussi chaleureusement, les yeux tout humides d'émotion.

Quand elle regagna son bureau du deuxième étage, Jacqueline et quelques autres employés l'attendaient, rayonnants, car tout le monde était au courant depuis la réunion du vendredi.

– *Et ça !* dit Jacqueline, en désignant d'un geste emphatique une longue rose rouge dans un vase. Pourquoi croyez-vous que j'avais mis *ça* sur mon bureau ? Imaginiez-vous que je l'avais achetée pour moi, sans raison ?

Dorothea, ravie, accepta la rose. Elle ne l'avait même pas remarquée.

Un peu plus tard, elle appela Charles Carpenter à son bureau, pour l'informer de l'incroyable nouvelle qu'il ne parut pas trouver particulièrement incroyable.

– Ce n'est pas trop tôt, dit-il sombrement, comme dans un accès de solidarité maritale. Les salauds.

Mais Dorothea insista sur la sincérité et l'amitié que lui avait manifestées Howard Morland.

– Il ne manquerait plus que ça, gronda-t-il. Moi je trouve qu'ils devraient te présenter des excuses – et Howard le premier. Ça fait une éternité qu'il se la coule douce.

Ces derniers temps, depuis le séjour de Dorothea dans le Vermont, Charles et elle s'étaient rapprochés l'un de l'autre ; ils traversaient une de leurs périodes d'intimité intense, presque conjugale. S'ils ne se voyaient qu'une fois par semaine, ils se téléphonaient tous les jours et souvent deux fois. Charles lui avait confié qu'il parlait davantage avec elle qu'avec sa femme, et toujours de choses plus essentielles. Ce dont je devrais lui être reconnaissante, je suppose, pensait Dorothea : *c'est au moins ça*.

Charles la félicita néanmoins pour sa promotion ; il était heureux, dit-il, qu'elle soit heureuse.

– Maintenant mon avenir à Lathrup Farms est clair, lança-t-elle sur un ton de jubilation.

Puis, de peur que son amant ne soit blessé ou inquiet, elle ajouta plus bas :

– Du moins une partie de mon avenir.

(Bien que la mort de Roger Krauss remontât à moins d'un mois, il n'était presque plus question de l'événement à Lathrup Farms. Par crainte d'avoir l'air de se réjouir du malheur d'autrui, Dorothea Deverell ne suivait pas l'affaire dans la presse locale et elle évitait aussi de participer aux éventuelles discussions sur le sujet. Au bout de quelque temps, elle finit même par se convaincre que M. Krauss n'avait pas vraiment été un ennemi, qu'il

157

avait seulement voulu jouer l'avocat du diable face au «féminisme», comme le font souvent certains hommes, en société, avec les meilleures intentions du monde. Non, c'était exagéré de le considérer comme un ennemi! «Il faut que je me méfie de ce genre de réaction.»

Elle avait vaguement compris que le mystère du meurtre avait été élucidé, plus ou moins. La police tenait l'assassin. Il y aurait un procès. Et ça aussi, ce rituel public posthume, elle devrait bien essayer de ne pas s'y intéresser, pour préserver cette pureté de conscience, d'âme, qui lui semblait faire partie de sa personnalité, au même titre que ses yeux sombres, ses cheveux acajou, sa peau pâle et crémeuse, sa silhouette fragile.)

Le jour où la nomination de Dorothea Deverell au poste de directrice de la Fondation Brannon fut officialisée – par le biais d'un important article dans l'hebdomadaire de Lathrup Farms – elle arriva chez elle vers 18 h 30. Elle avait à peine ôté son manteau et commencé à consulter son courrier lors-qu'on sonna à la porte. Comme si, se dit-elle, on l'avait guettée. Ou suivie jusque-là.

C'était Colin Asch, qu'elle n'avait pas vu depuis des semaines. Il tendait un bouquet de fleurs.

– J'espère que je ne vous dérange pas, Mademoiselle Deverell! Je voulais juste vous dire bonjour, et vous féliciter.

Cette apparition saisit Dorothea – il était si grand, si blond, si réellement là – et lui fit plaisir, aussi, car elle ne l'avait pas oublié et, d'une certaine façon, il lui avait manqué. Elle le pria d'entrer, lui offrit du thé et mit les fleurs dans un vase. C'était de très longs glaïeuls aux couleurs flamboyantes. Dorothea éclata de rire devant tant de prodigalité. Elle se sentait soudain en fête.

– Buvons plutôt un xérès, dit-elle. Avec ce que les Anglais appellent des «petits biscuits digestifs».

Ils s'installèrent dans le salon. Colin Asch, timidement, sur le sofa envahi de coussins, et Dorothea en face de lui dans un fauteuil Reine Anne. Comme son visiteur paraissait immense, et dynamique et *affairé* – se penchant sur la table basse pour regarder magazines et livres, se tordant le cou pour détailler la gravure orientale encadrée sur le mur, au-dessus du sofa, et souriant, souriant comme un gosse qu'on emmène en balade, ou comme un soupirant venant d'obtenir son premier baiser. Il portait une veste et un pantalon à rayures en tweed qui n'allait pas vraiment avec – sans doute le dernier chic ; ses cheveux blonds étaient coupés très court sur les côtés et dans la nuque mais formaient une masse épaisse sur le sommet du crâne. Une jeune barbe blonde lui mangeait le menton et les joues, et Dorothea se dit que c'était aussi très à la mode, sans savoir pourquoi elle pouvait bien se dire une chose pareille. Et son lobe droit s'ornait d'une boucle. Pas vraiment une boucle d'oreille, mais une sorte d'anneau d'or ou de cuivre qui créait une image un peu cruelle.

Colin Asch expliqua immédiatement à Dorothea, comme s'il lui devait une justification, qu'en réalité sa tante Ginny lui avait appris la bonne nouvelle plusieurs jours auparavant.

– Mais elle m'a conseillé de ne pas me précipiter. D'attendre que ce soit officiel. C'est une si merveilleuse nouvelle, Mademoiselle Deverell – je veux dire Dorothea. Et si méritée !

Dorothea le remercia et, après un silence, redoutant de demeurer l'unique sujet de conversation, demanda à Colin comment ça se passait à la télévision et où il habitait maintenant – on lui avait dit qu'il avait pris un appartement à Lathrup Farms. Elle trouva étrange, sur le moment, mais moins que par la suite, qu'un jeune homme presque inconnu soit si touché – et même bouleversé – par son modeste succès professionnel. Et cette

159

façon de la regarder, les yeux agrandis par l'admiration ! C'était vraiment surprenant. Mais flatteur après tout.

Lorsque Colin lui annonça qu'il ne travaillait plus à la WWBC mais avait accepté un emploi «beaucoup plus prometteur» dans le service de relations publiques d'une entreprise de Lathrup Farms, elle se souvint vaguement que Ginny Weidmann lui en avait parlé ainsi que de la manière un peu brutale avec laquelle il avait quitté leur maison. Mais tout cela manquait de netteté dans son esprit, peut-être parce qu'elle préférait n'entendre que du bien du jeune parent de Ginny.

— Ils ne voulaient pas me lâcher, à la station, dit-il avec un haussement d'épaules embarrassé, et ça s'est terminé assez désagréablement. En fait, c'est un de leurs concurrents qui, ayant appris que je partais, m'a fait une offre *par téléphone* – une offre extraordinaire. Mais j'en avais par-dessus la tête de la télévision et de leur culte absolu de la *popularité*. La seule question qu'ils se posent, c'est: «Est-ce que ça va se vendre?» ou «Nos annonceurs vont-ils apprécier?» Le contenu d'un programme dépend de tellement de facteurs, je veux dire de facteurs *triviaux*, c'en est une insulte pour l'espèce humaine. En tout cas, c'en est une pour *moi*. Ils m'ont pratiquement supplié de leur proposer un programme pilote pour une émission d'entretiens haut de gamme, un peu comme à la radio, vous voyez, là où l'animateur connaît son affaire, lit un tas de livres et de journaux avant de parler, et j'avoue que j'ai été tenté, mais pas au point de me laisser fléchir. Parce que, ce qu'ils veulent, en fin de compte, Dorothea, c'est votre âme, ni plus ni moins. Alors, je suis parti. J'ai claqué la porte. Et j'ai eu la chance de trouver un autre – en fait, un bien meilleur – emploi.

Dorothea Deverell, tout étourdie par le flot de paroles de son jeune ami et par l'ardeur de son regard, ne put que murmurer «Tant mieux», bien que l'idée l'effleurât

160

que les relations publiques, d'après ce qu'elle en savait, ne devaient pas être tellement plus gratifiantes que la télévision, non ?

— Je devine ce que vous pensez, Dorothea, lança Colin en riant, après avoir vidé son verre de xérès.

— Ah oui ?

— Vous vous dites que les relations publiques ou la télévision, c'est du pareil au même, que les motivations sont identiques – souci des apparences, de l'image, etc. Mais en fait non, c'est assez différent. Enfin, dans bien des cas, ça se recoupe, mais pas au poste que j'occupe, assistant du directeur culturel de L.L. Loomis & Company – vous ne les connaissez pas ? Vous n'en avez jamais entendu parler ? Ils sont très branchés, mais dans le *bon* sens du terme – le directeur a mon âge ou un peu plus et c'est très agréable de travailler avec lui. En réalité, Dorothea, je songeais en venant – bien sûr, il y a une autre raison à ma présence ici, vous le savez, mais je songeais que je pourrais vous aider, enfin la Fondation, en faisant de la publicité pour vos manifestations et vos expositions, et tout – évidemment, si vous le jugez utile.

— J'admets volontiers que la publicité n'a pas été notre fort, jusqu'ici, soupira Dorothea avec un sourire désabusé.

— Il ne s'agit pas seulement d'*informer* les gens, mais de les *forcer* à s'intéresser, dit Colin avec passion. Certaines de vos réalisations sont de si grande qualité, elles mériteraient tellement un plus vaste public – elles valent largement ce qu'on voit à Boston, et même à Cambridge –, mais il faudrait informer. Non pas pour provoquer une invasion : vous n'auriez pas la place ! Mais une galerie, c'est autre chose, les gens se dispersent naturellement. Pourquoi souriez-vous ?

— J'étais en train de penser que nous n'avons encore jamais eu à la Fondation de problème de « surpopulation ».

— Je sais bien, dit Colin Asch, navré. C'est une petite organisation, très locale, destinée à une communauté restreinte, d'accord. Mais maintenant que vous allez la diriger, une ère nouvelle peut s'ouvrir. Et même, il le faut. Je propose que vous me donniez la liste de vos projets pour le printemps, avant que je m'en aille, pour que je m'y mette, sans engagement de votre part. Juste comme ça, à titre personnel.

Comme s'il craignait de s'emballer, il s'arrêta net et Dorothea vit sa mâchoire se contracter ; puis il reprit :

– Je dis bien, à titre personnel, Dorothea. Il n'est pas question de rémunération. *Pro bono.*

– Ce serait très aimable à vous, dit-elle hésitante.

– Oh ! non, je ne suis pas aimable ! Je ne suis qu'un... agent culturel !

Colin Asch s'était installé confortablement au milieu des coussins. Il croisa ses longues jambes vêtues de tweed et prit un gâteau dans le plat que lui tendait Dorothea. Elle remarqua qu'il portait d'énormes chaussures de sport couleur lavande. Et – était-ce possible par un froid pareil ? – pas de chaussettes.

– Ce sera vraiment une ère nouvelle, dit-il comme pour relancer la conversation. Avec une femme à la direction, et tout.

Dorothea Deverell avait effectivement l'intention d'apporter des changements, mais elle estimait préférable d'aller lentement et de ne pas inquiéter, ou froisser le conseil d'administration plutôt conservateur et la petite troupe de bénévoles, des femmes en majorité, qui ne ménageait pas son aide à la Fondation. Elle confia néanmoins à Colin qu'elle tenait par exemple à développer le secteur des conférences : le précédent directeur ne l'avait pas autorisée à faire venir une conférencière «controversée», une avocate spécialisée dans les problèmes de femmes et d'enfants battus à Boston, et elle pourrait enfin se rattraper l'année prochaine ; et elle inviterait aussi des poètes, de temps en temps ; et dans deux ou trois ans, lorsque l'un de ses anciens professeurs de

Yale, excellent historien de l'art de la Renaissance, prendrait sa retraite, elle espérait organiser une sorte de *Festschrift*[1] en son honneur, avec le concours d'autres universitaires, d'anciens étudiants, pour une série de causeries... soutenues, évidemment, par une exposition.

– Voilà de merveilleuses perspectives. Ce sont... je dois dire, ce sont des idées *brillantes*.

Encouragée de la sorte, Dorothea se laissa aller à davantage de confidences concernant des projets encore flous, presque des rêves ; elle imaginait une section pédagogique, elle envisageait la rénovation des bâtiments, et la création d'espaces : une aile adaptée aux expositions, une nouvelle salle de concerts.

– J'en parlais l'autre jour à un ami proche, dit-elle, essoufflée, et il m'a répondu, un peu surpris : «Jamais je n'aurais pensé que tu avais ça en tête, Dorothea.» Je lui ai dit : «Avant, je n'avais aucun pouvoir, et le pouvoir donne des idées.» Alors, il m'a regardée bizarrement et m'a déclaré : «Je suppose que, au bout du compte, la réalisation des idées relève toujours du pouvoir.» Je ne voulais pas le blesser mais j'ai quand même rectifié : «Pas *au bout du compte, au départ* !» Et là, il m'a dévisagée comme s'il me voyait pour la première fois.

Elle éclata d'un rire de petite fille.

Mais Colin ne partagea pas cette gaieté.

– Oui, dit-il froidement en ôtant laborieusement une miette au coin de ses lèvres. L'homme moyen s'accommode très mal du «pouvoir» d'une femme. Comment s'appelle votre ami, déjà ?

– Charles Carpenter. Vous ne devez pas vous souvenir de lui...

– Mais si, je m'en souviens très bien, dit Colin Asch, souriant, comme s'il relevait un défi. Un avocat, ami des Weidmann. Sa femme s'en est prise à moi à propos des

---

1. Fête de l'écriture.

végétariens. Elle était ivre — c'était même une alcoolique. Eh bien, savez-vous, Dorothea, que Mme Carpenter a essayé de faire la paix avec moi, par la suite ? Elle m'a envoyé un chèque de deux cents dollars pour la Ligue des droits des animaux, par l'intermédiaire de ma tante.

— Vraiment ? Agnès Carpenter ? dit Dorothea Deverell, déconcertée.

— C'était gentil, non ? Même si c'était pour apaiser un sentiment de culpabilité.

— Oui, répondit lentement Dorothea, c'était gentil.

Et elle ajouta, sans réellement comprendre ce qu'elle entendait par là :

— La plupart des actions généreuses, dans la vie, sont réalisées pour apaiser un sentiment de culpabilité, je crois. Ce qui n'enlève rien à leur...

— Générosité.

Il y eut un silence un peu lourd. Dorothea offrit à son visiteur un nouveau verre de xérès qu'il accepta avec des remerciements. Elle avait l'impression très nette qu'il retournait dans sa tête une question concernant directement Charles Carpenter. Une question qu'elle n'avait pas l'intention d'écouter et à laquelle elle ne voulait pas répondre.

— Ginny m'a dit que vous aviez trouvé un appartement, dit-elle.

— Oui, à Normandy Court, répondit Colin Asch en triturant sa boucle d'oreille. Je suis au onzième étage, au-dessus d'un petit parc. Une amie — une nouvelle amie — m'aide un peu à le payer tant que ma situation chez Loomis n'est pas stabilisée. La Porsche que je conduis lui appartient aussi — vous ne m'avez peut-être pas vu arriver ? — c'est un modèle de 1986. J'ai une option d'achat, si je veux. Jolie voiture, et appartement *splendide*. Et c'est la raison pour laquelle je suis ici, Mademoiselle Deverell — je veux dire Dorothea. J'espère que vous me rendrez visite et que vous m'autoriserez à vous préparer

164

un dîner. J'avais dans l'idée une sorte de repas de fête, vous voyez, pour marquer votre promotion. J'inviterais tante Ginny et oncle Martin, aussi, ils sont si gentils, et les personnes de votre choix, et mon amie, Mme Hunt, Susannah Hunt, vous devez la connaître ?... Vous êtes sûre ?... Elle dit qu'elle vous connaît, elle. Ce serait juste un petit dîner entre amis. *S'il vous plaît, dites oui.*

– Eh bien, oui... bien sûr, consentit Dorothea. Si... enfin...

– Ce serait si merveilleux pour moi ! Ce serait un tel honneur !

– Si vous ne croyez pas que...

– Est-ce que le 5 mars vous conviendrait ? C'est un samedi. À vingt heures ?

– Oui, ça me paraît...

– Le vrai motif pour lequel je repousse ce dîner à une date si lointaine, dit-il douloureusement, c'est que je dois attendre qu'on me livre mes meubles. Une magnifique salle à manger en verre et chrome. Ils demandaient trois semaines de délai et maintenant, il leur en faut cinq, les abrutis. Et cette lampe halogène que j'avais trouvée en solde, finalement elle avait un défaut et je l'ai refusée. *Mais j'en ai toujours envie.* Je n'ai qu'une ou deux choses dans l'appartement, dont un canapé un peu comme celui-ci. Alors Susannah m'a prêté quelques affaires en dépannage. Mais le 5 mars, tout devrait être réglé. Le 5 mars, tout *sera* réglé.

– Mais je ne veux pas vous causer le moindre ennui, Colin. Ou vous amener à dépenser...

– Comment cela, des ennuis ? s'exclama-t-il, choqué. Puisque je le fais pour *vous.*

Dorothea tenait son verre de xérès à deux mains pour lutter contre un léger tremblement. Que me veut-il ? pensait-elle. Et pourquoi ? Dans un accès de contrariété, elle se remémora ce cadeau de Noël, si inattendu et si peu désiré, en fait. Elle avait bien l'intention d'en parler à

Colin Asch avant qu'il s'en aille. Et Susannah Hunt : comment ce jeune homme ingénu se retrouvait-il lié à *cette femme* ? Dorothea Deverell ne pouvait pas dire qu'elle la connaissait vraiment, mais elle avait entendu les pires horreurs sur son compte, depuis des années, surtout à propos de son légendaire appétit pour les hommes (même les jeunes) et de ses démêlés, légaux et autres, avec son ex-mari, un médecin local très réputé. Un jour, dans une réception, Dorothea avait passé une demi-heure d'angoisse à épier, du coin de l'œil, son Charles Carpenter chéri en grande conversation, ponctuée d'éclats de rire, avec la voluptueuse divorcée. À sa grande honte, elle avait même vu, à l'autre bout de la pièce, Agnès qui surveillait elle aussi le couple... de son regard immobile de gorgone. Quel sentiment fraternel elle avait éprouvé pour Agnès à cet instant ! Comme elles étaient unies dans un même désarroi ! Elle n'avait jamais évoqué cette scène avec Charles, et lui n'en avait pas dit un mot non plus.

— Vous ne voyez plus cette jeune femme de la télévision ? demandait-elle maintenant à Colin Asch. Comment s'appelait-elle, déjà ? Elle avait de beaux cheveux noirs...

— Oh ! ça n'a pas marché !

— Vraiment ? Je suis désolée.

— Ne le soyez pas ! Je vous assure... ne le soyez pas, dit-il en riant. Hartley était trop sérieuse. Elle attendait trop de moi. Nous n'étions pas faits l'un pour l'autre, voilà tout, vous comprenez. Et puis...

Il se pencha en avant pour ajouter, à voix basse, en confidence :

— ... elle était accrochée à la cocaïne. C'est une habitude très coûteuse.

— La cocaïne !

Il y eut un instant de gêne et Colin posa son verre pour se lever. Il consulta sa montre-bracelet de platine et dit, comme à regret :

— Bon, il faudrait peut-être que je songe à vous laisser.

166

Puis, presque sans reprendre sa respiration :

– Vous avez une maison magnifique, Dorothea ! Vous ne me feriez pas visiter ?

– Évidemment, s'entendit-elle répondre.

Elle se représenta rapidement le premier étage. Était-ce en ordre ? Devait-elle tout montrer à son impétueux invité ? Même sa chambre à coucher ? Ses toilettes ?

– À moins que ça ne vous dérange, dit-il, la voyant troublée. Vous devez être fatiguée, après une journée de travail.

– Oh ! non, ça ne me dérange pas du tout ! dit Dorothea en riant.

Et c'est à ce moment-là que le téléphone sonna.

Elle s'excusa et prit la communication dans la salle à manger, regardant distraitement son visiteur dans un miroir – en réalité, dans deux miroirs – sans qu'il s'en doute. C'était Merle, au bout du fil, une amie. Une femme mariée intelligente et plutôt solitaire avec qui Dorothea se rendait parfois au ballet. Elle aurait bien voulu abréger, mais Merle semblait décidée à bavarder.

– Est-ce que je peux vous rappeler ? J'ai une visite, dit Dorothea.

Elle aperçut, dans le salon, Colin Asch qui se déplaçait avec une surprenante agilité. On aurait dit un félin dressé sur ses pattes de derrière. Il feuilletait les livres, touchait les objets disposés sur la cheminée... il essaya d'actionner le loquet de la porte-fenêtre de la terrasse d'un geste vif du poignet... il alla au pied de l'escalier et jeta un coup d'œil vers l'étage. (Mais pourquoi fait-il ça, se demandait Dorothea. Je ne suis pas en haut, je suis ici.) L'intérieur de sa bouche semblait se voiler peu à peu d'une mince pellicule de peur et c'est avec soulagement qu'elle le vit sortir du cadre des miroirs.

– Je vous rappellerai plus tard. Je ne peux pas parler maintenant, murmura-t-elle à l'adresse de Merle aussi gentiment que possible.

167

Quand elle revint au salon, pourtant, Colin Asch l'attendait avec un grand sourire. Il tenait un livre de reproductions de l'Américaine Alice Neel.

– En voilà un talent original, dit-il.

Il interrogea Dorothea sur cette artiste ; elle lui donna quelques précisions et proposa de lui prêter le livre – ce qu'il accepta avec gratitude. Il voulait apprendre, c'était tout, elle n'avait aucune raison de se méfier de quoi que ce soit.

La discussion se poursuivit sans qu'il soit – Dieu merci – à nouveau question de la visite de la maison. Puis le téléphone sonna encore et une ombre de colère durcit le visage du jeune homme. Mais il se reprit aussitôt.

– Vous êtes une femme très sollicitée, Dorothea. Je suis peut-être venu au mauvais moment.

– Je vais prier de rappeler plus tard, dit-elle en s'excusant.

Mais c'était Charles Carpenter, avec qui elle avait vraiment envie de parler, tout comme il semblait, de son côté, impatient de s'entretenir avec elle. Pouvait-il passer en rentrant chez lui ? Il était encore à Boston et avait eu une journée très dure.

– Quelque chose ne va pas ? s'inquiéta Dorothea. Qu'y a-t-il ?

– Je te dirai tout à l'heure, dit Charles Carpenter.

– Est-ce... ?

– À propos de toi et moi ? Oui, chérie. Et d'Agnès.

Debout dans la salle à manger obscure, Dorothea Deverell, l'écouteur pressé contre l'oreille, ne put articuler un mot. Elle sait, pensa-t-elle calmement. Maintenant, tout va finir entre Charles et moi.

– Y a-t-il quelqu'un avec toi, Dorothea ?

– Non, pas vraiment, murmura-t-elle, le regard perdu dans le plancher, évitant soigneusement les miroirs.

– Alors je viens. Je serai là dans une heure, dit son amant, sans enregistrer l'ambiguïté de sa réponse.

– Ce soir ? Ah ! oui, bien sûr ! répliqua stupidement Dorothea.

Ils se dirent au revoir et, comme une somnambule, elle revint vers son visiteur qui l'attendait exactement à la même place. Cette fois, Dorothea le soupçonna d'avoir écouté la conversation. Elle ne se souvenait pas si elle avait prononcé le nom de son amant, mais elle se sentait trop fatiguée pour s'en soucier.

Colin Asch était captivé par une lithographie de Chagall accrochée au mur. C'était un cadeau de mariage du grand-père de Michel Deverell, que Dorothea regardait rarement tant il faisait partie du paysage quotidien et tant, surtout, il renfermait de mélancolie. Le peintre avait signé en bas à droite et c'est ce qui fascinait Colin.

– Elle est signée. C'est une pièce de collection, dit-il avec une naïveté touchante.

– Mais non, c'est une simple lithographie.

Elle lui annonça que le dernier coup de téléphone était très important et qu'elle allait recevoir une visite. Aussi était-elle désolée de ne pas pouvoir lui montrer la maison, mais ce serait peut-être pour une autre fois...

– Oui, je comprends.

Dorothea se sentait dans le rôle de la femme fatale, poussant un homme dehors pour en introduire un autre. Mais que jouait-on ? Elle n'aurait su le dire. Pas une comédie, en tout cas, de son point de vue.

– Alors, vous n'oublierez pas, le 5 mars, n'est-ce pas, Dorothea ? À vingt heures ? dit Colin Asch à la porte. Je vous enverrai une invitation dès que possible, mais notez déjà la date, s'il vous plaît.

– Je vais le faire, promit Dorothea. Je vais la noter.

Elle pouvait apercevoir, au coin de l'allée, dans la faible lueur des lampadaires, la voiture prêtée à Colin Asch. Petite, rutilante, élégante. Elle craignit qu'il ne l'invite tout à coup à l'essayer et que, contre son gré, elle ne s'entende répondre oui. Sur le perron, Colin Asch lui

169

serra vigoureusement la main et la garda un bref instant de trop dans la sienne.

— Qu'attendez-vous exactement de moi, Colin ? demanda prudemment Dorothea.

C'était la première fois qu'elle disait une chose pareille. La première fois de sa vie.

Colin Asch battit des paupières avec un haut-le-corps.

— Je n'attends rien de vous, Dorothea, dit-il blessé. Je suis seulement heureux de penser... je veux dire de *savoir...*

— Oui ?

— ... que vous êtes là. Que vous existez. Que, voyez-vous, nos vies sont... parallèles.

Il avait parlé lentement, péniblement, en évitant son regard. Elle se taisait mais il n'ajouta rien. Des larmes de soulagement lui piquèrent les yeux quand elle dit, en lui pressant la main :

— C'est très gentil, Colin. Vous êtes quelqu'un de bien. Je ressens la même chose pour vous et vous l'avez exprimé avec beaucoup de grâce.

— Alors tout est parfait, dit-il gravement en reculant.

Elle le suivit des yeux jusqu'à sa voiture, certaine que, avant d'y monter, il se retournerait pour lui dire au revoir de la main. Ce qu'il fit.

Les parallèles ne se rencontrent jamais, pensait-elle fort à propos.

En attendant Charles Carpenter, Dorothea Deverell changea sa robe de jersey gris pour une jupe de laine et un pull en shetland trop grand et elle mit des chaussures à talons plats. Elle transporta le vase de glaïeuls de pièce en pièce, car elle le trouvait un peu trop présent dans le salon. Elle finit par le poser dans la pénombre de la salle à manger. Ensuite, elle se fit un thé très fort et le but, debout dans la cuisine. Elle était bien trop agitée pour s'asseoir. Assise, elle aurait entendu les battements de son cœur avec trop de netteté. Elle se disait qu'un pan entier de son existence allait s'achever et que, malgré les frustrations, l'humiliation latente et les coups de désespoir, ç'avait été une belle vie. Elle avait été heureuse, vraiment – moins la maîtresse d'un homme marié que sa deuxième femme, beaucoup plus solidaire que l'autre. Elle repensa aux paroles de sa mère : « On reproduit les mêmes choses pendant des années, sans se rendre compte à quel point on est heureux. Et puis, un jour, d'un coup, tout est fini. » Elle avait dit cela lorsque Dorothea était au collège, au moment de la première opération du cancer de son père. Et maintenant Dorothea songeait : « Oui, mais il va falloir faire face. »

Et puis, à son grand étonnement, quand Charles Carpenter arriva, il lui annonça une nouvelle totalement inattendue.

– Je lui ai parlé, Dorothea. Je lui ai dit.

Il n'avait pas encore quitté son manteau tout couvert de froid et il ôtait lentement le chapeau gris que Dorothea trouvait si beau.

– Tu m'as entendu, Dorothea, dit-il. *Je lui ai parlé.*

– Parlé ?

– Enfin ! J'ai commencé à lui parler. Enfin !

Dorothea regarda Charles Carpenter qu'elle avait rarement vu dans un tel état d'agitation. Elle recula, un peu effrayée, puis avança dans les bras de l'homme qui l'étreignit très fort et assez maladroitement. Ils restèrent accrochés l'un à l'autre, dans la petite entrée de Dorothea, comme des enfants coupables.

– Hier soir... Et cet après-midi, au téléphone, disait-il d'une voix triomphante. J'ai enfin commencé. Il n'y a plus moyen de revenir en arrière, maintenant !

Enlacés, ils titubèrent jusqu'à la cuisine où Charles s'empara d'une bouteille de whisky irlandais et leur servit

171

à boire. Au salon, ils s'assirent sur le sofa, se reprirent les mains et Charles Carpenter raconta tandis que Dorothea Deverell écoutait, incrédule.

— Tout à coup, sans prévenir – nous n'étions pas en train de nous disputer, mais nos silences sont parfois pires que des injures – je lui ai dit : «Agnès, nous ne nous aimons plus. Pourquoi restons-nous ensemble ?» Elle m'a jeté un regard de haine absolue, comme si je venais de violer une sorte de secret, et quand j'ai essayé de poursuivre, elle s'est levée et a quitté la pièce, comme souvent – *exactement comme si je n'existais pas.* Mais cette fois, je l'ai suivie et lui ai dit que nous devions parler, et c'est ce que nous avons fait, ou plutôt ce que j'ai fait. J'ai évoqué une séparation et elle s'est mise à crier : «Jamais je n'accepterai. Je préférerais nous tuer tous les deux.» Plus tard, c'est moi qu'elle a accusé de vouloir *la* tuer. Elle m'a claqué la porte au nez et j'ai d'abord renoncé. Puis je suis monté, mais elle s'était barricadée. Enfin, ça a duré des heures. Vraiment des heures !

Il regardait Dorothea avec un sourire inhabituel et lui serrait les mains à lui faire mal. À plusieurs reprises, il répéta :

— Mais j'ai commencé, enfin. J'ai commencé – enfin.

— Je suis si heureuse, Charles, dit-elle faiblement.

— Mes parents vont être bouleversés et je redoute d'avoir à le leur apprendre, mais on ne peut plus rien changer. Ils m'ont trop longtemps tyrannisé avec leurs bienfaits. La gentillesse est une sorte de chantage, elle vous tient en respect. Agnès l'a toujours su – ah ! oui, elle a toujours su jouer avec mon sens du devoir ! Et maintenant, elle se pose en martyre en m'attribuant le rôle du méchant, du «connard mûrissant typique» : ce sont ses propres mots. Elle s'imagine qu'elle va attendrir les gens. Comme si nos amis n'étaient pas aussi les miens. Comme si quelqu'un, en dehors de son mari, avait encore la force de la supporter.

Ainsi parlait Charles Carpenter, et Dorothea Deverell, dans une sorte d'hébétude, l'écoutait. Pouvait-elle croire ce qu'elle entendait? Et d'ailleurs, qu'entendait-elle? Elle interrompit une tirade passionnée sur l'alcoolisme d'Agnès pour demander si le mot «divorce» avait été prononcé et si Agnès avait envisagé de prendre un avocat.

— Elle en choisira un parmi mes ennemis personnels, j'en suis sûr, dit Charles en se prenant la tête dans les mains.

— *Nos* relations doivent rester secrètes pour le moment, n'est-ce pas?

— Ça me paraît impossible, Dorothea, dit Charles.

Il avait enlevé sa veste et, maintenant, il desserrait nerveusement sa cravate. Une fine pellicule de sueur couvrait son front.

— Sans doute ai-je senti que nous étions arrivés au bout, tu comprends, que je ne pouvais plus me taire. Bien sûr, ça tombe un peu mal, avec ta nomination et tout, mais comme je te l'ai expliqué, je n'ai rien prémédité. C'est sorti de nulle part — de notre satané *silence*. J'ai commencé à parler et je n'ai pas pu m'arrêter. Tu sais que je t'aime et que je veux t'épouser. Je suis incapable de te renier. Devant Agnès ou devant quiconque.

— Mais est-ce que tu le lui as dit, Charles?

— L'une des choses qu'elle criait, c'était: «Il y a une autre femme, c'est ça?» et je n'ai pas répondu. J'ai réussi à éluder; mais, un peu plus tard, elle est revenue à la charge et elle a dit: «C'est Dorothea Deverell?» et je crois bien, Dorothea, que sur le moment, j'ai répondu «non». Et puis j'ai continué: «L'échec de notre couple n'a rien à voir avec une tierce personne, tu le sais parfaitement», et ça a suffi à la... Dorothea? Ça ne va pas?

— Est-ce que..., dit Dorothea en pétrissant les doigts de Charles Carpenter entre ses deux mains, est-ce qu'elle a vraiment dit ça: «C'est Dorothea Deverell»?

— Oui, elle l'a dit. Elle est plutôt observatrice, finalement.

– Mais tu lui as répondu : «Non.»

– Je lui ai dit «non» par pur réflexe. Pour me dégager, en quelque sorte. Pas très courageusement, je le reconnais, mais c'était sur le coup. Je ne voulais pas qu'Agnès, folle de rage, s'en prenne à toi. Qu'elle décroche le téléphone pour t'insulter. Une telle chose était impensable, chérie.

Dorothea se pencha comme si elle allait s'évanouir. Elle pensait : «Et maintenant ? Et maintenant ?»

– Ainsi, tu le lui as dit, Charles, enfin ! murmura-t-elle.

Elle embrassa la main qu'elle tenait toujours et la baigna de ses larmes. Elle ne s'était pas rendu compte qu'elle pleurait.

– Je t'aime, souffla-t-elle.

Et Charles posa tendrement ses lèvres sur sa tempe. Lui aussi murmura : «Je t'aime» passionnément, plusieurs fois, comme s'il prêtait serment.

– À présent, nous allons pouvoir abandonner tous ces faux-semblants. Ces horribles faux-semblants si dégradants. J'ai eu grand tort de toujours remettre à plus tard cette rupture avec ma femme. Rétrospectivement, je suis effaré par ma lâcheté. Par ma «bonté». Par mon souci de la place que j'occupe dans la communauté. Tu as été si patiente, Dorothea. Une sainte, vraiment – pour m'avoir gardé ta confiance. Mais maintenant, très bientôt, nous allons vivre ensemble, aux yeux de tous – nous nous marierons, nous habiterons dans notre maison à nous – comme des gens normaux.

Il éclata d'un rire exalté, comme si un simple verre de whisky avait eu raison de lui. Il passa un bras autour des épaules de Dorothea et la pressa presque trop fort contre lui.

– Tu imagines, Dorothea chérie : mariés. *Comme les gens normaux.*

– Oui, dit Dorothea Deverell. Oui.

Et ses pleurs redoublèrent car, en réalité, elle ne pouvait pas du tout l'imaginer. Pas au bout d'une si longue espérance.

Ce soir-là, après le départ de Charles Carpenter – ils avaient fini par monter dans la chambre, et ils avaient fait l'amour avec l'ardeur d'une première fois – Dorothea resta étendue, les yeux grands ouverts, la tête agitée de pensées. Une question la harcelait comme un moustique obstiné : *Que va-t-il arriver maintenant ? Que va-t-il arriver – maintenant ?* Bien qu'elle tentât de se concentrer sur Charles, sur son amour pour lui, sur la possibilité – la probabilité même, non ? – de leur mariage et de leur vie commune sous un toit bien à eux – en réalité, elle rêvait surtout à la maison, à son style, à son emplacement – elle ne parvenait pas à faire complètement abstraction d'Agnès Carpenter, sa rivale, sa sœur déshéritée, qui ne devait pas dormir non plus, dans *son* lit, dans *sa* chambre, à l'autre bout de la ville. Elle eut la vision de son visage défait, blessé, vieillissant et de son regard affolé – *Y a-t-il une autre femme ? Est-ce Dorothea Deverell ?*

J'aimerais tellement mieux être victime de son égoïsme que le contraire, songea-t-elle tristement.

Et elle passa une nuit horrible ; la première d'une longue série, pressentit-elle. Et *tout cela* à cause de son bonheur – de leur bonheur, à Charles et à elle ! Au matin, sa décision était prise. Elle appela Charles à son bureau et lui annonça dans un flot de paroles qu'il valait mieux qu'il attende – ils *devaient* attendre – et ne fasse rien de plus qui pût bouleverser Agnès.

– Bouleverser Agnès ? demanda Charles Carpenter, incrédule.

– Ne te fâche pas, chéri, mais je... je ne supporte pas l'idée de la savoir malheureuse. Je ne supporte pas que toi et moi, par égoïsme, la rendions malheureuse. Plus

175

tard, peut-être, dans quelques mois, petit à petit – en lui expliquant, mais pas si brutalement... si cruellement. C'est une sorte d'assassinat, une telle violence. Nous sommes deux, Charles, mais elle est seule. Imagine ce qu'elle doit éprouver.

– Je ne désire pas plus que toi faire du mal à Agnès, protesta-t-il, mais il le faut. En réalité, nous avons déjà trop attendu, et je pensais que nous étions d'accord là-dessus. Si nous voulons...

– Pendant toutes ces années, j'ai été jalouse d'Agnès et je lui en voulais ou je croyais lui en vouloir, mais maintenant je... je refuse de la faire souffrir, tout simplement. Cette idée m'est odieuse. Tu l'as aimée, n'est-ce pas ? Et elle aussi t'a aimé – non ? Elle est malade depuis pas mal de temps, elle va boire encore plus...

– Dorothea, pour l'amour de Dieu, tu ne vas pas bien. Où es-tu ? Tu n'es pas allée travailler ? J'arrive...

– Non, ne viens pas. Pas maintenant !

– Mais tu as l'air si mal...

– Je *suis* mal. Il faut revenir en arrière.

– Mais je croyais qu'hier soir nous étions bien d'accord...

– Lui as-tu dit autre chose, hier soir ? En rentrant ?

– Non. Pas à Agnès. Mais à toi, Dorothea. Je veux dire... je t'ai parlé à toi... il me semblait que tout était clair, Dorothea, non ?

Il y eut un silence. Charles Carpenter respirait bruyamment comme un homme à bout. Cet aspect de sa personnalité, cette impatience, presque de la colère à peine contenue, était nouveau pour Dorothea Deverell et l'intimidait.

– Et maintenant, dit-il amèrement, tu te rétractes. Tu cherches à me repousser.

– Mais pas du tout ! Je t'aime. Mais il y a Agnès, elle existe, d'autres personnes que nous existent dans le monde et on ne peut les piétiner. Essaie seulement

176

d'imaginer ce qu'elle peut ressentir en ce moment, dit-elle d'une voix que la frayeur rendait rauque.

– Eh bien moi je pense surtout à ce que je ressens, moi, dit Charles Carpenter.

– Mais je..., commença Dorothea.

À cet instant, la tonalité retentit: pour la première fois dans la vie de Dorothea Deverell, on venait de lui raccrocher au nez.

Quelques jours après la visite de Colin Asch, Dorothea reçut une lettre recommandée contenant un modèle du carton que Colin avait l'intention d'envoyer aux invités du dîner donné en son honneur.

Colin Andrew Asch
serait heureux de vous recevoir
pour fêter la nomination de
Dorothea Deverell
au poste de directrice de la Fondation Morris Brannon
le samedi 5 mars mille neuf cent quatre-vingt-huit
au 1104 Normandy Court, Lathrup Farms,
Massachusetts

R.s.v.p.   Vingt heures
Téléphone: 617-555-5825   Tenue de soirée

Bristol de luxe, gravure élégante, peut-être un peu prétentieuse. Lorsqu'elle l'eut en main, Dorothea éclata de rire tant elle se sentait gênée. « Ce n'est pas possible. » Pourquoi ce gentil jeune homme, toujours à deux doigts de l'absurdité, en faisait-il sans cesse trop et s'embarquait-il dans des aventures qui le dépassaient ? Dans sa lettre, il demandait à Dorothea de lui établir une liste de gens qu'elle aimerait avoir autour d'elle ce soir-là et l'informait qu'une limousine avec chauffeur viendrait la prendre chez elle et la raccompagnerait, et qu'elle pourrait porter, si tel était son « bon plaisir », un « récent cadeau de Noël offert par un admirateur anonyme ».

– Pas possible !

Mais lorsqu'elle appela Colin Asch pour protester, soulignant avec un maximum de diplomatie le côté trop formel de l'invitàtion et le sentiment d'autosatisfaction que les gens ne manqueraient pas d'y voir, il affirma qu'au contraire, cette nomination *était* un honneur qu'on *devait* célébrer officiellement :

– Vous ne vous félicitez pas vous-même, ce sont vos amis qui le font.

Dorothea n'eut pas le courage de lui dire qu'en réalité, un banquet, organisé par les Amis de la Fondation Brannon, était déjà prévu pour septembre, après le départ d'Howard Morland et que diverses autres réceptions informelles auraient lieu – Lathrup Farms étant Lathrup Farms, après tout. En guise d'argument suprême, comme si Dorothea l'avait mis en demeure de renoncer, Colin lui déclara que tous ceux à qui il en avait parlé avaient trouvé l'idée géniale, et que sa tante Ginny en était même malade de jalousie.

– Elle a essayé de s'emparer de ma fête, en réalité – « Et si nous faisions ça chez moi, Colin, c'est plus grand ? » – mais j'ai tenu bon. C'est *mon* projet, et ce sera *mon* appartement. C'est *mon* dîner en *votre* honneur.

Dorothea objecta que le principe même de la fête l'embarrassait. À quoi Colin Asch répondit avec l'énergie d'un tribun, criant presque dans l'appareil :

– Mais embarrassée de quoi ? De qui ? Vous ne pouvez pas penser qu'à vous-même, vos amis existent eux aussi, non ? Alors, si vous vous défilez, ils seront déçus – exact ? C'est comme lorsque des célébrités meurent, voyez-vous, et écrivent dans leur testament qu'ils ne veulent ni funérailles ni rien. On aura beau dire, c'est *égoïste,* d'une certaine manière, ça prive *les autres* d'une belle cérémonie. Et que serait l'espèce humaine sans cérémonies, Doro-

178

thea ? Sans fêtes ? Et là, je ne parle pas de Noël ou de Pâques, ou de toutes ces nullités. Non, je parle de quelque chose de *spontané* qui vient du *cœur.*

Alors, au bout du compte, comme anesthésiée par l'enthousiasme de son jeune ami, qui balayait si bien ses scrupules, Dorothea Deverell retira ses objections et accepta. Même la formalité un peu ridicule du carton d'invitation. Même la recommandation « tenue de soirée ». Elle n'évoqua ni la limousine ni le cadeau de Noël – mais elle avait la ferme intention, le jour du dîner, de ne consentir ni à l'une ni à l'autre. En réalité, son principal souci ne résidait pas dans ces détails, mais dans la liste des convives : oserait-elle inviter Charles Carpenter sans inviter Agnès, et sans qu'Agnès soit au courant. Comment se sortir de ce dilemme étant donné le type d'organisation sociale de Lathrup Farms. De plus, Charles lui en voulait encore et refuserait peut-être de venir de toute façon... il avait les soirées habillées en horreur. Et chez les Carpenter, lui avait-il dit d'un ton sinistre et accusateur, les choses étaient dans l'impasse.

Finalement, Dorothea décida d'inviter simplement Charles, tout seul, en faisant adresser le carton à son bureau. Qui sait, si le 5 mars, il ne lui aurait pas pardonné ?

4

Qu'attendez-vous exactement de moi, Colin ? avait-elle
demandé en levant vers lui ses beaux yeux troublés, et
sans réfléchir il lui avait répondu ce que son cœur pul-
sait dans ses veines au point de l'asphyxier : *Je n'attends
rien de vous, Dorothea, je suis seulement heureux de
savoir que vous existez, que nos vies sont parallèles* ; et à
ces mots, il avait vu le bonheur apparaître sur son
visage. Il était parti en tremblant, de peur que ce regard
ne lui fasse dire des choses qu'elle n'était pas préparée à
entendre.

– Je n'ai été que l'agent... le vôtre.

À la suite de quoi il écrivit dans le Registre bleu :

> *Les parallèles ne se rencontrent jamais !*
> *Sauf dans le regard !*
> *Tout comme à l'horizon !*
> *Et donc, dans le regard de l'esprit, les parallèles NE
> PEUVENT QUE se rencontrer.*

Il relata également comment, en sortant, il avait repris
la Porsche et était allé la garer dans une rue toute
proche. Ensuite, il était passé avec succès par les jardins
des maisons voisines sans craindre qu'un chien ne se
mette à aboyer ou que quelque obstacle ne surgisse *car
rien ne peut contrarier certains moments lumineux au
cours desquels toutes nos actions sont dictées par l'âme...*

À l'arrière du 33 Marten Lane, Colin Asch regarda le salon encore éclairé où *Seigneur Dieu*! il était encore assis quelques minutes plus tôt. *Quelle sensation étrange que ce changement de perspective!* Mais Colin Asch n'y était plus, et Dorothea Deverell non plus. *Comme c'est beau,* avait-elle dit en acceptant les glaïeuls, *merci Colin, il ne fallait pas.* Ah! il avait oublié ses putains de jumelles! Il était obligé de s'approcher plus que d'habitude.

D.D. avait dû monter à l'étage et il attendit. C.A. avait toute la patience du monde, réchauffé par le xérès qu'elle lui avait servi, les gâteaux, le goût du sucre encore dans la bouche, comme des cristaux sur la langue, toute la patience du monde. Et ils s'étaient serré la main. Elle avait les yeux brillants d'affection pour lui: *Seulement savoir que vous existez,* et elle avait répondu: *Je ressens la même chose pour vous – vous l'avez exprimé avec beaucoup de grâce.* Alors il attendit et bientôt D.D. reparut, jolie comme une jeune fille dans son pull jaune, mais elle avait perdu son sourire. Elle semblait soucieuse. L'homme qui était son amant secret allait arriver mais ce n'était pas une visite agréable. «Est-ce qu'il la tourmenterait?» Colin reçut un coup au cœur en la voyant enlever le bouquet, son bouquet, et l'emporter dans une autre pièce, *comme sur l'injonction de l'amant secret.*

(Il était sûr qu'il s'agissait de «Charles Carpenter», l'ami des Weidmann – un enfoiré de type chicos à l'anglaise, bourré de fric, avocat – évidemment que Colin Asch se souvenait de lui, il n'oubliait jamais personne. Et de sa femme, aussi: Agnès. Il avait piégé D.D. en lui faisant dire le nom: «Charles Carpenter» et, à l'intonation, à la douceur du timbre, il avait été renseigné: *C'est lui!* car lorsque vous aimez quel-qu'un, vous avez plaisir à prononcer son nom. En ce moment, Susannah Hunt n'arrêtait pas de répéter *Colin, Col-liin.*)

182

Et soudain, l'homme fut là, à l'endroit même où Colin Asch s'était tenu : Charles Carpenter en personne. Plus grand que dans son souvenir. Et si pressant. *En chaleur.* Tenant son verre d'une main et attirant D.D. à lui de l'autre. Comme s'il en avait le droit.

Colin Asch resta ainsi accroupi à frissonner dans la neige pendant que les amants s'entretenaient, au sens propre du mot, s'embrassaient, s'enlaçaient... puis reprenaient leur conversation... et on aurait bien dit que D.D. pleurait... Carpenter essayait de la consoler alors qu'il était évident que c'était *lui* qui lui causait du chagrin – n'était-elle pas rayonnante de bonheur quelques minutes auparavant en compagnie de Colin Asch ?

Il observait. Il ne pouvait entendre le dialogue, mais c'était facile à deviner : le salopard était un homme marié, donc il trompait sa femme, donc il était déloyal, malhonnête ; et D.D. était assez folle pour lui faire confiance. Non, elle ne devait sans doute pas lui faire confiance. Alors, si elle était heureuse avec lui, heureuse de l'aimer, pourquoi pleurait-elle ? Pourquoi avait-elle le visage baigné de larmes ? *Et elle avait planqué les magnifiques glaïeuls de Colin Asch pour ce mec.*

Il n'aurait pu dire combien de temps il resta ainsi à les regarder. Une heure peut-être. Ou plus. Il avait glissé dans un état proche du rêve, transi, sous le ciel sans lune. Et tout à coup, ils se levèrent ensemble et disparurent. Carpenter s'en allait-il ? *Ou montaient-ils dans la chambre de D.D. ?* Aucun bruit de voix ni de portière sur le devant ne lui parvint, ce qui signifiait qu'ils étaient montés en l'abandonnant derrière, dans le froid, comme un chien bâtard, encore que, même un chien, on ne l'insulte pas à ce point. C'était l'heure où les gens se mettaient à table, et il avait eu la quasi-certitude qu'elle l'aurait invité à dîner, après la visite de sa maison, lorsque cette saloperie de téléphone avait sonné. Et c'était lui – Carpenter – cet enculé. Dans un accès de colère qui le terrassa comme une crise de hoquet, il songea à se cacher à l'arrière de la voiture de Carpenter et, lorsque le salaud finirait par partir, il le laisserait prendre un peu de large et, au premier feu rouge, en une seconde, il le choperait avec une de ces prises qu'on apprend dans la police, *on appuie sur la carotide pour bloquer l'irrigation du cerveau, un deux trois quatre cinq, et hop !* et puis il descendrait tranquillement de la voiture et s'éloignerait de la démarche du promeneur – «Facile». Mais il eut une vision encore plus séduisante, précise comme dans un songe : il montait l'escalier de la maison d'un pas de somnambule, comme Shelley, qui disait : *J'avance comme un somnambule jusqu'à ce qu'on m'arrête et jamais on ne m'arrête,* dans l'escalier, oui, jusqu'à sa chambre à coucher où, malgré l'obscurité, il les voyait très nettement tous les deux, endormis, nus après l'amour, *bien qu'il ne pût imaginer Dorothea Deverell dans une telle situation,* enfin bon, il les voyait endormis et Colin Asch s'immobilisait au bord du lit, un couteau ou un rasoir à la main... et pendant que Charles Carpenter dormait, il lui tranchait gracieusement la gorge – il mettait un point d'honneur à accomplir les choses avec grâce – si bien que Carpenter se vidait de son sang sans même se réveiller... ni *elle* non plus... car cela n'était concevable que dans le cas où elle dormait et ignorait tout de ce que Colin Asch était en train de faire, de ce qu'il fallait faire *pour son bien à elle : son bonheur à elle.*

Mais cette hallucination ne dura qu'une seconde : un éblouissement de phares qui vous aveuglent avant de se perdre dans la nuit, et Colin Asch se retrouva étourdi, à genoux dans la neige... comme cette autre fois où, presque nu, sur un tapis, terrifié, devant M. Kreuzer qui s'apprêtait à toucher sa petite protubérance brûlante, il avait joui, là, gémissant, un jet de sperme s'échappant de lui, décrivant un arc de cercle et tombant... «Tu es trop pressé, Colin», avait dit M. Kreuzer.

Des semaines plus tard, l'après-midi du 5 mars, Colin Asch vêtu de son smoking tout neuf préparait la table du dîner, le pouls déjà précipité bien qu'il ait pris deux comprimés le matin ; il sifflait une version plutôt dissonante de *Traumerei* – qu'il avait joué au piano, très bien, quand il avait onze ans – et se parlait de temps en temps à lui-même pour se donner du courage – *C'est ce soir ! après une si longue attente ! Colin Asch fait son entrée dans le monde de Lathrup Farms !* Il resta un long moment sans bouger, sa main tremblante crispée sur la petite carte où on pouvait lire, dans une écriture moulée très élégante, *Charles Carpenter* – Colin avait rempli personnellement les cartes, une à une, à l'encre de Chine – et il se dit qu'il ne faudrait plus tarder à décider ce qu'il convenait de faire à propos du cas Carpenter. Et d'abord, s'il convenait de faire quelque chose.

5 mars : Colin Asch s'éveilla avant l'aube en se croyant encore dans l'immense lit parfumé de Susannah Hunt ; mais non, elle l'avait mis dehors en riant la nuit précédente après avoir reçu un coup de téléphone de son fiancé (comme elle l'appelait), ce vieux type de soixante-deux ou soixante-trois ans, propriétaire d'immeubles aux Caraïbes, médecin à la retraite, ancien associé de son mari ; Colin Asch se fichait des détails, tout comme Susannah Hunt, d'ailleurs, la plupart du temps, mais «Chéri, il faut que je songe à mon avenir, non ?» Colin s'éveilla donc dans son propre lit, l'esprit immédiatement hanté par la soirée, la première réception de sa vie, par tous les gens qui allaient venir, et Dorothea Deverell elle-même... Il était novice dans ce domaine, un petit bébé comme bêtifiaient les femmes, même si Susannah Hunt et Ginny Weidmann avaient apporté leur aide et s'il avait loué les services de ce fabuleux traiteur que tout le monde s'arrachait, oui, ce type *coûte cher,* mais *ça vaut la peine.*

185

Nu et frémissant d'impatience, Colin parcourut les pièces de son appartement en riant comme un enfant : « C'est à moi, Seigneur, c'est à moi ! » À l'école d'Art de Rhode Island où il avait passé un semestre, on lui avait dit qu'il avait une sorte de génie pour la décoration, et la preuve était là, surtout dans le salon et la salle à manger où on se serait cru entre les pages d'*Art et Architecture*. Peut-être l'hebdomadaire de Lathrup Farms pourrait-il faire des photos : « Cadre de vie d'un célibataire d'aujourd'hui », qui sait ? Les murs et la moquette blancs, les miroirs, les meubles, les lampes, le sofa et ses coussins, la table de verre. Il en avait presque une érection tellement il était satisfait. « Hé ! c'est à moi ! » Il se préoccuperait de payer le moment venu.

Tu es une sorte de maniaque de la perfection, l'avait tendrement taquiné Susannah Hunt ; il avait répondu fièrement : « On ne peut arriver nulle part dans ce monde de merde sans ça », et elle s'était mise à rire en déclarant que, pour certains d'entre nous, essayer d'être parfait, ça *nuirait* plutôt.

Dorothea Deverell lui ressemblait sur ce chapitre. Lorsqu'il lui avait téléphoné pour s'assurer qu'elle avait bien noté la date, l'heure de la limousine et tout, *car il ne supportait pas l'idée que quelque chose aille de travers, qu'il pût se retrouver humilié devant tout le monde, à l'aube de son ascension dans cette banlieue huppée de Boston,* elle lui avait dit : « Vous ne croyez pas que c'est trop, Colin ? » et il avait éclaté de rire en contemplant son reflet dans le miroir encadré de cuivre, comme un jeune acteur anglais sur la chaîne BBC, racé, sûr de lui, d'un charme fou. « Ah ! mais je ne fais que commencer, Dorothea ! *Vous allez voir !* »

Et ces chaises de salle à manger, elles n'avaient que trois pieds. Il n'avait pas remarqué cette particularité en les achetant. Elles n'étaient pas très stables, pour peu qu'on remue les fesses. En se rongeant l'ongle du pouce, Colin Asch se demanda s'il devait prévenir ses invités.

Il vit aussi que ces enfoirés de déménageurs avaient éraflé le mur blanc et que, à cette heure du jour, on aurait dit qu'il y avait des traces de pluie sur les carreaux alors qu'il avait déjà tout nettoyé ; la perspective d'avoir à répéter les mêmes gestes le démoralisait d'avance. C'était une activité d'homme inférieur, d'esclave, pas de maître.

La panique s'empara de lui que nul comprimé ne pouvait endiguer. Et s'il avait commis une faute irréparable ? Comme lorsqu'une voiture dérape, défonce le parapet rouillé du pont et va se jeter dans l'eau et que Dieu lui-même est incapable d'inverser la marche du temps.

La veille, il avait déjà passé un sale moment chez L.L. Loomis sous la férule de son soi-disant chef, Jay – l'imbécile s'appelait en réalité Jason – qui prenait systématiquement des airs supérieurs devant Colin Asch et lui faisait faire des tas de petits boulots dont le premier débile venu aurait pu se charger, comme coller des étiquettes et ficeler des paquets, ou aller chez l'imprimeur comme un vulgaire coursier. Il avait débuté des semaines plus tôt et il attendait encore qu'on lui donne sa chance – de toute évidence Jay avait une peur bleue des compétences de Colin Asch ; et, de plus, cet enfoiré était jaloux de ses relations avec Susannah Hunt qui était une bonne amie de M. Loomis, le patron.

Jaloux aussi de la belle Porsche que Colin conduisait, de la coupe de ses vêtements et de son luxueux appartement dont il avait entendu parler mais qu'il n'était pas près de visiter. Et il le traitait presque en face de «gigolo», de «blondinet», de «minet».

Sûr qu'il en crevait, ce gros pédé, et il avait sans doute eu des échos de ce dîner auquel il n'était pas invité. Toute la journée, il fut sur le dos de Colin Asch et, à un moment, comme il lui disait de rapporter une épreuve à l'imprimeur, Colin lui rétorqua : « Allez vous faire foutre, je ne suis pas votre domestique » et Jay s'écria, tout excité, comme s'il n'espérait que ça : « C'est pourtant exactement ce que vous êtes, alors exécution. »

À cette seconde, Colin reçut la révélation que la force intérieure de « Jay » autorisait la force intérieure de « Colin Asch » à se déchaîner, et à détruire, mais il ne broncha pas ; il se mit à réfléchir à toute vitesse. Il ne voulait pas peiner Susannah Hunt qui avait tant de foi en lui, qui l'avait tant aidé en lui prêtant de l'argent qu'elle ne reverrait probablement jamais et qui lui en prêterait peut-être encore. Il fallait donc qu'il soit prudent, qu'il travaille dur et fasse ses preuves. Plus tard, arrivé au sommet, à la direction d'une grosse boîte de Boston ou de Manhattan, il les emmerderait tous !... Seigneur, oui, il comprenait ces types qui reviennent sur les lieux d'où on les a virés, comme ce pauvre gars, l'autre jour, à Kansas City, qui était entré dans le bureau de poste où il avait travaillé et qui avait descendu tout le monde. Mais il ne tomberait pas dans ce genre de panneau. Il était trop malin pour ça. Si on perd les pédales, c'est fichu. Aussi leva-t-il vers son supérieur un visage d'enfant avec un humble sourire et dit, repentant : « Vous devez avoir raison, Jay. Merci de me l'avoir rappelé. »

Ses pensées dérivaient de Jay à Dorothea Deverell et à sa réception. Aussi décida-t-il de se détendre un moment avec le Registre bleu dans un bain chaud, après avoir pris un autre comprimé ; ensuite, sans se sentir vraiment rasséréné, il s'habilla et sortit voir le traiteur pour vérifier que rien ne manquait ; puis il passa chez le fleuriste pour acheter une douzaine de roses rouges, un gros bouquet d'iris mauves et des glaïeuls, ses fleurs préférées ; il rentra chez lui, donna quelques coups de téléphone dont un au loueur de limousine, un autre à Susannah Hunt qui ne répondit pas, et encore un à sa tante Ginny qui lui dit : « Ne te tracasse pas, Colin chéri, tout ira bien, veux-tu que je vienne t'aider ? » Il n'était que 17 heures, mais il décida de s'habiller quand même. Il se regarda dans le grand miroir avec un frisson tant il était beau dans le smoking qu'il avait acheté la semaine précédente, la chemise de soie, le gilet rouge brodé et le papillon noir. Une ancienne mélancolie le submergea comme une eau sale : *Pourquoi ce jeune homme si séduisant, si intelligent, si talentueux, avait-il été traité toute sa vie comme de la merde ?*

Il n'y avait pas de réponse à cette question.

Tout habillé mais pieds nus, Colin Asch s'affaira encore pendant une heure autour de la table. Douze couverts. L'invitée d'honneur était tout naturellement à une extrémité et l'hôte à l'autre, mais où placer Charles Carpenter, par exemple, et les VIP ? Le directeur de la Fondation Brannon, M. Morland (qui s'était d'abord fait excuser mais était revenu sur sa décision après une visite de Colin) accompagné de son épouse, et Tracey Donovan, la jeune journaliste du *Lathrup Farms Monitor* qui couvrait le secteur «mondain et culturel». Et puis il y avait les Weidmann, et la secrétaire de Dorothea Deverell, Jacqueline, et deux inconnus, un certain Paul Wylie qui travaillait également à la Fondation et qui, espérait Colin, n'avait ni son âge ni son genre, et une certaine Merle Altman, amie de Dorothea, donc inoffensive. Cinq hommes et sept femmes, c'était difficile à placer. Et Susannah Hunt, la mettrait-il à côté de lui, à sa droite, comme elle l'escomptait, ou au milieu de la table, près de Charles Carpenter ? Elle le connaissait et avait dit qu'elle l'aimait bien. Beaucoup.

Colin passa en revue une fois de plus les bouteilles de champagne, de vin – c'était Martin Weidmann qui l'avait conseillé pour le vin et il fallait bien lui faire confiance –, de brandy, de crème de menthe et de deux ou trois autres liqueurs qu'il avait prises à tout hasard. Sur une étagère, soigneusement enveloppé dans un kleenex,

189

attendait le comprimé écrasé qu'il avait l'intention de verser dans le café de Dorothea en fin de soirée. Il avait oublié le nom de cette pilule, l'une des rares qui lui restaient de son séjour chez la femme de Fort Lauderdale. «Elle sera plus en sécurité dans ma poche», dit-il tout haut et il l'y glissa.

Comme prévu, le traiteur se présenta à 19 heures et Colin se calma un peu, puis vers 19 h 30, ce fut le tour des Weidmann, ce qui l'apaisa encore plus. Il fut même ému aux larmes de les voir aussi élégants – *les seules personnes au monde à se soucier un peu de Colin Asch.* Tante Ginny l'embrassa et fila dans la cuisine pour se rendre utile tandis que Martin se montrait très impressionné par l'appartement, les meubles et tout ; il interrogea Colin sur son nouveau travail et lui dit qu'il était épatant dans son smok ; rougissant de plaisir, Colin écarta les bras pour demander, comme un garçon demande à son père, si les manches n'étaient pas un peu courtes et si la chemise ne dépassait pas trop aux poignets.

– Ils sont beaux, tes boutons de manchettes, remarqua Martin en se servant un verre.

L'espace d'un instant, Colin se dit qu'ils étaient peut-être à Martin, et puis il se souvint, non, bien sûr.

– Oh, c'est un cadeau, expliqua-t-il en les montrant. Une sorte de plaisanterie. Cette femme m'appelait toujours Colin comme s'il y avait un «K», vous savez, avec un accent allemand : *Kolin* – et elle a fait graver un «K».

– Amusant, dit Martin. Et comment va mon amie Susannah Hunt?

Vers 20 heures, les invités commencèrent à arriver. Après une si longue attente, tout semblait maintenant s'accélérer. Il y eut Paul Wylie et Mme Morland que Colin n'avait encore jamais rencontrés, et Susannah Hunt dans une suggestive robe de satin noir qui menaçait de craquer sur la poitrine. Elle portait des diamants aux doigts et aux poignets. Elle l'embrassa brièvement sur la joue et lui souffla «Hel-*lo* Colin!» à l'oreille. Soudain, Dorothea Deverell fut là, dans son manteau de fourrure, sans chapeau; elle souriait à Colin Asch et lui tendait la main – et il ne put s'empêcher de regarder cette femme un peu trop longtemps; elle était si belle, elle était si parfaite, *elle était venue à lui.*

Il fut si frappé par son apparition qu'il en oublia sa déception qu'elle n'ait pas profité seule, comme il l'avait rêvé, de la luxueuse Cadillac Brougham, mais qu'elle ait demandé au chauffeur de passer prendre deux autres invitées, sa secrétaire Jacqueline et son amie Mme Altman. Comme si Colin pouvait trouver le moindre plaisir à louer une voiture 110 dollars de l'heure pour *elles.*

Mais il ne laissa rien paraître : il serrait des mains, se faisait présenter, écoutait les noms. Dorothea Deverell semblait éblouie, et même stupéfaite, par la splendeur de son appartement.

– Comme c'est beau, Colin! Vraiment *unique*!

– Oui? demanda Colin, ravi. Ça vous plaît?

Lorsqu'il l'aida à ôter son manteau, il vit avec une vive satisfaction qu'elle avait mis l'ensemble qu'il lui avait offert. Une nouvelle fois, il la contempla, ne sachant quoi dire. Ses yeux s'embuèrent.

– Merci, Dorothea, murmura-t-il enfin.

Mais déjà les Weidmann l'accaparaient. Ginny et elle s'embrassèrent comme des sœurs tandis que la sonnette de l'entrée retentissait à nouveau et qu'on ouvrait à une femme souriante qu'il ne connaissait pas, avec un nez retroussé. Colin se rendit religieusement dans sa chambre pour déposer tendrement sur son lit le manteau de fourrure, enivré par la pensée que, maintenant, tout le reste pouvait bien rater, *elle était venue à lui, à Colin Asch.*

Pendant l'apéritif, Colin prit bien garde de ne pas trop boire et remplit son rôle d'hôte à la perfection, adressant un mot à chacun puis s'éloignant, grand, beau : «Quel jeune homme remarquable, quel garçon extraordinaire, c'est le neveu de Ginny Weidmann, qui est-ce ? un acteur ? un peintre ? un jeune loup des affaires ?» Mis à part sa timidité en face de Dorothea Deverell, il restait maître de lui. Enfin presque ; il devait tout de même faire l'effort de ne parler ni trop, ni trop vite. Le smoking, bien qu'un peu chaud, avait une coupe idéale et ses chaussures brillaient ; il éclatait de jeunesse et *peut-être cette soirée et la nuit qui suivrait allaient-elles constituer le sommet de son existence.*

– Je te l'avais bien dit, chéri, tout se passe merveilleusement, lui chuchota Ginny.

– Grâce à vous, ma tante, répondit-il en s'épongeant le front avec un mouchoir.

En réalité, il en voulait un peu à cette femme de superviser le service des extra, car enfin ce n'était pas sa soirée à elle.

– Je vous dois tout, ajouta-t-il quand même.

Il était reconnaissant à Susannah Hunt d'être là mais de garder ses distances – quelqu'un savait-il, pouvait-il deviner, les relations qu'ils entretenaient ? Il fut très flatté de voir que la chaleureuse petite Tracey Donovan, la journaliste, paraissait très épatée par les invités de Colin Asch, par son appartement, et par *lui-même* – elle lui posa de nombreuses questions sur sa carrière dans la publicité, à la télévision, sur ses voyages en Europe et en Afrique du Nord – «Il faudra que je vous interviewe !» M. Wylie, avec qui Dorothea avait engagé une discussion animée à propos d'un peintre inconnu de Colin (Burchfield ? Charles Burchfield ?), n'était nullement un rival, à son grand soulagement, mais un binoclard trapu et courtaud, d'âge moyen. Et Charles Carpenter, en présence de qui il se sentait extrêmement nerveux, se montra courtois et charmant à son égard, allant jusqu'à l'associer à une conversation (sur la politique ? sur les rapports Est-

Ouest?) avec Howard Morland et Martin Weidmann aussi naturellement que s'ils étaient de vieux amis – des voisins, des pairs, des égaux. Parlant avec eux, donnant son avis, Colin fut submergé par un bonheur soudain : *le bonheur d'être un homme parmi les hommes*. Pourquoi l'avait-on privé de cela toute sa vie ?

La pensée lui revint que Charles Carpenter était l'amant de Dorothea Deverell et que tout le monde l'ignorait. Tout le monde excepté Colin Asch. Il était leur protecteur, d'une certaine manière. On pouvait présenter les choses comme ça.

L'envie le prenait de l'attirer dans un coin et de lui confier, d'homme à homme : «Je suis au courant, Charles. Mais avec moi, votre secret ne risque rien. »

Carpenter était grand et mince, avec des épaules un peu rondes et sans doute pas très musclé, à son âge. Ses cheveux paraissaient plus gris que dans le souvenir de Colin. Son long visage maigre était beau mais marqué par les soucis ou par la fatigue... Malgré tout, Colin voyait très bien pourquoi Dorothea Deverell, ou n'importe quelle femme, pouvait l'admirer. Tellement *raisonnable*. Tellement *solide*. Tellement *patricien*. Tellement semblable au père qu'on se choisirait si on redevenait bébé.

Mais ce n'était pas ainsi que cette putain de planète fonctionnait.

Ils passèrent dans la salle à manger et tout le monde s'émerveilla devant la splendeur de la table. Lorsque tous furent assis et que le champagne pétilla dans les coupes, Colin, magnifique dans son smoking et son gilet rouge, se leva pour porter un toast à Dorothea Deverell d'une voix aiguë et frémissante – «Notre invitée d'honneur : l'une des femmes les plus parfaites de sa génération» – et Dorothea éclata de rire, s'exclama : « Mon Dieu, Colin, tout de même ! » comme s'ils étaient de très vieux amis ; mais il insista et parla avec flamme des livres qu'elle avait écrits, et des années qu'elle avait consacrées à la Fondation, jusqu'au moment où, se taisant brusquement, il se mit à la regarder, captivé, à l'autre bout de la table – il avait encore des choses à dire, mais les mots ne sortaient plus. Heureusement, l'atmosphère était davantage à la fête qu'aux formalités et cet incident fut sans conséquence ; peut-être même passa-t-il inaperçu. Il conclut en rougissant : «Enfin, buvons à Dorothea Deverell, à sa santé, à son bonheur, pour toujours !» et ce fut fini.

Colin se rassit. Sa tête résonnait comme s'il s'était trouvé à l'intérieur d'une cloche carillonnante.

Il avait soudain envie d'assassiner tout le monde. Tous, sans exception.

Non – il se sentait très excité. Jamais encore il n'avait organisé une soirée aussi ambitieuse. Il déclara à ses voisines qu'il n'y avait rien de plus agréable sur terre que *de réunir des gens pour faire la fête*. Susannah Hunt, légèrement ivre, brandit son verre et s'écria : «Je bois à cette maxime !»

Les plats succédèrent aux plats, suivant le menu que Colin avait arrêté avec le traiteur après d'innombrables modifications. Il enchanta son auditoire avec des anecdotes sur ses voyages en Allemagne, en Grèce, au Maroc... Et puis une conversation générale s'établit autour d'un incident racial qui s'était produit à Roxbury et l'aristocratique Howard Morland, visiblement conquis par Colin Asch, voulut connaître son opinion... On parla du sida, de politique... et Colin voyait Dorothea Deverell en grande conversation avec ses amis, à l'horizon de la table... Elle semblait heureuse... heureuse... à peine jetait-elle de temps en temps un coup d'œil (avec quelle discrétion ! quelle *habileté* !) à son amant Charles Carpenter, qui, lui non plus, ne dépassait pas la mesure. Leur liaison ne devait pas dater d'hier pour qu'ils aient une si grande pratique de ce genre de situations.

194

Mais Colin Asch avait le pouvoir d'anéantir tout cela.

La discussion se passionna lorsqu'on en vint à évoquer la Bourse, la pauvreté du tiers monde, et la «crise» toujours menaçante; quand ce fut le tour de Colin de donner son avis, il se lança dans une explication exhaustive sur la génétique humaine et le facteur X – savaient-ils qu'un millième de l'espèce humaine est destiné à dominer le reste? Qu'il y a au départ des «maîtres» et des «esclaves»? Que les institutions sociales qui ne veulent pas admettre ce principe sont fichues? Quelque chose de vibrant dans sa voix signala à certains de ses invités que ce sujet lui tenait particulièrement à cœur et qu'il était préférable de ne pas le contrarier, mais les autres ne s'aperçurent de rien et ouvrirent une vive controverse jusqu'au moment où Colin s'entendit presque crier. Alors, il serra les mâchoires et mit toute son énergie à sourire, à approuver et à laisser déblatérer tous ces connards. Les femmes parfumées qui l'entouraient s'étaient liguées pour le faire manger car il n'avait pas faim du tout; il fouillait longtemps dans son assiette du bout de sa fourchette, finissait par prendre une bouchée, la mâchait interminablement et, après l'avoir avalée, devait boire une grande lampée de vin rouge avant de secouer la tête comme un chien. Il regardait devant lui les bougies, les fleurs et, au fond, Dorothea Deverell si belle dans son ensemble blanc, les yeux ravis comme ceux d'une petite fille. Tout à coup, il éleva la voix pour les remercier tous.

– D'être venus ici! Ce soir! D'être mes amis!

Ses lèvres remuèrent dans le vide.

– Je veux être votre ami! Je veux être l'un de vous! Je *suis* l'un de vous, Dieu merci!

Il respirait vite, haletait presque. Tous ces yeux braqués sur lui l'intimidaient et le dopaient à la fois. Il ajouta, s'agrippant au bord de la table comme s'il craignait de tomber de sa chaise:

195

– *Je veux être bon.*

Cette remarque déclencha un concert de protestations, surtout chez les femmes, et Ginny Weidmann, en duo avec Susannah Hunt, au premier rang, telles des sopranos :

– Mais vous êtes bon, Colin ! Vous êtes un ange, Colin !

Il se calma, mais ému, au bord des larmes et, sentant ses yeux rouler étrangement dans leurs orbites, il baissa la tête. Et puis, brusquement, on approcha de la fin du repas – comme c'était soudain ! – et Colin Asch, de nouveau inspiré, se dressa, et avec un large sourire leva son verre pour proposer un ultime toast.

– À celui qui, absent ce soir, a rendu tout cela possible.

Il y eut un brouhaha amusé parmi les convives pour essayer de deviner de qui il pouvait bien s'agir – mais Colin Asch fit un clin d'œil et refusa de les mettre sur la voie, se contentant de répéter :

– À celui qui a rendu tout cela possible *en n'étant pas avec nous ce soir.*

Dorothea Deverell sursauta franchement et jeta à Colin un regard si choqué et si lourd de reproches, si menaçant presque, qu'il se mordit les lèvres et se tut, oscillant sur place, le verre toujours stupidement levé au-dessus de sa tête... Autour de la table, la gaieté sembla se figer... jusqu'à ce que Mme Hunt s'écriât, avec la voix de gorge appropriée :

– Sans doute quelque parent, quelque être cher.

Ce qui détendit tout le monde, et surtout ceux qui ignoraient le « passé tragique » de Colin Asch.

Alors il put se rasseoir, le cœur affolé.

En pensant : Elle vient de me sauver.

En pensant : Elle vient de nous sauver tous les deux.

Sous prétexte d'aider à servir le café et le thé, Colin parvint, sans se faire remarquer, à verser dans la tasse d'infusion destinée à Dorothea Deverell la poudre qu'il avait préparée. Aussi facilement que s'il y avait ajouté un sucre. Il la posa devant elle en personne sans éveiller le moindre soupçon. Après quoi, il regagna sa place pour vider un verre de vin en la regardant boire à petites gorgées jusqu'à la dernière goutte. Des somnifères capables d'assommer un cheval, avait dit son amie de Fort Lauderdale. Et Colin Asch avait eu l'occasion de le vérifier. Pourtant il détestait les calmants, en général.

Vers minuit, la fête s'acheva – une fête fantastiquement réussie mais qui se terminait, enfin – Colin serra des mains dans sa petite entrée, remercia tout le monde, et ce fut le tour de Dorothea Deverell, dans son manteau de fourrure, les paupières lourdes et un vague sourire sur le visage... elle se haussa sur la pointe de ses escarpins blancs pour embrasser Colin Asch sur la joue comme s'ils étaient de très vieux, de très tendres amis, *comme s'ils s'étaient toujours connus.*

– Merci, Colin, c'était merveilleux.

– Dorothea, c'est moi qui *vous* remercie.

Pendant que les employés du traiteur nettoyaient tout dans la cuisine, Colin gagna sa chambre à coucher pour quitter son smoking et passer un jean, un pull noir à col roulé et des chaussures de sport. Si impatient qu'il ne parvenait plus à se contrôler, il se mit à faire des pompes sur la moquette : cinquante-cinq, cinquante-six, cinquante-sept, puis il cessa de compter – jusqu'à ce que les extra s'en aillent et que le silence s'installe comme dans une tombe. Après quoi, il eut encore la volonté d'attendre quarante-cinq minutes supplémentaires avant de monter dans la Porsche surbaissée en direction du 33 Marten Lane.

5

Le téléphone sonnait avec insistance quelque part dans la maison. À moins que quelqu'un ne lui parlât depuis une autre pièce. Elle ne distinguait aucun mot, seulement des sons brouillés; et elle ne voyait rien bien qu'elle eût les yeux grands ouverts. Elle ne pouvait pas bouger non plus, car ses membres étaient paralysés.

Elle aurait dû trouver cette situation effrayante, mais, amollie, étendue, elle n'éprouvait rien. Elle n'entendait qu'une voix intérieure lui répéter sur un ton à la fois apitoyé et lourd de reproches: *Te voilà punie. Te voilà récompensée.*

– Comment est-ce possible? Mon Dieu?

Lorsque, au début de l'après-midi du dimanche 6 mars, Dorothea Deverell émergea enfin d'un long sommeil sans rêve – un sommeil de mort – elle découvrit avec stupeur qu'elle avait dormi près de quinze heures.

Son réveil de chevet indiquait 14 h 40. Elle pensa d'abord à une panne d'électricité, mais il faisait jour...

Quand elle tenta de se lever, ses jambes refusèrent de la porter. Elle ne réussissait même pas à garder la tête droite. «Que m'est-il arrivé? Ai-je trop bu hier soir?» Elle avait les yeux irrités comme si elle avait trop longtemps fixé une lumière vive, un goût amer lui emplissait la bouche et ses narines sèches évoquaient pour elle deux tunnels jumeaux donnant directement sur son cerveau. Il y avait une éternité qu'elle ne s'était pas sentie aussi délabrée. «Pourvu que je ne me sois pas conduite comme une imbécile.» Oserait-elle téléphoner à Charles pour s'en assurer? Sans doute valait-il mieux ne rien dire à personne avec l'espoir que personne ne lui dirait rien.

Il lui fallut au moins cinq vertigineuses minutes pour gagner la salle de bains où, dans le miroir, l'attendait le visage d'un fantôme. Elle mit une demi-heure à s'habiller en partie et à descendre l'escalier comme une invalide qui ne croit plus à rien, ni à la force de ses membres, ni à la solidité de la terre où elle essaie de poser les pieds. Et cette migraine! Et ces brûlures aux yeux! Quelle épave!

Elle ne se rappelait pas avoir pris plus de deux coupes de champagne à la soirée de Colin Asch, et un seul verre de vin. Était-il imaginable qu'elle ait bu sans en avoir conscience? Et avait-elle perdu connaissance là-bas? Elle ne se souvenait plus du tout du retour en limousine, ni comment elle s'était déshabillée pour entrer dans son lit.

La seule idée d'un petit déjeuner lui soulevait le cœur, mais elle alla à l'évier pour boire de l'eau glacée en se forçant à ne tenir aucun compte du tremblement de ses mains. Si ta nouvelle vie commence de cette façon, Dorothea, lui soufflait sa voix intérieure, tu aurais peut-être dû t'abstenir.

Plus tard, par hasard, elle s'aperçut que la porte de derrière n'était pas fermée à clé. Elle eut un violent pincement d'inquiétude, puis se raisonna en se disant qu'elle ne l'avait sans doute pas verrouillée puisque rien ne semblait avoir été dérobé, ou même seulement dérangé, dans la maison; et il n'y avait aucune trace de pas sur la moquette. Avec tous ces événements des dernières semaines, elle multipliait les négligences alors qu'on signalait de plus en plus d'actes de vandalisme dans le nord. Tu devrais faire installer une alarme, lui répétait Charles Carpenter, et chaque fois Dorothea promettait, et puis elle oubliait.

Elle inspecta l'étage et, là non plus, elle ne remarqua rien d'anormal.

Plus tard, encore un peu chancelante, Dorothea fit son lit et ramassa, dans sa chambre, sa combinaison blanche qu'elle avait jetée en rentrant sur un fauteuil, ainsi que son slip et son soutien-gorge, et le délicieux ensemble blanc que Colin Asch lui avait offert pour Noël, posé en travers de son secrétaire... Elle vérifia qu'elle ne l'avait pas taché : le blanc, c'est joli mais pas très commode. Jamais elle n'aurait acheté un tel vêtement, abstraction faite de sa répugnance à payer le prix fort pour s'habiller, et pourtant, elle l'aimait beaucoup ; et même elle l'adorait, car elle s'était sentie vraiment belle avec, hier soir, comme si l'éclat de sa jeune féminité lui avait été rendu. Elle avait bien vu le regard de Charles Carpenter s'attarder sur elle, plein d'amour... et de... tendresse conjugale, malgré le comportement fuyant de Dorothea au cours des dernières semaines ; comment ne pas éprouver de la reconnaissance pour de telles attentions ? Et Colin Asch avait paru naïvement heureux qu'elle le portât, ignorant que ses raisons étaient assez pratiques : elle avait tellement retardé le moment de choisir sa tenue pour cette occasion qu'en ouvrant sa penderie l'après-midi même elle avait constaté avec angoisse qu'elle n'avait rien de convenable pour le soir, sauf une robe bordeaux en velours, défraîchie aux coudes et aux fesses, et une longue jupe noire en rayonne à l'ourlet incertain et, de toute façon... la rayonne...

Elle possédait heureusement des escarpins en satin blanc pour aller avec l'ensemble, et un sac en perles blanc également. Ça s'accordait parfaitement.

TROISIÈME PARTIE

1

Dorothea Deverell reçut l'appel téléphonique à la fin de l'après-midi du 11 avril, une journée venteuse et éclaboussée de soleil. Toute sa vie elle devait s'en souvenir comme du second coup de téléphone à avoir changé le cours de son existence.

Elle était dans son bureau, à la Fondation – encore son vieux bureau, puisque M. Morland, qui ne passait plus que très rarement, n'avait pas encore emporté ses affaires – engagée dans une discussion laborieuse avec une dame de Lathrup Farms qui, se retrouvant veuve depuis peu, avait l'intention de faire à la Fondation une donation considérable au nom de son mari, si on lui garantissait un «droit de regard» sur son utilisation. Dorothea n'y voyait aucune objection, mais, riche des expériences passées, elle hésitait à dire oui. Mme Harmon souhaiterait peut-être rejoindre le comité des travaux? Ou le comité des programmes? Ou bien préférerait-elle être nommée membre honoraire du Conseil de surveillance des amis de Morris T. Brannon?

À toutes ces suggestions, l'élégante Mme Harmon ne répondit rien, comme si elle n'avait pas entendu mais, avec un sourire figé en direction de Dorothea, elle déclara de sa petite voix têtue:

– Ce que je désire, Mademoiselle Deverell, c'est que le nom d'Edgar demeure. Je veux être certaine qu'il ne sera pas *oublié*.

– Bien sûr, répondit doucement Dorothea. C'est parfaitement légitime.

Elle aurait poursuivi si on n'avait pas brusquement frappé à la porte, et si Jacqueline n'avait pas surgi, avec sur le visage une expression si inhabituelle – si bouleversée, si navrée – que le sang de Dorothea se glaça instantanément.

– Mademoiselle Deverell? Je suis désolée de vous déranger, ainsi que Mme Harmon, mais on vous demande de toute urgence au téléphone.

– Ah! vraiment? De toute urgence? Je vais prendre la communication dans l'autre bureau.

Elle avait réussi à conserver un ton neutre. Ses liens avec sa famille étaient si distendus, le cercle de ses parents si restreint, qu'il ne pouvait y avoir d'urgence dans sa vie qu'émanant de Charles Carpenter.

Il est mort, pensa-t-elle en soulevant le combiné.

Car, après tout, n'avait-elle pas déjà vécu cette horrible situation? Dans un lointain passé, presque une autre vie?

Elle ne comprit donc pas tout de suite que la voix qu'elle entendait était celle de Charles Carpenter et que c'était à lui que l'horreur était advenue.

– Dorothea? dit-il. Agnès est morte.

Dorothea, la main crispée sur le récepteur, s'assit sur le rebord de la table.

– Agnès est... articula-t-elle interdite.

– Agnès est morte.

– ...*morte?*

– Juste là, maintenant. Je veux dire... je l'ai trouvée juste là, maintenant. Dans la maison.

Il parlait par à-coups, par rafales. Dorothea percevait des bruits, des voix derrière lui.

– Je suis ici... chez moi. La police est là aussi. L'ambulance également – mais c'est trop tard, elle est morte. Dorothea? Je viens de la trouver à l'instant – enfin, il y a quelques minutes. Je l'ai appelée toute la journée sans succès, alors je suis venu, je suis monté à l'étage, pensant que peut-être elle était – tu sais bien – que peut-être elle était malade, ou inconsciente dans son lit. Ou qu'elle s'était blessée en tombant. Je l'ai appelée et personne n'a répondu. La porte de la salle de bains était fermée à clé. Je l'ai enfoncée et elle était là – je veux dire, elle *est* là. Je crois qu'elle y *est* encore, à moins qu'ils ne l'aient emmenée – dans la baignoire. Dans la salle de bains. À l'étage. Elle – elle a dû avoir un accident.

– Mon pauvre chéri, dit Dorothea, en larmes. Oh ! mon pauvre, pauvre Charles chéri ! Comme c'est affreux ! Pour Agnès ! Pour Agnès et pour toi ! Veux-tu que je vienne, chéri ? Qu'est-ce que je peux faire ?

– Apparemment elle s'est noyée, poursuivit Charles. Dans quelques centimètres d'eau. Je l'ai trouvée allongée dans l'eau – dans l'eau toute froide – la tête immergée – j'ai cherché son pouls, mais non. C'était épouvantable ! Elle avait les lèvres violettes. J'ai compris qu'elle était morte.

Charles Carpenter se tut. Derrière lui, un homme donnait des ordres.

– Charles ? Ça va aller ? demanda Dorothea en s'essuyant les yeux. Tu as eu un choc terrible, veux-tu que je vienne ? Ou penses-tu que je serais de trop ? Je ferais bien de venir, non ?

– Elle avait bu. Ça sentait l'alcool. Il y avait des bouteilles de bourbon et de gin dans la chambre. Ça doit être ça... ça et le reste.

– Comment, le reste ?

– Tu sais bien – je t'avais expliqué. Les médicaments. Les somnifères. Et les pilules amaigrissantes, aussi, depuis un certain temps. En fait, je crois qu'Agnès n'a jamais arrêté d'en prendre, elle changeait simplement de médecin. Mon Dieu, je l'avais prévenue. Je l'avais mise en garde ! Elle ne voulait rien écouter ! Ces dernières semaines, Dorothea – Charles s'était installé dans un hôtel de Boston à la mi-février –, ont été un véritable enfer. Elle est devenue – était devenue – vraiment insupportable. L'alcool, les fureurs, le chantage, ces choses odieuses, impardonnables qu'elle me disait – mais je t'en ai déjà tellement parlé, ma pauvre chérie. Je ne vais pas t'accabler avec ces saletés, je ne peux pas – je ne me le permettrais pas...

Son débit était de plus en plus oppressé et finalement il se tut. Et Dorothea, le cœur brisé, l'entendit sangloter. Elle aurait tant voulu le serrer dans ses bras pour le consoler. Car elle en avait certainement le droit, n'est-ce pas ? Si quelqu'un au monde en avait le droit, c'était bien elle, non ?

À nouveau, elle proposa de le rejoindre, mais Charles l'en dissuada, presque sèchement. Il estimait que, pour le moment, c'était une mauvaise idée. Il la rappellerait plus tard, essaierait de passer chez elle dans la soirée, si possible – si la police en avait fini avec lui.

– Ils ont sûrement des questions à me poser, dit-il avec un accès d'humour noir. Le mari est toujours le premier suspect.

– Mais Charles...

Il raccrocha brusquement – en d'autres circonstances, on eût pu dire : brutalement – et Dorothea resta là, le téléphone collé à l'oreille, à écouter la tonalité.

« Oui, se dit-elle. Et si – *et si la mort d'Agnès n'était pas accidentelle, mais volontaire ?* » Depuis que les Carpenter s'étaient séparés, Agnès avait sans cesse menacé de se suicider, de se tuer après avoir tué Charles. Dorothea fondit en larmes. C'étaient des larmes chaudes, désespérées, amères.

– Cette horrible femme – *elle en aurait bien été capable.*

Par délicatesse, Jacqueline laissa passer quelques minutes, puis entrebâilla la porte et, voyant l'état de

Dorothea Deverell, entra pour la réconforter. Que s'était-il passé ? Pourquoi était-elle si retournée ?

— C'est affreux, la femme de Charles Carpenter est morte. Là, tout à l'heure.

Jacqueline parut surprise et désolée. Jusqu'à un certain point : elle ne connaissait pas Mme Carpenter, seulement son mari.

— C'est affreux, vraiment affreux, répéta Dorothea en lissant sa jupe, les joues inondées de larmes.

— Mais comment est-ce arrivé ? demanda Jacqueline.

— Un accident. Je crois qu'ils ne savent encore rien. Il m'a dit – Charles, Charles Carpenter m'a dit – qu'il était rentré chez lui et l'avait trouvée. Oh ! Jacqueline, c'est tellement affreux ! Si sordide, d'une certaine manière !

Et elle redoubla de sanglots, en plein désarroi, pensant à Charles et à cette pauvre Agnès : et à elle-même aussi, peut-être – à sa culpabilité, sa honte, sa malchance. Car à cet instant, en cette fin d'après-midi du 11 avril, alors que, le rapport du médecin légiste devait l'établir plus tard, Agnès Carpenter était morte depuis environ dix-neuf heures, il n'était pas encore venu à l'esprit de Dorothea Deverell que ce drame, accidentel ou non, représentait une chance pour elle, plutôt que le contraire.

Si Jacqueline fut étonnée par l'ampleur de son chagrin, elle n'en montra rien. Malgré ses côtés caustiques, elle était très gentille et considérait de son devoir de protéger sa supérieure hiérarchique à la Fondation. Elle alla l'excuser auprès de Mme Harmon et conseilla aux autres employés de rentrer chez eux. D'ailleurs, la journée touchait à sa fin. Plus tard, Dorothea devait se souvenir que sa secrétaire avait trouvé normal, non seulement sa peine devant la mort d'Agnès Carpenter, mais son visible attachement pour Charles.

Jacqueline est-elle au courant depuis le début ? se demanderait-elle.

Tout le monde est-il au courant depuis le début ?

La mort est un événement public. Ce qui est privé cesse de l'être. Même votre corps ne vous appartient plus. Il y eut donc un enterrement auquel tous les amis de Dorothea assistèrent, et tous ceux, encore plus nombreux, de Charles Carpenter. Auparavant, on avait procédé à une autopsie. Et l'enquête se conclurait par un rapport dans une dizaine de jours. Les journaux en parleraient. Pas beaucoup car les Carpenter n'étaient pas des personnages médiatiques. Mais suffisamment pour que Charles souffre de voir publier que son couple «vivait séparé et en instance de divorce» au moment de la mort d'Agnès. Pire que tout, la maison de West Fairway Drive – et plus spécialement la chambre à coucher et la salle de bains – fut investie par des étrangers : inspecteurs, photographe de l'anthropométrie, releveurs d'empreintes, médecin légiste. Comme il n'y avait rien d'anormal – pas d'autres empreintes que celles d'Agnès et de son mari, pas de porte ni de fenêtre forcée, aucune trace de vol ou de lutte, la police chercha à déterminer si Agnès était morte accidentellement ou volontairement.

Charles Carpenter ne fut pas du tout suspecté d'avoir assassiné sa femme, comme il en avait fait la remarque à Dorothea, mais on le questionna longuement sur l'état de détresse d'Agnès. À son grand désespoir (et à celui de Dorothea), on trouva dans la corbeille à papier de l'ancien bureau de Charles deux feuillets froissés portant les mots «Charles» et «Cher Charles» de l'écriture tremblée mais reconnaissable d'Agnès. Ce qui pouvait évoquer une lettre d'adieu. Et donc un suicide.

– Agnès n'aurait jamais fait une chose pareille, affirmait Charles Carpenter. Ce n'était pas *son genre*. Pas du tout *son genre*.

Mais n'avait-elle pas menacé de mettre fin à ses jours, comme il l'avait lui-même admis ? Sa mort n'avait-elle vraiment rien à voir avec la perspective du divorce, avec la séparation ?

— Ma femme n'aurait jamais fait une chose pareille, répétait Charles Carpenter avec une obstination de juriste. Je connaissais Agnès depuis plus de vingt ans – *et je pourrais le jurer sur la Bible.*

Mais une confrontation n'était-elle pas prévue pour le lundi suivant, insista l'inspecteur, entre les Carpenter et leurs avocats, pour discuter des termes du divorce ? Charles croyait-il à une simple coïncidence ?

— Je pourrais le jurer sur la Bible, dit-il, furieux.

Les jours passèrent et Dorothea Deverell écouta maintes fois le récit de son amant. Il ressassait comment, inquiet, il était passé voir sa femme et avait découvert le corps. Il y avait chez lui une sorte de nécessité à dire et redire de quelle façon les choses s'étaient déroulées, à débusquer de nouveaux détails, comme pour chercher désespérément à établir une version définitive. Et, mêlant ses descriptions à ce qu'elle pouvait apprendre par ailleurs, Dorothea fut elle aussi gagnée par ce besoin.

Comme si nous devions témoigner devant un tribunal, pensa-t-elle. Comme des accusés dont on conteste les déclarations.

D'après le rapport du médecin légiste, Agnès Carpenter était morte dans son bain vers 21 heures, le 10 avril. Dans la soirée du 9, Charles et elle avaient parlé pour la dernière fois et ils avaient eu une violente dispute.

— La dernière chose qu'elle m'a dite, c'est : «Espèce de salopard de menteur» et elle a raccroché à m'en crever le tympan, dit Charles.

Ivre, déchaînée, agressive, elle avait téléphoné la semaine précédente à ses beaux-parents pour leur

211

raconter que leur fils chéri était un bel «hypocrite», ce qui les avait complètement bouleversés, et elle menaçait d'aller rendre visite aux associés de Charles pour leur apprendre à qui ils avaient affaire.

— Et je ne voulais surtout pas la provoquer, dit-il à Dorothea. J'avais trop peur qu'elle ne devine ton existence dans ma vie.

— Mais c'est tellement injuste, répondit-elle en caressant les cheveux de son amant. Que tu doives supporter seul ce poids terrible.

— Agnès était ma femme. En un sens, tu es en dehors de toute cette histoire. Je veux dire... je t'aime, bien sûr, et je veux t'épouser, mais Agnès et moi, nous sommes tombés amoureux l'un de l'autre bien avant. Notre mariage avait fait naufrage depuis des années quand je t'ai rencontrée.

Il s'exprimait par petites séquences et il hochait la tête comme si ce qu'il disait pouvait être mis en doute, ce qui était peut-être le cas.

— J'en suis venu à la conclusion que tu n'as rien à voir avec ce malheur, Dorothea. Vraiment rien. Cette laideur. Ce scandale. Tu es complètement innocente, chérie – sur toute la ligne.

Comme il sait bien, pensa humblement Dorothea, à quel point j'espérais entendre cela. Mais elle continua à se torturer.

— Je me demande, dit-elle, s'il n'y avait pas quelque chose que j'aurais pu faire pour... pour l'empêcher.

— Rien, affirma Charles Carpenter de toute sa conviction. Absolument rien.

Et il reprit au début son éternel récit d'une voix lente et rêveuse. Dorothea le suivait comme dans un film : après avoir téléphoné sans succès toute la journée, il avait décidé de passer à la maison. Il avait su tout de suite qu'il y avait un problème en voyant plusieurs journaux sur le perron et la boîte aux lettres encore pleine de courrier. Il était entré par-derrière, par la cuisine, atterré au spectacle de la poubelle débordante, de la vaisselle dans l'évier, sur la table et jusque par terre. Et toutes ces bouteilles de gin, de bourbon et de vin, partout (il y avait trois semaines qu'Agnès fermait sa porte à la femme de ménage : elle ne voulait pas qu'elle « vienne fourrer son nez dans ses affaires »).

Charles appela mais il n'y eut pas de réponse – rien.

Dans le salon la radio marchait, très fort, ce qui était inhabituel. Pendant la journée, quand elle était seule, Agnès allumait souvent la télévision, même sans la regarder, mais la radio très rarement.

– Agnès ? Où es-tu ? C'est Charles.

Il redoutait ce qui pouvait l'attendre à l'étage, dans leur chambre. Il craignit, en montant, qu'elle ne se fût cachée pour se jeter sur lui.

Il fut consterné par l'état de la pièce : le lit défait, les rideaux tirés, le sol jonché de linge sale. Et là encore des bouteilles vides. Et l'air confiné chargé de vapeurs d'alcool.

– Agnès ? Où es-tu ?

Plusieurs fois déjà, elle était allée se barricader dans la salle de bains, aussi Charles ne fut-il pas surpris d'en trouver la porte fermée.

– Agnès ? *Agnès ?*

Il n'était pas encore inquiet mais un instinct venait de s'éveiller, lui soufflant qu'il ne s'agissait pas d'un épisode ordinaire de leur vie. Il l'appela, essaya de la raisonner et, n'obtenant pas de réponse, il pesa de tout son poids contre la porte qui finit par céder. Et là, il découvrit Agnès, nue dans la baignoire, immergée, le haut de la tête seul sortant de l'eau... À cette seconde, il sut qu'elle était morte : il régnait là une odeur de mort. Et pourtant, il n'arrivait pas à le croire, pas vraiment : il cria son nom, chercha son pouls, essaya même de la sortir de l'eau comme si cela pouvait la ramener à la vie.

Elle ne respirait plus et ses lèvres avaient pris des tons mauves, bleus, sinistres, tandis que sa peau d'une blancheur fantomatique commençait à se friper. Ses yeux étaient révulsés et il voyait bien qu'elle était morte, mais ne parvenait pas à le croire. Il connaissait l'entêtement et la perversité de sa femme et, au milieu de son affolement, il était persuadé qu'elle était en train de lui jouer un nouveau tour.

– Agnès ! Agnès ! Agnès ! criait-il.

Puis, saisi de panique, il courut appeler la police. Et une ambulance.

– Ma femme ! lâcha-t-il d'une voix apeurée d'enfant. Elle ne respire plus. Aidez-moi, je vous en prie ! Aidez-nous ! Chez Carpenter, au 58 West Fairway Drive...

En les attendant, il ne cessa d'arpenter la chambre entre la fenêtre et la salle de bains, pour s'assurer qu'Agnès n'avait pas bougé, maintenant qu'il avait téléphoné, maintenant que le monde extérieur allait profaner ce qui était resté jusque-là une affaire entièrement privée. Il avait encore cet espoir puéril qu'Agnès lui faisait une farce.

Mais enfin, des choses pareilles ne peuvent pas arriver à des gens comme nous, pensait-il.

Plus tard, une fois la maison ouverte à tous vents, lorsqu'une bande d'inconnus la passa au crible, jusqu'à un photographe de la police, un jeune barbu à lunettes teintées, qui prit d'innombrables clichés de la femme nue, gisant dans l'eau grise, qui avait été l'épouse de Charles Carpenter, il révisa son jugement et se dit : si de telles choses arrivent à des gens comme nous, alors c'est que nous ne sommes pas ce que nous croyons être. Depuis le début, nous sommes différents.

– J'étais vraiment convaincu, très profondément, confia-t-il à Dorothea, que le fait de vivre dans une maison comme celle-ci, dans West Fairway Drive, à Lathrup Farms – d'être, tu comprends, le genre d'homme que je

214

pense être – me mettait à l'abri de telles tragédies. Et me donnait la force d'en préserver mes proches.

– Mais Charles, tu *es* ce genre d'homme ! dit naïvement Dorothea Deverell en regardant Charles Carpenter avec amour.

Évidemment, Dorothea ne fut pas seule à réconforter Charles en ces jours de chagrin et de détresse – et, parmi d'autres, il y eut les Weidmann – mais c'était d'abord sur elle qu'il comptait. Au fil des semaines, et même des mois, ils purent vérifier que leur connivence, leurs liens émotionnels, allaient bien plus loin qu'une simple amitié amoureuse. Car il venait souvent dîner chez elle (sans toutefois y rester pour la nuit) et les amis qui invitaient l'un se mirent tout naturellement à inviter l'autre aussi. Si ces pratiques éveillèrent la curiosité de l'entourage et même si une rumeur circula à leur propos, jamais ils n'eurent à se justifier. Mais Dorothea, définitivement sensibilisée à l'impalpable, ne doutait pas que les gens ne se gênaient pas pour parler : « Et c'est bien normal, après tout. »

Car les ragots constituent l'âme de toute communauté humaine. Ils prouvent qu'il ne s'agit pas d'une vulgaire addition d'individus mais d'un corps vivant autonome.

Un jour, prise d'une impulsion, Ginny Weidmann décrocha son téléphone et demanda à brûle-pourpoint à son amie :

– Est-ce que vous... ? Avec Charles... ? Est-ce que... ? Dorothea, est-ce vrai ?

Depuis longtemps, Dorothea avait mis au point un petit discours qui lui permettrait d'expliquer à ses amis, à des amis comme les Weidmann, la situation. Elle leur déclarerait : « Je ne sais pas exactement de quoi vous voulez parler, mais je peux vous répondre : oui, Charles Carpenter et moi sommes de très grands amis, oui. Je dirais même que nous sommes amoureux l'un de l'autre.

215

Mais Agnès Carpenter l'a toujours ignoré et cela n'a rien à voir avec le naufrage de son mariage. Ce mariage avait échoué, tout le monde le sait, bien avant. » Mais maintenant, confrontée à la réalité de la question, Dorothea Deverell ne put que répondre d'une voix tranquille et chargée d'espoir :

– Oui.

Fin avril, l'enquête arriva à son terme et, au grand soulagement de Charles (et de Dorothea), le verdict de mort accidentelle fut rendu.

L'autopsie avait établi que la cause spécifique du décès était la noyade. On avait retrouvé de l'eau dans les poumons d'Agnès Carpenter. Mais le taux d'alcool dans son sang était si élevé et elle avait absorbé un si grand nombre de comprimés de Valium qu'il ne faisait aucun doute qu'elle était inconsciente, et même dans le coma, au moment de la mort. Et elle avait un lourd passé médical sur le terrain de l'alcool et sur celui des médicaments.

– Ils ont donc finalement renoncé à la thèse du suicide, dit Charles. Je suppose qu'ils ont conclu qu'il y avait trop peu d'indices pour me poursuivre en justice.

– Te poursuivre en justice ? demanda Dorothea sans comprendre. Mais c'est plutôt cette pauvre Agnès qu'on aurait dû poursuivre pour avoir mis fin à ses jours ?

– Mais Agnès est morte. Et moi, en tant que conjoint survivant, je vais hériter de ses biens – et de son assurance sur la vie, ce qui aurait été exclu en cas de mort volontaire.

Il s'interrompit, soudain honteux, et détourna son regard.

– Je croyais que tu étais au courant, chérie, souffla-t-il. En général, les assurances sur la vie...

Et elle réalisa tout à coup, avec beaucoup de retard, que Charles Carpenter allait hériter de sa femme comme

216

elle-même avait hérité de Michel. À cette époque, elle avait été bien trop assommée par le chagrin pour penser à l'argent, elle n'avait tout simplement pas voulu en entendre parler.

– Nous pourrions en donner une bonne partie à une œuvre de charité, au nom d'Agnès, dit Charles pour l'apaiser.

Dorothea Deverell n'ignorait pas que, depuis quelque temps, même avant la séparation effective des époux, Agnès faisait exprès de dilapider son argent, comme pour s'affirmer en face de Charles. Sa grande excuse était qu'il s'agissait de *son* argent – en mourant, sa mère lui avait laissé environ deux millions de dollars. Son compte personnel était souvent à découvert sans qu'elle pût s'en expliquer et elle retirait des sommes importantes qui se volatilisaient.

– Elle essaie de me rendre fou, se plaignait Charles. Et elle est en train d'y réussir.

C'était lui qui s'occupait des factures pour l'entretien de la maison et du jardin. L'une des manies d'Agnès consistait à perdre les reçus et à égarer l'argent liquide. Comme beaucoup de femmes aisées qui ne travaillent pas, l'argent restait très abstrait dans son esprit. Elle s'en servait comme d'un pouvoir tout en le méprisant. N'avait-elle pas affirmé en public : « L'argent n'achète pas le bonheur, il l'élimine », à la grande contrariété de son mari.

Après la mort d'Agnès, Charles et son comptable avaient tenté de mettre un peu d'ordre dans les affaires financières de la défunte. Il y avait de nombreuses erreurs, plusieurs manques et, pour la période des six dernières semaines, au moins un mystère : le 7 mars, Agnès avait fait un chèque de 7 000 dollars à un individu (ou à une entreprise) du nom d'« Alvarado », et le 10 avril, jour de sa mort, elle en avait signé un autre,

217

pour le même bénéficiaire, de 8 500 dollars. Charles ne voyait pas ce que (personne ou raison sociale) pouvait bien désigner «Alvarado». Un magasin? Un agent de change? Un investisseur? Les amis des Carpenter n'en savaient rien.

– Elle n'a tout de même pas acheté pour 15 500 dollars d'alcool et de Valium, remarqua sombrement Charles.

Mais ce qui le tranquillisait, c'est qu'il n'y avait aucun rapport entre ces chèques et la mort de sa femme. Quel rapport aurait-il pu y avoir?

Il partageait ces soucis, ainsi que tous les autres, avec Dorothea qui, en retour, partageait avec lui, peut-être moins en détail, les siens à la Fondation Morris T. Brannon. La scène de ménage posthume de Charles Carpenter à sa femme, Dorothea Deverell l'acceptait volontiers car elle était incapable de se défaire d'un sentiment de culpabilité. Que son amant donne le visage du ressentiment à son deuil s'il y puisait du réconfort! Ce qu'elle voyait surtout, c'était que, inévitablement, Charles et elle allaient former un nouveau couple à Lathrup Farms, et cela avant même de se marier et d'avoir un toit commun. Comme disait Ginny, ils «s'accordaient» parfaitement.

Dorothea se mit soudain à sourire, contre toute attente.

Car elle *était* heureuse.

Depuis l'extravagante soirée que Colin Asch avait organisée en son honneur, Dorothea Deverell s'était montrée pleine d'attentions à l'égard du jeune neveu de Ginny. Elle l'avait invité au vernissage d'une exposition à la Fondation et l'avait présenté à de nombreux administrateurs et autres membres des Amis – plus âgés, bien installés, mais ouverts à la «jeunesse». Elle lui avait donné des exemplaires dédicacés de ses livres sur Isabel Bishop, Arthur Dove et Charles Demuth. Pour rendre l'invitation, au lieu de convier les Weidmann et Colin à dîner chez elle, elle les emmena à un gala du New York City Ballet de passage à Boston puis au restaurant après le spectacle. Mieux encore, elle suggéra à M. Morland, qui accepta immédiatement, d'inscrire Colin Asch sur la liste des collaborateurs comme « consultant en publicité » car le jeune homme avait d'ores et déjà réussi, bien que de façon irrégulière, à faire annoncer certaines manifestations de la Fondation dans des journaux, à la radio ou même à la télévision.

— Nous essayons sans grand succès depuis des années, avait-elle dit à Colin. Comment expliquez-vous qu'ils vous écoutent, *vous* ?

— Je crois que c'est une question de manière, avait-il répondu avec un rire embarrassé. Il faut être légèrement doué pour la coercition.

Il témoigna une reconnaissance touchante à Dorothea pour l'avoir intégré au personnel de la Fondation et la remercia à plusieurs reprises.

— J'ai bien peur que les honoraires ne soient dérisoires, dit Dorothea, aussi contente que Colin, mais peut-être un jour pourrons-nous créer un véritable poste de directeur de publicité à plein temps...

— Oh ! je ne pense pas que j'aimerais travailler là à plein temps ! C'est seulement pour l'honneur, vous comprenez, pour l'association. Pour la Fondation Morris T. Brannon.

Il s'interrompit et eut un de ses sourires ensoleillés qui touchaient tant Dorothea.

— Mais qui sait ? reprit-il. Je ne veux pas faire de prédictions en ce qui concerne ma carrière. Être modèle, c'est un travail plein d'imprévus.

— Modèle ? interrogea Dorothea, stupéfaite, car il n'en avait encore jamais parlé.

Il apparut que Colin Asch avait quitté L.L. Loomis à la mi-mars après avoir été contacté par un client de l'entreprise, Elite Models – «Modèles d'élite, délice des prix» disait le slogan – pour qu'il présente des vêtements dans des catalogues et des journaux de mode. Évidemment, jamais de sa vie, il n'avait envisagé de monnayer son image dont il n'avait par ailleurs pas une très haute idée... Mais il ne se sentait pas heureux chez L.L. Loomis où on ne tirait pas assez parti de son énergie et de ses talents. Aussi, bien qu'hésitant à abandonner une filière susceptible de le conduire à la décoration et peut-être un jour à l'architecture, avait-il été séduit par cette agence importante qui lui demandait soudain à *lui* de leur accorder une chance à *eux*. Pendant une semaine, il n'avait su que choisir. Bien sûr, tout le monde chez Loomis voulait le garder, même son chef qui l'avait persécuté de sa jalousie.

– Mais finalement j'ai décidé de partir et de me lancer comme modèle, dit-il. Après tout, j'ai vingt-huit ans et je ne serai plus jeune très longtemps.

Dorothea Deverell écoutait les paroles de Colin Asch comme elle aurait écouté le discours d'un étranger exotique ou le chant d'un oiseau venu de l'autre bout du monde. Il était très certainement le «brillant garçon – légèrement supérieur à *notre* modeste espèce» qu'avait décrit Howard Morland, ce fin connaisseur. Sans doute n'enviait-elle pas son sort car l'idée de vendre son image la révulsait, mais du moins était-elle éblouie par l'étincelante vitalité de sa jeunesse. Et elle ne doutait pas que, s'il s'appliquait un peu, il pourrait parfaitement réussir.

– Notre proposition d'être consultant pour nous doit vous paraître bien terne, alors, dit-elle en s'excusant presque. Je crains que la Fondation n'ait guère de *glamour*.

Colin la fixa comme s'il la défiait.

– Vous croyez que moi, je recherche le *glamour*, Dorothea ?

Pourtant, une semaine plus tard, vers la fin avril, il passa sans prévenir chez Dorothea pour lui montrer son *book* de photos.

– Je me suis dit que vous aimeriez peut-être les voir.

Tandis que Dorothea tournait lentement les pages, il lui expliqua que la plupart des clichés appartenaient en réalité à l'agence et que la demi-douzaine placée en fin constituait un pré-tirage d'une première « séance » qu'il avait faite pour la boutique Tatler & Co. Tout en observant le visage de Dorothea, il affichait une expression de vanité candide, enfantine.

– C'est étrange de se voir comme un objet, dit-il. Mais d'une certaine façon, ça met les choses en perspective.

Vraiment ? se demandait Dorothea.

Elle leur avait préparé une infusion et avait disposé le grand album à plat sur la table de la salle à manger. Elle examinait les images luisantes, absorbée comme s'il s'agissait – et peut-être était-ce effectivement le cas – d'œuvres d'art. Elle comprenait bien que Colin Asch avait tenu à ce qu'elle vît ces clichés de lui, mais elle ignorait quelle réaction il espérait de sa part.

– Très surprenant, murmurait-elle. Très original !

Et elle regardait ce garçon blond, appuyé contre une voiture de sport, une Jaguar, en costume italien avec de larges épaules, la taille marquée et de grands revers.

– J'ai du mal à vous reconnaître, Colin, lança-t-elle avec un rire un peu forcé. C'est réellement vous ?

– Mais si, bien sûr que vous me reconnaissez, Dorothea, répliqua-t-il très sérieusement. Vous et moi, nous pourrions nous reconnaître n'importe où.

Ici, il était un bel athlète en polo, là, un jeune homme en jeans et sweater. Ailleurs, mais Dorothea préféra ne pas s'y attarder, il était presque nu – il ne portait qu'un petit maillot de bain. Sur toutes ces photos, Colin Asch paraissait beaucoup plus vigoureux, musclé, *viril* que Dorothea aurait pu se l'imaginer si l'idée lui en était

221

venue. Car n'était-il pas encore ce garçon évanescent qui, un soir de novembre, avait échoué chez les Weidmann et avait posé sur Dorothea Deverell ce regard inoubliable ? Et s'il ne l'était plus, alors qu'était-il advenu de ce garçon ?

Elle leva les yeux vers Colin qui guettait sa réaction, très droit, sa tasse à la main. Et elle se rendit compte qu'elle avait bien devant elle l'icône de l'album. Le jeune homme maigre au catogan et à la peau grise avait disparu, dévoré par le modèle. Le carnivore avait eu raison du végétarien.

À moins, songea-t-elle, qu'il n'y ait jamais eu de végétarien. Seulement le carnivore.

Mais ces pensées restaient diffuses, informelles, immédiatement annulées par d'autres tout aussi éphémères. Et puis, Colin Asch attendait son verdict.

— Croyez-vous que j'aie un avenir là-dedans, Dorothea ? Ou que ce ne soit qu'un... je ne sais pas... qu'une chimère ? C'est une vie passionnante mais très dure — une sorte de combat de chiens, vous voyez. On est sans cesse en compétition avec d'autres modèles. J'ignore si j'aurai assez de sang-froid pour le supporter.

— Mais j'ai l'impression que vous avez plus que de l'avenir, Colin, répondit Dorothea Deverell en refermant soigneusement l'album. Moi je trouve que vous avez d'ores et déjà réussi.

La seconde d'après, elle se demanda ce que signifiaient ses paroles. Était-elle vraiment sincère ? Savait-elle seulement de quoi elle parlait ? Son univers professionnel était si étranger à tout cela.

Mais c'était exactement la réponse que Colin Asch espérait. Son visage s'éclaira comme celui d'un gamin.

— Merci, Dorothea, dit-il avec humilité. Merci de croire en moi. Rien ne m'est plus cher que votre opinion — et que votre foi en moi. Je ne l'oublierai jamais.

Après cela, il était très difficile à Dorothea de se rétracter ou même seulement de s'interroger.

– Avez-vous d'autres «séances» en projet pour bientôt? demanda-t-elle.

– Le patron de l'agence m'a dit la même chose que vous, Dorothea. Et aussi le photographe avec qui j'ai travaillé. «Naturellement photogénique», c'est ce qu'ils décrètent tous. Ils n'ont que ce mot à la bouche, dans le métier. Évidemment, je n'y suis pour rien, c'est un accident génétique, rien de plus. Quand j'étais élève à Monmouth Academy, j'avais un professeur, c'était également le directeur de l'école, qui prétendait lui aussi qu'il croyait en moi, qu'il pouvait lire sur mon visage un destin hors du commun, et il voulait s'occuper de moi, mais...

Colin Asch sembla s'égarer dans ses rêves. Pendant quelques secondes, il resta immobile, la tasse à la main, le regard perdu au-delà de Dorothea Deverell, dans un espace auquel elle n'avait pas accès et elle ressentit soudain, mais ce n'était pas la première fois, l'extrême solitude du jeune homme.

– Mais il lui est arrivé quelque chose, et tout a changé. C'est tellement dommage, n'est-ce pas Dorothea, que la vie, tout à coup, *change*?

Il était devenu très grave, soucieux. Et Dorothea, hantée depuis des jours par la vision morbide du corps de cette pauvre Agnès, murmura simplement: «Oui.»

– Ils m'ont conseillé de trouver des investisseurs dans ma carrière, dit-il soudain d'une voix grinçante. Des «porteurs de parts» pour la mise de fonds. Un *top model,* vous comprenez – le patron de l'agence estime que je pourrais l'être dans cinq ou six mois – gagne jusqu'à un million de dollars par an, parfois deux, mais il y a des frais au départ. Et puis je dois finir de payer mon appartement, mes meubles, ma voiture, enfin le loyer, l'assurance et tout. Je m'y retrouve tellement peu dans cet aspect de la vie, je suis si désarmé, comme une sorte de *professeur Nimbus,* vous voyez – M. Kreuzer, mon maître, disait toujours: «Ce qu'il te faut, Colin, c'est

223

quelqu'un qui te prendrait en main, quelqu'un qui t'aimerait » – mais, bon Dieu, Dorothea, je leur ai expliqué que j'étais incapable de faire une chose pareille ! Je veux dire, me vendre ainsi à mes propres amis. Je leur ai dit non, je refuse ce genre de truc, je préfère laisser tomber tout de suite que... que de faire ce genre de truc.

Lentement, presque maladroitement, Colin Asch récupéra son album et s'apprêta à partir avec des gestes très élaborés, décomposés. Si bien que Dorothea, toujours consciente de ses devoirs d'hôtesse, eut la nette impression qu'il attendait – qu'il espérait – une invitation à rester un peu plus longtemps. On était samedi soir et un jeune homme aussi beau et brillant ne passait pas sa soirée tout seul ? Dorothea se sentit coupable, mais elle n'était pas libre : Charles Carpenter devait venir dîner chez elle et ce serait des heures de bonheur, même s'il y avait peu de chances pour qu'ils échappent à l'obsession de la mort d'Agnès et de ses circonstances... Colin Asch, malgré son côté attachant de petit garçon solitaire et son irrésistible charme d'homme, n'avait aucune place là-dedans.

Arrivé à la porte, Colin dit, comme s'il avait une fois de plus, d'une façon troublante, deviné les pensées de Dorothea :

– C'était si brutal, n'est-ce pas ?... la mort de Mme Carpenter, l'autre jour.

– Oh ! oui... oui, en effet ! répondit Dorothea, saisie.

– Vous la connaissiez, Dorothea ?

– Pas vraiment. Non... pas très bien.

– Vous connaissez surtout M. Carpenter, j'imagine.

– Oui, dit Dorothea, mal à l'aise. Charles et moi sommes très proches.

Puis elle voulut s'engager dans une sorte de justification.

– Il participe aux activités de la Fondation depuis des années. C'est un homme très cultivé, un... un homme qui aime s'occuper d'art. Même si, avec son métier, c'est...

– Susannah Hunt m'a appris que Mme Carpenter était alcoolique depuis des années, dit Colin Asch, l'air grave. Un peu dérangée sur le plan émotionnel, d'une certaine manière. Et puis je crois que le mariage des Carpenter n'allait pas très bien. Ils avaient des enfants ?

– Non.

Elle aurait bien aimé mettre un terme à cette conversation, mais elle ne voyait pas comment puisqu'il tournait le dos à la porte et que celle-ci n'était même pas ouverte.

– Non, ils n'avaient pas d'enfants.

– C'est une chance, dit Colin. Encore qu'à leur âge, les enfants seraient grands. Ils auraient même terminé leurs études.

– Sans doute.

– Susannah m'a expliqué que Mme Carpenter avait peut-être pris une overdose de comprimés. Exprès, je veux dire. Et qu'elle aurait laissé une lettre ou quelque chose que la police aurait découvert.

– Non, répliqua fermement Dorothea, il n'y avait pas de lettre.

– Il n'y avait pas de lettre ?

– Pas à ma connaissance.

Colin Asch considéra en silence cette réponse. Sans véritable incrédulité mais d'une mine pensive. L'anneau de cuivre à son oreille – il le portait de nouveau, après des semaines : heureusement il ne l'avait pas le soir de son grand dîner – brillait effrontément et ses cheveux se dressaient en touffes drues sur le haut de sa tête.

– Mme Hunt, lui glissa-t-il avec un brusque sourire, est du genre à inventer des histoires. Il ne s'agit pas réellement de mensonge, juste de construction mentale. En vérité, voyez-vous, elle aussi boit beaucoup. Je pense que c'est pourquoi elle colporte tous ces ragots sur les Carpenter – elle doit avoir peur de finir comme Agnès.

Il s'interrompit, hocha la tête, sans paraître remarquer l'expression angoissée de Dorothea, puis il haussa les épaules, amusé.

— Vous verrez qu'un de ces jours, elle racontera n'importe quoi sur *moi,* dit-il.

Malgré la brume, la soirée avait des airs de printemps et Dorothea accompagna son jeune ami jusqu'à sa voiture – la Porsche noire surbaissée, luisante, si visiblement coûteuse. (Mais le pare-chocs arrière n'était-il pas un peu cabossé ? Et le pare-brise avant rayé ?) Elle se demanda si la voiture appartenait encore à Susannah Hunt ou si Colin Asch la lui avait achetée. Son étonnante sortie sur sa situation financière, sur les «investisseurs» et les «porteurs de parts», que, par discrétion, Dorothea s'était bien gardée de relever – d'ailleurs Charles verrait certainement d'un très mauvais œil qu'elle investisse dans la carrière de modèle de Colin Asch – prouvait qu'il avait de gros ennuis d'argent. (Ce qui ne surprenait pas Dorothea qui s'étonnait depuis le début qu'il arrive à s'offrir un appartement de cette catégorie, des meubles aussi luxueux et tout ce qui allait avec. Susannah Hunt ne devait tout de même pas l'entretenir totalement ?) Un sentiment de culpabilité s'insinua en elle comme une douleur sournoise. Elle pouvait évidemment lui venir en aide s'il était dans le besoin, mais ne risquait-elle pas de l'humilier en le lui proposant ? Lors de leur déjeuner à *L'Auberge,* il avait réagi comme si elle l'avait giflé quand elle avait suggéré de partager la note.

— C'était un peu comme la mort de Roger Krauss... Je veux dire : très inattendu, reprit Colin Asch en jetant l'album sur l'autre siège avant de s'installer au volant. Mais également très attendu, étant donné le contexte, la vie telle qu'elle se présente, pour peu qu'on sache la lire.

Il attrapa une paire de lunettes de soleil sur le tableau de bord et se les mit sur le nez. Et en un instant, il devint le jeune homme blond, arrogant, très «dieu grec» des photographies. Il était habillé de clair, d'une veste blanche et d'un pull ras du cou en jersey couleur menthe. Un peu perplexe, Dorothea Deverell lui adressa un sourire flottant.

— Pour peu qu'on sache la déchiffrer, insista-t-il, énigmatique.

— La déchiffrer ?

— Comme, par exemple, Dorothea, les textes codés.

Et là-dessus, conforme à son image de charmeur, il démarra.

En préparant le dîner avant l'arrivée de Charles, Dorothea repensa à la conversation qu'elle venait d'avoir avec Colin Asch et se sentit de plus en plus mal à l'aise. Qu'avait-il voulu dire ? C'était comme si elle avait acquiescé, à la fin, en lui serrant la main pour lui dire au revoir. Est-ce que Colin Asch, malgré toute sa fierté, voulait vraiment voir Dorothea «investir» dans sa carrière ? Ou bien avait-il sincèrement écarté cette idée ? N'avait-il pas parlé avec une certaine colère, justement, de la perspective de devoir se vendre à ses amis ?

Non, décida-t-elle, ce n'était sûrement pas ce qu'il avait espéré.

En tout cas, elle n'évoquerait pas cette éventualité – ni même son refus de cette éventualité – avec Charles.

Car Charles n'appréciait pas beaucoup le neveu de Ginny Weidmann, et cela depuis le tout premier jour. Dorothea avait tenté à plusieurs reprises de prendre la défense de Colin, mais en vain.

— Mais il est si charmant, si aimable, plaidait-elle, si avide d'être aimé, comme un enfant.

— C'est exactement pour cette raison que je ne l'aime pas – que je résiste, répondait Charles.

Le soir, au cours du dîner, Dorothea raconta la brève visite de Colin Asch : son album, ses nouveaux projets.

Mais elle n'obtint de Charles qu'un sourd murmure, comme celui d'un mari jaloux.

— Mais pourquoi ne l'aimes-tu pas ? finit-elle par s'écrier. Lui t'aime beaucoup. Il t'admire énormément.

— Vraiment ?

— C'est lui qui me l'a dit.

Mais Charles Carpenter n'était pas homme à se laisser entraîner sur un terrain qui lui déplaisait. Il préférait, supposait Dorothea, se replonger dans ces échanges mélancoliques, tendres et sombres qu'ils déclinaient à l'infini depuis des jours, ayant tous pour thème la mort d'Agnès et la part de responsabilité qu'ils se croyaient obligés d'y prendre.

— Mais tu n'as pas de motif véritable de ne pas aimer Colin, n'est-ce pas ? demanda Dorothea avec une pointe d'impatience.

— Non, dit sèchement Charles après une courte réflexion. Seulement mon sentiment, chérie, que ce jeune homme est un psychopathe.

Dorothea le regarda, aussi abasourdie que si son amant venait de lui assener une gifle.

— Un... un quoi ?

— Tu m'as très bien entendu, Dorothea. Un psychopathe.

Dorothea Deverell avait parfaitement entendu, mais elle décida d'oublier les paroles de son amant. Elles étaient cruelles et agressives et ne faisaient pas beaucoup honneur à leur auteur.

En fait, elles lui portèrent sur les nerfs et elle eut l'occasion d'y réfléchir, quelques jours plus tard, au cours de la pénible conversation qu'elle eut avec Susannah Hunt rencontrée par hasard dans un grand magasin.

— Dorothea Deverell ! C'est bien vous ! retentit tout à coup une voix venue de nulle part.

Elle avait vu avec stupéfaction Susannah Hunt, maquillée à l'excès, vêtue avec recherche, foncer dans sa direction comme si elles étaient les plus vieilles amies du monde – ou des ennemies ayant un compte à régler.

– J'étais sûre que c'était vous, Dorothea, s'écria Mme Hunt, plus fort que nécessaire. Vous avez l'air... eh bien, vous n'avez pas l'air dans votre assiette.

Dorothea Deverell ne trouva pas la réponse adéquate à cette appréciation et demeura muette, raide et souriante, sa rame de papier machine sous le bras. Elle n'avait fait qu'un saut dans le centre pour cet achat et n'avait pas une minute à perdre en bavardages, contrairement à l'extraordinaire Mme Hunt.

– Je crois que nous ne nous étions pas rencontrées depuis le dîner de Colin. Votre dîner, dit Susannah comme si Dorothea pouvait l'avoir oublié. Comment allez-vous ? Et Charles Carpenter, comment va-t-il ? Quel choc terrible, terrible ! Je ne m'en suis pas encore remise.

Susannah Hunt était une belle femme, grande, aux formes pleines, avec une sorte d'élégance désespérée. Elle avait souligné sa large bouche d'un rouge sombre et ombré de bleu clair ses paupières, mais bouche et paupières paraissaient bouffies. Elle avait osé une coupe au rasoir très près du crâne et une teinture d'un noir mat, sans éclat. Dorothea eut la vague impression qu'un ami l'attendait devant le magasin. C'était un homme d'un certain âge, aux cheveux blancs, très bronzé, en blazer bleu marine, mais Susannah Hunt ne semblait pas s'en soucier. Elle se tenait tout près de Dorothea Deverell et la regardait avec un sourire étrange, en lui demandant des nouvelles de Colin Asch que, d'après ce qu'on pouvait comprendre, elle n'avait pas vu depuis quelque temps – douze jours, pour être précise.

– Autant que je sache, Colin va bien, dit Dorothea, mal à l'aise. Je crois qu'il s'est lancé dans...

– Il est *modèle*. C'est fabuleux, non ? Mais d'une certaine façon très adapté, vous ne trouvez pas ? Étant donné qu'il est si séduisant et que les hommes – les hétérosexuels, évidemment – ne peuvent rien tirer de leur séduction, si ce n'est être quelque chose de séduisant. Modèle, acteur, des trucs comme ça, débita Susannah d'une seule traite.

Elle souriait mais ses yeux restaient glacés.

– Vous m'avez bien dit que vous l'aviez vu ? Il n'a que votre nom à la bouche, vous savez – il répète sans arrêt que c'est vous qui lui avez donné sa première chance ici à Lathrup Farms. Alors qu'il était au bout du rouleau, sans un sou. Il en était pratiquement réduit à faire le garçon de plage... C'était en Floride, non ? À Key West ?

– Je... je ne suis pas au courant.

– Un jeune homme plein de charme, en tout cas, dit Susannah Hunt.

– Oui, en effet.

– Et doux.

– Oui.

– Mais d'un caractère tellement violent ! Enfin, parfois.

Notant le regard incrédule de Dorothea, Susannah Hunt leva la main jusqu'à son front comme pour montrer une blessure qu'elle aurait eue à l'œil. Ce geste s'accompagna d'effluves complexes, faits de parfum coûteux et de vin rouge. Cette femme était-elle tout simplement ivre ? Ivre et théâtrale ? Dorothea voulut l'espérer.

– Oui, parfois, il faut bien le dire, soupira Susannah.

Dorothea serait volontiers partie mais l'autre lui barrait la route. Voici qu'elle l'interrogeait sur Ginny Weidmann ; est-ce qu'à sa connaissance elle voyait son neveu en ce moment ?

– Je n'ai pas envie de l'appeler, ajouta-t-elle, elle est devenue tellement mère poule.

Dorothea avait bien rencontré Ginny dans la semaine mais elle n'avait pas envie d'en informer Susannah Hunt dont elle détestait les manières.

— Je ne sais vraiment pas, dit-elle. Excusez-moi, mais il faut que je m'en aille.

— Il lui arrive de découcher. À Colin. Jamais il ne l'aurait fait avant. Il était fou de son appartement. «Le centre de l'univers», disait-il. «Mon sanctuaire.» Et maintenant, le petit salaud disparaît sans la moindre explication. Un jour et une nuit d'affilée, parfois deux... ce qui me rend quasiment *folle*. Mais vous ne savez pas où il est, Dorothea, ni avec qui?

— Non, répliqua froidement Dorothea.

— Et pourtant vous êtes si *intimes*.

Cela sonnait comme une accusation à laquelle Dorothea ne jugea pas bon de répondre. Le mélange détonnant de parfum et de vin se confirmait et elle eut un instant la sensation que l'autre se dressait sur ses escarpins en crocodile comme sur des ergots et hésitait entre l'agresser et se moquer d'elle.

Puis, semblant brusquement se souvenir qu'on l'attendait, elle renonça et céda le passage à Dorothea.

— La prochaine fois que vous le verrez, Dorothea, dites-lui bonjour pour moi. Pour Susannah. Et c'est tout. C'est *tout*.

— D'accord, promit Dorothea. Comptez sur moi.

Alors, avec un frisson de dégoût, elle s'enfuit. Dieu merci, pensa-t-elle, Colin a échappé à ce monstre.

2

Où filait l'argent? Où filait-il alors que Colin Asch l'avait pourtant sacrément gagné, qu'il avait sué sang et eau? L'expression « argent liquide » prenait tout son sens. Il vous coulait entre les doigts. Ça oui, il coulait! mais « dans une seule putain de direction ».

Il s'était forcé à s'asseoir et, dans le Registre bleu, il avait commencé à aligner des chiffres avec un crayon. Un crayon muni d'une bonne gomme. Mais ce qu'il lui aurait fallu, c'était une de ces petites calculatrices de poche japonaises, pour se libérer l'esprit des opérations fastidieuses... Ah! il avait essayé! Dieu sait s'il avait essayé, mais l'injustice lui remontait dans la gorge comme du vomi et il rangea le Registre pour arpenter l'appartement en tapant sur ses cuisses nues (pourquoi n'était-il pas encore habillé? Quelle heure était-il donc?) et en tentant de comprendre pourquoi Colin Asch manquait toujours d'argent, d'argent et encore d'argent, de ce fric de merde, alors qu'il y en avait qui rentrait : à flots, même. Du moins il y en avait eu, jusqu'au moment où il s'était rendu compte qu'il valait mieux marquer une pause.

Il n'allait pas courir de risques inutiles, compromettre son avenir. Maintenant que Dorothea Deverell lui avait confié un poste de responsabilité à la Fondation. Il ne s'agissait pas de la décevoir.

Tout de même, c'était beaucoup demander à Colin Asch de rester tranquille, à noter ses projets dans son Registre. Sans parler de supporter sans rechigner les séances de photo. Toute cette passivité. Et les photographes qui lui donnaient des ordres, qui le faisaient aller de gauche à droite comme un veau, qui se permettaient même de le toucher pour le placer : le bras, la jambe, la tête. L'autre jour, il avait bien vu ces enfoirés échanger des coups d'œil derrière son dos mais il n'avait pas bougé d'un poil, il avait continué à sourire – complaisant – «professionnel», irréprochable. Alors qu'il aurait voulu leur déchirer la gorge à coups de dents.

Dans un an, il serait un des tout premiers *top models* de la région de Boston, on le lui avait promis. Il *acceptait* donc, et il se pliait à la volonté d'êtres intellectuellement inférieurs.

«Colin Asch apprend. Énormément.»

Et Susannah : ses cris, ses menaces d'appeler la police ou son avocat, sa façon de le mettre au défi de lui taper dessus, comme si c'était la virilité de Colin Asch et sa dignité qu'elle provoquait ; d'ailleurs, elle adorait ça, qu'on lui tape dessus, fort mais pas trop, sans faire saigner – «Elles ont toutes horreur du sang.» Mais il s'était défilé en riant. Aïe aïe aïe ! Si tu *savais*. Et la fois où elle avait commencé à parler de remboursement, de récupérer son «investissement» ; l'idée lui avait trotté dans la tête qu'il pouvait très bien l'étrangler et aller balancer le corps dans les dunes ; mais ce n'était pas un vrai projet. Après tout, maintenant, il y avait Dorothea Deverell dans sa vie – le seul fait de penser à elle le calmait, jusqu'à un certain point. Et donc, il avait plaisanté pour désamorcer la colère de Susannah – «Tout ce qu'elle veut, au fond, c'est que je la baise un bon coup» – et ensuite, dans la salle de bains remplie de vapeur, il avait écrit sur le miroir, en grosses majuscules : Hé, JE VEUX ÊTRE BON !!!

Restait l'argent. Freud avait bien dit que l'argent c'est de la merde ? Eh bien, il avait raison ! Pas de doute, dans cette société capitaliste-impérialiste-folle du fric où les êtres humains en sont réduits à se monnayer eux-mêmes sur le marché... si ce n'est leur corps (comme les modèles à un million de dollars) du moins leur talent, leur cerveau, leur âme. Si Susannah lui supprimait effectivement son aide pour le loyer de son appartement, il se retrouverait avec cette dépense en plus, ajoutée aux traites des meubles, etc., sans compter les frais inattendus ni ce qu'il voulait économiser au cas où... (Car Colin sentait qu'il arrivait au terme d'une phase de sa vie, comme cela s'était déjà produit plusieurs fois par le passé. Il se pouvait très bien qu'il doive bientôt aller se cacher quelque part, en compagnie de Dorothea Deverell ou tout seul. Aussi l'argent dissimulé ici même, à l'intérieur de l'appartement, était-il de la plus grande importance.)

« L'argent, donc. »

Dans le récapitulatif secret du Registre apparaissait un D.T. 2 300 « M » (Tracey Donovan, la piquante journaliste aux fesses rebondies de l'hebdo local, avait donné à Colin Asch un chèque de 2 300 dollars payable à « T. Manatee » — qu'elle croyait être son pseudonyme de mannequin). Il y avait aussi W.G. 3 500 « A » (Gladys Whiting, une veuve de Lathrup Farms à qui Dorothea Deverell l'avait présenté récemment, avait engagé 3 500 dollars dans sa carrière sous le nom de « A. Avalon ») et puis C.A. 7 000 « Al » et C.A. 8 500 « Al » (avant de mourir, Agnès Carpenter avait investi un total de 15 500 dollars dans l'avenir de Colin Asch en tant que beau et fantasque modèle blond nommé « Alvarado ») – *et pourtant ça ne suffisait pas.*

Ses additions étaient-elles fausses ? Ses soustractions ? Les dépenses mensuelles multipliées par douze plus les faux frais plus quinze pour cent pour le bas de laine...

On aurait dit que plus l'argent rentrait, plus il sortait, sans qu'il fût possible de l'en empêcher. «Il me semble parfois, Dorothea, que ma tête va exploser. *Je ne crois pas que je tiendrai le coup.* »

À moitié nu, accoudé à la rambarde de son balcon, il sentit ses yeux s'emplir de larmes. Une douce brise de printemps ébouriffait ses cheveux... Mais quel printemps ? *Dès que j'ai trente ans, je me tranche la gorge. Je ne veux pas vivre au-delà de trente ans.* Que pouvait-il faire, maintenant ? Il valait mieux attendre encore un jour ou deux avant de retourner voir Dorothea Deverell, même si sa seule évocation lui procurait un peu de répit. Une vague de chaleur l'enveloppa au souvenir de ce jour où M. Kreuzer avait pris sa main dans la sienne alors qu'il planchait sur un devoir d'algèbre ou une rédaction – la petite main de Colin Asch toute froide, dans sa puissante main si rassurante – pour guider son crayon, pour l'aider. Toute la suite n'était rien en comparaison de cet instant-là. Il s'était surpris à pleurer... tant de gentillesse, de soulagement. La seule pensée que quelqu'un se souciait un peu de vous.

Mais une telle sollicitude, une telle tendresse, c'est si rare.

«Pour peu qu'on sache la déchiffrer. »

Il avait observé son visage et elle avait battu des paupières, à peine troublée, semblait-il, son regard sombre impénétrable, opaque. Elle n'avait pas prononcé un mot mais avait serré ses doigts comme pour le prévenir : *Ne le dites pas,* comme pour l'avertir :*Oui... mais ne le dites pas.* Et il avait démarré, excité comme un adolescent – sans pouvoir s'empêcher de faire son intéressant avec la Porsche.

Pourtant Dorothea Deverell l'avait déçu, quand même. En ne l'invitant pas à rester un peu plus... en ne le gardant pas à dîner alors qu'il était sûr que Charles Carpenter allait venir et qu'ils se seraient si bien entendus tous les trois; oui, Colin en était sûr. En fait, c'était là son plan. En quelque sorte. Dorothea Deverell et Charles Carpenter pourraient adopter Colin Asch comme le font parfois certains couples mariés, principalement des vieux couples sans enfants ou avec des enfants déjà élevés comme les Weidmann. Maintenant qu'ils étaient débarrassés de la femme de Carpenter, ils lui devaient bien une faveur, après tout. Si seulement ils savaient.

(Savaient-ils? Savait-elle? Parfois, Colin l'aurait parié... comme pour Krauss, il était convaincu que pour Krauss elle savait... Mais pour la femme...)

«Elle est en paix, intérieurement.»

Cette nuit-là, après le dîner où tout le monde s'était senti si bien, Colin Asch s'était rendu chez elle en secret, comme un somnambule. Sans prévoir ce qu'il y ferait mais confiant dans son instinct car tout cela ne procédait-il pas de l'âme? En sa présence, *Colin était sanctifié, purifié,* aussi vierge que les pétales d'une fleur qui s'offre pour la première fois au soleil. Le champagne et le vin l'avaient exalté et aussi deux ou trois attentions comme, par exemple, le sourire des autres et leurs poignées de main – *Je veux aimer et être aimé! Est-ce trop demander, bordel?* Et puis Dorothea Deverell l'avait embrassé sur la joue en le remerciant pour sa gentillesse.

Avec un petit tournevis, il força la serrure de la porte de derrière et voici qu'il avançait dans l'ombre comme s'il avait vécu là toute sa vie, *comme elle.* Il faudrait qu'il pense à noter cela dans le Registre bleu. Avec un stylo-torche, il s'éclaira pour gagner l'étage... un escalier étroit et abrupt, comme ceux des rêves... Et peut-être rêvait-il car il n'avait pas peur: Colin Asch montait vers la chambre de Dorothea Deverell sans la moindre hésitation, tel un tigre, *conscient que rien ne pouvait leur faire du mal, ni à lui ni à elle, puisque tout émanait de l'âme.*

237

Une fois dans la chambre, sa respiration s'accéléra : tout à coup, elle était là... endormie, le souffle profond, sonore... *là*, à un ou deux mètres à peine, ignorant tout ! «Dorothea. Je ne vous ferai aucun mal.» Il approcha encore, tout près, et regarda, fasciné, mais sans rien de bas, rien de sexuel – encore que, oui, il y avait bien *ça* (il sentait le sang affluer dans son pénis comme si on avait ouvert un robinet) mais tellement plus que *ça*.

Il n'allait pas se branler. Il ne s'agissait pas de *ça* du tout.

L'étroit faisceau de lumière se promena un peu partout dans la pièce qui lui semblait aussi familière que s'il l'avait vue depuis des années à travers ses yeux à elle. Et donc *rien ne pouvait lui arriver, rien ne pouvait l'interrompre* ! Et il contempla le visage intime de Dorothea Deverell (n'avait-il pas un jour, dans un hôpital, regardé dormir une jeune femme de ce sommeil artificiel qui ressemble tant à la mort). La peau d'albâtre, les cheveux répandus sur l'oreiller ; les yeux (si beaux ! si *inspirés* !) fermés ; les lèvres humides et entrouvertes ; le souffle remontant de loin, en rythme, presque laborieux... et auquel il s'appliqua à accorder le sien. «Dorothea. C'est moi, Colin Asch. *C'est moi.*» Pourquoi tremblait-il alors qu'elle paraissait si sereine ? Pourquoi son cœur cognait-il si fort, au point qu'il se sentait très près de la mort, ou d'une mauvaise action ? Se coulant dans cette obscurité aussi dense que de l'eau, Colin voulait plonger vers elle, s'enfoncer jusqu'à elle et la ramener dans ses bras... la sauver de tous les dangers. Telle était sa mission, son destin. Il n'y avait pas à hésiter une seule seconde. *Ma vie pour la sienne !* pensa-t-il avec allégresse.

Mais elle dormait, insouciante. Et il n'y avait aucun danger. La pièce légèrement mansardée avec son papier à fleurs et ses rideaux blancs vaporeux constituait une illusion solidifiée autour d'eux. *Et si nous mourions ensemble. Cette nuit même.* Tout excité, il fit passer son pull à col roulé par-dessus sa tête et le laissa tomber à ses pieds. Il n'était pas très à l'aise avec ces gants de chevreau mais ils étaient indispensables. Elle avait posé ses vêtements sur un secrétaire et sur un fauteuil, un peu n'importe comment. Il supposa qu'elle avait eu à peine le temps de se déshabiller : la veste de dentelle et la jupe longue traînaient par terre, ainsi qu'une combinaison courte en soie blanche et un soutien-gorge et, au contact de l'étoffe, Colin Asch ne résista pas à la tentation de retirer un de ses gants qu'il garda entre ses dents serrées. Il se caressa la poitrine avec la combinaison puis il l'enfila (l'électricité statique lança ses pointes dans ses cheveux, sur ses cils), la bouche sèche d'impatience, terrifié à l'idée de ce qui risquait de se produire, *à moins que ça ne se soit déjà produit et que la femme soit morte... ?*

(Mais une telle chose ne pouvait arriver que si Colin Asch était découvert, poussé dans ses derniers retranchements. Seulement s'il ne restait plus aucun moyen de sauvegarder sa dignité, sa fierté, sa virilité. Jamais il ne la forcerait pourtant – «Je le promets» – et il ne la supplierait pas non plus comme avait fait M. Kreuzer à la fin, allant jusqu'à mettre le rasoir dans les mains du garçon. Jusqu'à le provoquer, peut-être avec un réel espoir qu'il s'en servirait – «Qu'y a-t-il de plus beau qu'une mort partagée ? Deux-en-un ? À jamais ?»)

Plus tard, il aurait oublié tous les détails et il ne lui reviendrait que des sensations, en éclats, une nébuleuse émotionnelle, mais aucune image, aucun mot. Colin Asch s'accroupit tout près de la femme endormie et tira la couverture qui glissa comme passe un rayon de lune – pas d'ombre, pas de pesanteur... et elle ne s'éveilla pas, pleine de confiance en lui – il vit cette femme à la chemise de nuit retroussée aux genoux, cette femme aux attaches fines, au ventre plat, aux seins affaissés puisqu'elle reposait sur le dos, mais légèrement tordue, comme si elle était tombée d'une falaise – et Colin Asch se pencha, tout regard, la combinaison tendue sur sa poitrine, baigné de son parfum, avec dans les yeux des larmes douloureuses. En extase, presque aveugle, il s'agenouilla contre le lit et posa son front fiévreux sur le pied nu de la femme... ce pied nu si pâle, frais comme la pierre, et lisse comme elle.

Je veux être bon !
Je veux détruire le monde !

Quelques jours ou quelques semaines plus tard, l'atmosphère changea, devint merdique. Colin se sentait fragile à cette époque de l'année, alors qu'on est censé être bouffi de bonheur en même temps que tous ces connards, à lever le nez au ciel, humer la terre, regarder fondre la neige ; et il fit un effort. Bon sang, ces enfoirés ne se doutaient pas de l'effort qu'il s'imposait, ni à quel point il les haïssait lorsqu'ils manipulaient son corps, lorsqu'ils osaient toucher sa peau, ce qui le torturait, un vrai supplice. Aucun médicament n'avait jamais réussi à le soulager. C'est ce qu'il avait expliqué au juge, il y avait très longtemps, au cours d'un autre printemps. Enfin, il fit cet effort. Il se laissa maquiller – «Tu es un peu trop pâle, Colin, et puis, tu as des cernes sous les yeux» – et il parvint même à plaisanter avec ce photographe, à installer entre eux *un climat chaleureux, authentique, plus profond qu'une simple association commerciale* car il se disait que, vraiment, ça lui plairait de devenir photographe – mais un vrai photographe – et de saisir les gens importants qui sillonnaient le monde pour (par exemple) *Time*, ou *Life*, ou le *Boston Globe*. Il était impensable qu'un homme aussi énergique que Colin Asch, avec un tel tempérament et surtout un tel sens de la dignité, se contente d'être une marionnette passive, comme les autres modèles (ces enculés narcissiques, ces gravures de mode amoureux de leur reflet) tandis qu'il était lui-même un artiste, et un artiste avant tout. Alors il serra les dents et sourit, et fit de son mieux pour se montrer coopératif, sans oublier d'interroger le photographe pendant les pauses pour apprendre d'où il sortait, qui il voyait, et s'il existait des établissements valables. Il lui raconta qu'à l'école d'Art de Rhode Island, on lui avait trouvé presque trop de talents pour un seul individu.

– Tu comprends, ça se condense, si tu as trop de choses dans la tête en même temps qui cherchent à te tirer dans tous les sens à la fois – comme une fugue paragnosique.

– Comme quoi ? demanda le photographe en regardant Colin Asch à travers la fumée qui s'échappait de son gobelet de café.

– Une fugue paragnosique.

– Qu'est-ce que c'est que ce truc ?

Colin avait alors produit un de ses sourires éclatants accompagné d'un clin d'œil, en passant les doigts dans ses cheveux tout propres.

– Oh ! je ne sais plus !

Puis, voyant Bob indécis quant à l'opportunité de lui rendre ou non son sourire, exercice auquel il se livrait un peu trop souvent pour sa sécurité (ce salopard devait se répandre comme les autres derrière son dos, c'était couru), Colin Asch s'empressa de préciser :

– Comme une crise nerveuse, si tu veux.

– Ah ! dit Bob, sans le quitter des yeux, le gobelet encore fumant devant la bouche. Ah ! oui, d'accord !

Il voulait s'expliquer avec elle. Il était assiégé par des êtres inférieurs, aussi bien sur le plan intellectuel que sur le plan spirituel – elle mise à part, évidemment ! ainsi que Charles Carpenter (si seulement Charles Carpenter pouvait *voir* !) – et il avait parfois l'impression qu'il nageait pour sauver sa vie, lançant désespérément ses bras en avant pour ne pas sombrer, se noyer : «La mort la plus affreuse, Dorothea. Si vous saviez.»

C'était cet air tiède et humide qui le perturbait. C'était l'accélération de la terre. L'approche du solstice d'été, *alors qu'il ne se sentait pas prêt*. Cette année semblait s'annoncer encore pire que la précédente, à le bombarder d'occasions d'excitation et de violence comme la pluie frappe le toit des voitures, comme le tonnerre, comme l'odeur de l'éclair – son odorat était si développé dans ces moments-là, à l'égal de celui d'un chien : «J'aurais tant aimé être un chien, vous savez, pour trotter partout en reniflant, pour voir le monde par le nez», avait-il dit à l'un de ses docteurs au sortir d'une période critique, juste après avoir repris possession de lui-même, ou presque.

Évidemment, Colin Asch ne pouvait pas *tout* confier à Dorothea Deverell. Par exemple, ce calvaire quand il s'agissait de se décider, de choisir quoi faire pour les Carpenter : liquider le mari, ou la femme. Les deux solutions avaient du bon. Et des inconvénients, aussi.

D'abord, il haïssait Charles Carpenter, n'est-ce pas, pour lui avoir volé sa place dans le cœur de Dorothea Deverell. Si Charles Carpenter mourait, ce serait à Colin Asch de la consoler, et à personne d'autre. Nos existences tragiques. Notre existence ?

Mais il ne se cachait pas que la mort de Carpenter, tout à coup, ou son assassinat, allait terriblement bouleverser Dorothea Deverell. «Seigneur, ça risquait même de la *tuer*.» Et ce n'était pas ce qu'il voulait. Non – il sonda son âme – il ne voulait pas *cela*. «Ce que je désire pour elle, c'est son bonheur, et le mien. Mais Dorothea doit passer d'abord, sinon il n'y a plus de *moi*.»

Cette certitude exprimée, il fut envahi par un soulagement semblable à un pur bonheur, ou par un bonheur semblable à un pur soulagement. Après tout l'essentiel

242

était d'être bon *en hommage à la bonté qu'il y avait en elle.*

Il délibéra. Les solutions germaient puis mouraient, elles se fanaient à peine écloses et retournaient s'enfouir sous son crâne tandis qu'il se tenait sur son balcon balayé par la douce pluie de printemps... ou qu'il conduisait sa Porsche sur des routes inconnues... ou qu'il posait presque nu, la tête vrillée selon un angle impossible, pour vendre des maillots de bain bien gonflés à l'entrejambe, les yeux grands ouverts sur la brûlure des projecteurs. Des heures durant, ou des semaines. Colin Asch décortiquait les possibilités qui se présentaient à lui, et à elle. Oui, il n'aspirait qu'à lui apporter le bonheur – «Donc c'est Mme Carpenter qui doit mourir». C'était aussi simple que ça. Incontournable.

Un XXX réalisé en pleine indifférence, sans le moindre intérêt personnel. Car il n'avait rien à reprocher à cette femme, il se sentait même bien disposé à son égard ; il lui avait pardonné de l'avoir provoqué, le premier soir, chez les Weidmann – en réalité, ils avaient même donné ensemble un assez joli spectacle aux autres – et il était très satisfait de l'avoir convaincue qu'«Alvarado», le jeune modèle blond *New Wave,* promettait suffisamment pour qu'on pût investir en toute sérénité 10 000 dollars dans sa carrière. Elle avait d'abord réfléchi et avait dit qu'elle ne dépasserait pas 7 000 dollars. «Mais n'en parlez pas à mon mari ! Que personne n'aille le raconter à ce prétentieux au cœur sec», avait-elle déclaré en pouffant, les joues congestionnées par l'alcool.

Bien sûr que non, Madame Carpenter.

Et c'est ainsi qu'à l'issue d'une rêverie au long cours, Colin Asch en vint à la conclusion, d'une logique euclidienne, qu'Agnès, et non Charles Carpenter, devait mourir. Laissant ainsi le champ libre à Dorothea et à Charles pour officialiser leur amour. Naîtrait ainsi une cellule à laquelle Colin Asch serait de plus en plus associé : weekends, vacances, anniversaires. Ce serait la chose la plus naturelle du monde ; les vieux couples sans enfants s'attachent souvent à un jeune célibataire. Comme une adoption spirituelle.

« Tu ne seras plus jamais seul. »

— Ah ! Colin ! Enfin, Alvarado. Comme c'est gentil. *Depuis le temps.*

Il est 19 h 30, ce 10 avril, et Colin Asch sonne à la porte des Carpenter, 58 West Fairway Drive, Lathrup Farms, Massachusetts, avec un cran d'arrêt de vingt centimètres dans la poche droite de sa veste et un petit bouquet de fleurs mélangées (jonquilles, œillets, tulipes jaunes) à la main. Au bout de près de cinq minutes, la maîtresse de maison vient ouvrir. C'est la seconde visite de Colin Asch ici. La dernière. « Entrez, entrez, dit joyeusement Agnès. Vous allez bien prendre un verre. » Et elle le précède en titubant légèrement jusqu'au salon plongé dans la pénombre, en désordre et traversé de lourds relents de cigarette et d'alcool. Il la remercie et passe dans la cuisine pour y chercher un vase où mettre ses fleurs, c'est bien le moins qu'il puisse faire. De l'autre pièce, Agnès lui lance des reproches, le taquine, sans qu'il comprenne exactement ce qu'elle dit, mais il répond : « D'accord ! Bien ! Parfait ! Ouais ! » Il y a des bouteilles partout, de la vaisselle sale. Le mépris lui tord la bouche. Qui pourrait croire, en la voyant de l'extérieur, que cette maison est dans un tel état d'abandon.

Au salon, Agnès Carpenter a préparé un verre pour Colin Asch, un scotch bien tassé, qu'elle lui tend d'une main tremblante, ornée d'une bague. Colin pose le vase sur la cheminée (« Merci, c'est gentil », murmure à peine Agnès) et accepte le verre avec son resplendissant sourire d'enfant, mais sans ôter ses gants de chevreau. Il n'est pas assez bête pour laisser des empreintes. Il voit que la pauvre s'est efforcée d'améliorer son image avant d'aller ouvrir – une petite touche de poudre, de rouge à lèvres, un coup de peigne pour essayer de donner du volume à la paille sèche de ses cheveux décolorés, et elle a boutonné (de travers) jusqu'à son cou ridé sa robe d'intérieur vert émeraude, ignorant qui pouvait se présenter à pareille heure, mais espérant une bonne surprise. Après une seconde ou deux, elle l'avait reconnu : son jeune ami Colin Asch, «Alvarado», son investissement secret.

– Ça fait un bout de temps... non ? Un mois, au moins ?

Elle lui jette un regard mouillé chargé de reproche et il peut y lire comme un flirt. Il secoue modestement la tête et répond, timide :

– Vous savez, Madame Carpenter – Agnès, je veux dire – je voulais toujours vous appeler mais je n'ai pas eu une minute pendant ces six semaines. À mon avis, vous avez choisi un excellent placement parce que le téléphone d'Alvarado n'arrête pas de sonner...

– Pas de problème ! Pas de problème ! le coupe-t-elle négligemment pour profiter de son pouvoir sur lui. Moi aussi, j'ai été très occupée. J'étais seulement un peu inquiète, Colin. J'avais peur que vous n'ayez tout bonnement disparu.

– Disparu ? Mais *où* ? demande l'élégant jeune homme blond.

Agnès Carpenter éclate de rire comme s'il venait de dire une chose irrésistible.

Ils s'assoient ; et Agnès parle. Avec l'abondance de quel-qu'un qui n'en a pas eu l'occasion depuis longtemps. Elle est à moitié ivre, mais pas ivre morte. Il reste quelques couleurs sur ses joues et un peu de lucidité au fond de ses yeux injectés de sang. *Avec une ombre de regret, C.A. tâte son arme à travers le tissu de sa veste. Pourquoi le destin désigne-t-il certains d'entre nous pour apporter non pas la paix mais la lame ?* Mal à l'aise, il s'installe en face d'Agnès dans un fauteuil de velours. Il écoute poliment le bavardage de son hôtesse, croise ses longues jambes ; il rectifie le nœud de sa cravate (cadeau de Susannah Hunt) pour bien montrer qu'il ne se sent pas chez lui dans ce cadre bourgeois, lui, jeune homme naïf et sans défense, proie idéale pour les agences de mode et pour les femmes aux instincts rapaces. Mais Agnès Carpenter vient de s'interrompre au milieu d'une phrase.

— Vos gants, demande-t-elle. Pourquoi portez-vous des *gants* ?

— Oh ! ça ? dit Colin avec embarras. Je me sens si nerveux, ces temps-ci, que ma vieille habitude de me ronger les ongles m'a repris. Je les ronge jusqu'au sang, surtout les pouces ! Et un médecin m'a dit que le meilleur moyen, le plus sûr, c'était de mettre des gants. Jusqu'à ce que l'angoisse disparaisse.

— Jusqu'à ce que l'angoisse disparaisse, répète Agnès Carpenter en écho. Mais vous savez, mon cher garçon, que ça risque de durer longtemps. Chez certains d'entre nous, c'est très, très long.

Colin Asch jette un coup d'œil discret à sa montre-bracelet en platine. Déjà 19 h 40 : il espère bien avoir fini et être loin à 21 h 30.

À moins qu'il ne puisse boucler tout ça plus tôt ? La femme est en train de se saouler.

Elle se verse un nouveau verre, tandis que Colin Asch (tel un jeune athlète à l'entraînement) économise le sien. La conversation, elle, retombe dans l'ornière creusée lors de sa précédente visite.

— Je suppose que vous êtes au courant ? Je suppose d'ailleurs que tout le monde n'a plus que ça à la bouche derrière mon dos ? Charles veut une séparation, il parle de *divorce*. Et par pure méchanceté ! Juste pour me faire du mal ! Parce qu'il sait que je le connais, de A à Z.

246

Charles Carpenter n'a rien de mystérieux pour moi ! Pour sa femme ! Je suis sûre qu'il a une amie de qui il se croit follement amoureux – quelque jeune femme froide, ambitieuse et vorace avec vingt ans de moins que lui et qui le flatte sexuellement – si toutefois on peut flatter sexuellement mon cher époux sans se tordre de rire. Ces pseudo-femmes libérées d'aujourd'hui qui doivent partir à la chasse aux maris des autres puisqu'il n'y a pas assez de gibier hétérosexuel sur le marché. Mais le plus drôle dans tout ça, Colin, ou le plus triste, si vous préférez, c'est qu'aucun homme n'est un mystère pour sa femme – et aucune femme pour son mari.

Agnès Carpenter part d'un éclat de rire qui s'achève en quinte de toux, et s'essuie les lèvres avec sa manche *et ce seul geste emplit Colin Asch de répugnance et de pitié. Et de colère.*

– Il faudrait qu'on mette un terme à vos souffrances, Agnès.

– Comment ? Parlez distinctement !

– Quelqu'un devrait vous sortir, vous emmener en ville.

Il improvise, échauffé, comme s'il avait trop bu lui aussi, ce qui est d'ailleurs peut-être le cas puisqu'il a vidé deux verres avant de venir.

– Une femme de votre classe, coincée ici. Ça a beau être une belle maison, ce n'est jamais qu'un... qu'un intérieur.

– Ça, vous pouvez le dire, ce n'est qu'un intérieur, Seigneur.

Et elle s'esclaffe, comme si Colin Asch venait d'énoncer une vérité non seulement amusante, mais profonde.

Les minutes passent. Colin Asch essaie d'évaluer le degré de conscience de la femme dans la perspective de ce qu'il veut lui faire faire.

Comme, en tant qu'Alvarado, il escompte lui soutirer un second chèque, une nouvelle marque de confiance dans sa carrière de *top model,* il attire tout naturellement Agnès Carpenter sur ce terrain et elle lui emboîte volontiers le pas car il y a quelque chose d'excitant, de salace, non ? dans l'idée même de modèle masculin.

– Ne pensez-vous pas, cher Colin, enfin Alvarado, plutôt, ne pensez-vous pas qu'il peut y avoir un danger à fréquenter certaines personnes ? D'attraper le sida, par exemple ?

On bavarde ainsi un moment, puis Agnès s'extrait enfin difficilement de son fauteuil et entraîne Colin dans une autre pièce – l'antre de Charles comme elle dit amèrement – et rédige un chèque à Alvarado (qui a prudemment ouvert un compte dans une banque d'où il retirera tout l'argent dès le 11 avril au matin) d'un montant de 8 500 dollars. Sa mine sinistrement réjouie indique clairement qu'elle fait cela surtout pour se venger de son mari absent, si manifestement absent, et elle met une sorte de rage dans sa signature. Puis elle tend le chèque à Colin Asch comme si elle lui offrait sa vertu, ou sa vie même, avec à nouveau la recommandation de la première fois.

– Mais n'en dites rien à mon mari, il ne serait pas du tout d'accord. Ce froid – elle cherche un mot – connard.

– Bien sûr que non, Madame Carpenter, répond Colin Asch très poliment tout en vérifiant que le chèque est lisible, daté et signé. Alvarado est muet.

– Vous ne voulez vraiment pas m'appeler Agnès ? pour l'amour de Dieu.

– Agnès, alors, dit Colin Asch, soudain submergé par ce bonheur simple et absolu *qui précède parfois – seulement parfois – l'entrée dans la Chambre bleue,* pour l'amour de Dieu.

Maintenant que la transaction financière est accomplie, Colin va pouvoir passer aux choses sérieuses. Tandis qu'Agnès tourne déjà les talons pour quitter l'antre de Charles en lui proposant de remplir son verre, il dit tranquillement : «Non... nous n'avons pas encore terminé ici.» Le chèque est en sécurité dans sa poche et le couteau à cran d'arrêt dans sa main, ouvert.

— Reprenez le stylo pour écrire un petit mot à l'intention de votre mari, dit Colin Asch qui vient de sortir d'un tiroir une feuille à en-tête gravé *Agnès Carpenter*.

Tout se fige pendant quelques secondes, plusieurs longues secondes durant lesquelles Agnès regarde sans comprendre Colin Asch et le couteau qu'il tient à la main, pas franchement pointé dans sa direction mais dont la signification ne permet aucun doute.

— Quoi ? finit-elle par articuler d'une voix rauque, atone.

— Je ne veux pas vous faire de mal, Agnès, je vous le promets, mais voyez-vous, comme je vous le disais, nous n'avons pas encore terminé ici. Écrivez un mot à votre mari. Là. Sur cette feuille, ici. Avec ce stylo. « Cher Charles. » *Allez*.

Mais Agnès ne bouge pas, fascinée. Trop choquée, trop troublée, trop – bizarrement – en confiance pour avoir peur.

— Mais Colin, qu'est-ce que vous... ? Voyons... ? Ce couteau, qu'est-ce que ça veut dire ? Colin ? Que vous... ?

— Je vous expliquerai plus tard si nous avons le temps, dit-il nerveusement en lui tendant le stylo. Pour le moment, je vous demande de coopérer : «Cher Charles.» Écrivez, ici. *Immédiatement*.

— Mais Colin... ce couteau ? C'est un vrai ? Est-ce que vous... c'est pour... allez-vous me voler ? Après toutes les preuves d'amitié que je vous ai données ?

— Encore un petit effort, Agnès, dit Colin Asch.

Ah ! quel modèle de calme, de maîtrise de soi ! Plus tard, il notera dans le Registre bleu, *XXX réussi sans bavures et avec ingéniosité, SANS CONTAMINATION PAR LE DÉSIR*. Il informe la femme médusée qu'il ne va pas lui faire de mal – évidemment – il ne veut pas lui faire de mal car il l'aime bien, il l'admire, mais il n'a pas beaucoup de temps, alors si elle voulait bien y mettre un peu du sien ? Ce n'est pas pour la voler, rien de tel, Colin Asch est bien au-dessus de la vulgarité d'un vol à main armée, d'un cambriolage, d'un quelconque pillage, d'une profanation ou de choses de ce genre, mais il faut qu'elle suive ses instructions car il a un scénario complet en tête qu'il doit respecter.

– Et je suis pressé.

À plusieurs reprises, Agnès Carpenter, qui commence à avoir peur, et qui a brusquement dessoûlé, demande : « Vous allez me faire du mal ? Je vous en prie, vous n'allez pas me faire du mal ? Oh ! Colin ! pourquoi voulez-vous me faire du mal ? » Et à plusieurs reprises également, de moins en moins patient, Colin Asch répond, sans se départir de son sourire : « Je ne *veux* pas vous faire de mal, Agnès, ce n'est pas mon *intention* » et, finalement, alors que le sang lui bat derrière les yeux et qu'une sorte de courroie se noue autour de sa poitrine, il dit : « Prenez ce putain de stylo, Agnès. Obéissez. »

Colin se penche par-dessus son épaule. Agnès Carpenter prend le stylo et écrit, d'une main tremblante de frayeur ou d'ivresse : *Cher Charles* – mais Colin lui bouscule le bras et le stylo dérape.

– Recommencez. Allez. Écrivez simplement « Charles », cette fois.

Et, comme Agnès Carpenter finit à peine d'écrire *Charles,* Colin Asch la bouscule à nouveau et une deuxième feuille est gâchée ; alors Agnès se met à pleurer de détresse, de terreur et, peut-être seulement, de fierté féminine blessée, car elle avait cru que ce jeune homme l'aimait bien, qu'il était d'une certaine manière attiré par elle, comme le pensent souvent contre toute évidence beaucoup de femmes quel que soit leur état de délabrement physique ou mental.

– Merci, Agnès, dit tranquillement Colin Asch.

Il s'empare des deux feuillets, les froisse et les jette – mais si étrangement ! comme à dessein ! – dans la corbeille à papier posée à côté du bureau.

– Et maintenant, dit-il en agitant le couteau presque négligemment, comme s'il s'agissait d'une simple excroissance de sa main, nous montons.

– Est-ce que vous allez me faire du mal ? Oh ! Colin, je vous en supplie !

– Personne ne va vous faire du mal, je vous le promets, dit Colin comme s'il récitait une leçon, d'une voix calme, d'un calme tout à fait contrôlé, juste au bord d'une explosion euphorique, exactement comme lorsqu'on se retient autant que possible, au moment de l'orgasme. Mais maintenant, il faut que nous montions, Agnès. Nous prenons quelque chose à boire et nous continuons notre visite à l'étage.

Colin Asch conduit son hôtesse chancelante dans la pièce à côté et se charge d'une cargaison de bouteilles, scotch, gin, bourbon, tout ce qu'il trouve, et il la soutient dans l'escalier, la pousse tandis qu'elle passe de la terreur à la révolte, aux arguments, aux larmes, aux menaces.

– Si vous ne me lâchez pas, si vous ne *partez* pas, si vous ne partez pas *tout de suite,* je... je... j'appelle la police.

Puis elle revient aux suppliques et c'est, en gros, dans cet état d'esprit qu'elle finira sa vie :

– Mais *pourquoi,* Colin ? Comment osez-vous, Colin ? Alors que je vous ai donné plus de 15 000 dollars ! J'ai été si gentille avec vous, Colin...

Une fois arrivés en haut, avec l'efficacité d'un réalisateur de cinéma, Colin Asch lance ses directives. Agnès Carpenter doit entrer dans la salle de bains et emplir la baignoire – oui, et verser un peu de sels de bain – et se déshabiller – exactement *comme si elle allait le plus naturellement du monde prendre un bain.* Comme elle

251

refuse, il lui applique la pointe du couteau sur la gorge : « Faites ce que je vous dis, Agnès. » Et elle le fait. Elle s'exécute maladroitement mais aussi bien qu'elle le peut, comme un enfant effaré, car après tout Colin Asch semble résolu (contrairement à ce que pourrait laisser croire son comportement) à ne pas user de violence si elle se conforme strictement à ses injonctions : « Obéissez et je vous promets que je ne vous ferai aucun mal. »

Nue, Agnès Carpenter offre un spectacle pitoyable. Ce n'est qu'une lourde masse de chair tremblant d'une peur animale. Et, dans cette situation gênante, Colin Asch ne parvient pas (alors qu'en vérité c'est ce qu'il voudrait car il n'y a rien de personnel dans ce sacrifice, rien qui soit entaché du moindre désir) à détourner le regard. De gros seins flasques et tombants... le ventre dans le même état... hanches, cuisses et fesses grasses et envahies de cellulite... une touffe grisonnante hérissée sur le pubis... les genoux bizarrement meurtris, décolorés... mais des mollets plutôt minces, comme les chevilles... et les petits pieds blancs dont les orteils frémissent de terreur. *Ne me faites pas de mal*. Et Colin Asch lui promet. *Mais non, voyons*.

La luxueuse salle de bains carrelée de jaune citron, avec ses nombreux miroirs, son lavabo et sa vaste baignoire, est vite envahie de vapeur. Il y a un air de fête. Dans l'odeur du scotch (que Colin Asch lui fait absorber pour que les choses se passent mieux) et celle des sels de bain (Susannah Hunt a les mêmes et s'il était d'une nature nostalgique, ce qu'il n'est évidemment pas car *seul le futur l'intéresse,* Colin se souviendrait des premiers jours de leur liaison, lorsqu'ils s'aspergeaient comme des gosses dans l'immense baignoire de faux marbre de cette conne de Susannah que *pas une seule fois il n'a projeté sérieusement de tuer ni même d'humilier*), Agnès Carpenter, titubant dangereusement, parvient, avec l'aide de Colin Asch, à s'installer dans l'eau chaude ; et là elle se remet à pleurer en balançant sa tête de droite et de gauche comme si elle n'arrivait pas à y croire. Pourquoi, pourquoi, *pourquoi* ce jeune homme est-il devenu son ennemi, *pourquoi* lui fait-il subir une horreur pareille alors qu'elle ne lui voulait que du bien, qu'elle désirait être gentille, généreuse, se confier à lui, et voilà qu'à présent il lui tend un verre de scotch et lui commande de le vider ; et il a déniché une boîte de Valium dans l'armoire à pharmacie, il lui donne les comprimés un par un, et elle doit les avaler – comme ça, Agnès, on se dépêche – et, on dirait qu'il se jette en avant et qu'en même temps, il se retient de toutes ses forces, comme une voiture dont on fait chauffer le moteur avant de passer la première.

Pendant les quarante-cinq minutes qui suivent, méthodiquement, Colin Asch oblige Agnès Carpenter à prendre quinze comprimés de Valium ; parfois elle résiste, parfois non, et elle ne pleure plus maintenant que par intermittence. Vers la fin de cette torture, elle tente de s'ébrouer, de se réveiller, d'ouvrir les yeux ; et ses lèvres gonflées bougent à peine : «Laissez-moi tranquille, ne me faites pas de mal, pourquoi ?» si faiblement que Colin Asch ne l'entend presque pas mais il jure, une main gantée levée au-dessus de l'eau : «Je ne vous ferai aucun mal, Agnès, vous n'allez rien sentir.» Puis sa tête s'incline sur son épaule, ses seins pâles se mettent à flotter comme deux éponges, sa mâchoire inférieure s'affaisse... elle a perdu connaissance : elle respire lourdement, bruyamment.

Assis sur le siège des toilettes, en sueur dans cette atmosphère saturée d'humidité, Colin Asch attend quelques minutes encore. Il est vingt heures trente-cinq. Agnès Carpenter va peut-être cesser de vivre sans qu'il ait à intervenir ? Peut-être va-t-elle, d'elle-même, s'enfoncer dans l'eau du bain et s'y noyer ?

Il ne tient pas à regarder la pauvre femme trop attentivement. *La pitié est l'instinct humain le plus destructeur*

253

et le plus inutile a-t-il écrit dans le Registre bleu il y a des années, à la suite d'un incident dont il ne se souvient plus depuis longtemps. *La pitié affaiblit. La pitié dévirilise.* Colin Asch n'a-t-il pas, un jour, perdu son sang-froid au point de s'enfuir à moitié nu dans la neige ?

« Vous n'allez rien sentir. »

La folie fond sur lui comme un grand oiseau dont les serres se refermeraient sur ses épaules, mais il demeure si calme, si serein, si maître de lui ! Il vide les bouteilles dans le lavabo qu'il rince soigneusement, puis va les déposer dans la chambre d'Agnès Carpenter (où il y en a déjà une, bien entamée, près du lit) un peu au hasard. La pièce est vaste et luxueusement meublée comme toute la maison, mais dans un désordre extrême et imprégnée d'une odeur aigre : « Dégoûtant. » Il pense avec un certain amusement qu'il devra faire un peu de rangement avant de partir, car s'il a l'intention de prélever une ou deux petites choses dont la disparition ne gênera personne, il ne tient pas à ce que la police s'imagine qu'il y a eu vol, puisque c'est la première piste que vont suivre ces cons, évidemment.

De retour dans la salle de bains, il s'enveloppe méticuleusement les mains de serviettes de toilette et se penche sur Agnès Carpenter, ou sur son corps car elle semble dans un coma si profond qu'elle ne doit plus être loin de la mort. Mais au moment où il lui appuie sur la tête, elle résiste – elle ne se débat pas vraiment, mais elle se raidit – et soudain une main surgit pour empoigner le bras de Colin Asch qui la lâche et bondit en arrière.

« Pas de véritable violence mais une mort naturelle. Ou presque. »

Donc, il faut qu'il attende. Patiemment. Et un peu impatiemment. Il commence à faire les cent pas. Il entre et sort de la salle de bains... de la chambre... il descend l'escalier... et c'est au salon que l'idée lui vient brusquement d'allumer la radio. Cette putain de maison est telle-ment *silencieuse*. Et si la Carpenter se réveillait et se met-tait à crier comme une démente en plein dans ce *silence*?

Par une fenêtre de la façade, Colin Asch inspecte ner-veusement les alentours. Personne. Calme plat. (Il a garé sa Porsche à plusieurs rues de là, évidemment.)

Il est vingt heures cinquante. Il se surprend à décro-cher le téléphone et à composer, sans le vouloir vrai-ment, le numéro de Dorothea Deverell. Il entend la son-nerie, la sonnerie, la sonnerie... son cœur s'emballe agréablement. C'est comme s'il se trouvait à deux endroits à la fois. Comme si aucun danger ne pouvait plus l'atteindre. «Allô? Oui? Qui est-ce?» dit Dorothea Deverell un peu essoufflée. Colin l'écoute en retenant sa respiration. *Je suis votre envoyé. Je suis l'instrument de la Mort.* «Allô? Il y a quelqu'un?» demande Dorothea Deverell. Elle semble tranquille, comme si elle devinait qu'elle n'a rien à craindre de personne. *Mon amour pour vous est plus grand que tout ce que l'homme a pu éprou-ver depuis qu'il existe.*

Dorothea Deverell raccroche et Colin Asch pense: Très bien, ce ne serait pas bon de la plonger brutale-ment dans cette situation. Les XXX exigent solitude et détachement.

«Un jour, je vous le dirai. Je vous dirai vraiment tout, un jour.»

Il repose le récepteur et remonte à l'étage car il croit avoir perçu un bruit, mais non, elle gît là, inconsciente et, cette fois, lorsque ses mains entourées de serviettes appuient sur sa tête, elle ne résiste plus.

– Voilà, comme ça. Encore une minute et c'est fini.

On dirait bien que la vie s'est déjà retirée, la laissant docile et caoutchouteuse comme un ballon. Il préside à sa noyade, à son destin, sans difficultés particulières, un XXX réussi avec une précision chirurgicale. Il la main-tient là pendant un long moment, un très long moment rythmé par les battements de son cœur. La joie, le soulagement, courent dans ses veines. Jusque dans sa colonne vertébrale. C'est une explosion douce comme un orgasme, mais purificatrice. Sans malice. Sans tache. Sans une ombre.

– Je vous l'avais bien promis, Agnès, vous n'avez rien senti du tout.

Noté dans le Registre bleu sous *C. A. 88104 am.*

Sensation de délivrance comme si on m'avait ôté un poids de la poitrine. *Alors j'ai pu respirer à nouveau* COMME SI JE RETROUVAIS LA SURFACE DE L'EAU.

ET MAINTENANT, POUR TOUJOURS JE SUIS LIBRE ! LIBRE D'ÊTRE BON ! LIBRE DE RECOMMENCER MA VIE ENTIÈRE PURIFIÉ ET BÉNI !!!

«Mais ça n'a pas duré longtemps, cette fois, Dorothea. Ce sentiment de bonheur, dans la Chambre bleue – il y a quelque chose qui a cloché. Dorothea ? Quelque chose a cloché !»

Dans les jours qui suivirent, il ne s'intéressa que de loin à ce que rapportaient les journaux sur la mort d'Agnès Carpenter. D'ailleurs, il n'y avait pas matière à beaucoup de littérature puisque ce n'était pas (après tout) un meurtre... les flics, ces imbéciles, avaient conclu à l'accident. Aucun indice de vol ou de lutte. Et Charles Carpenter semblait persuadé que sa femme était seule au moment de sa mort et que «rien n'avait disparu» dans la maison (alors que, conformément à ses habitudes, Colin Asch s'était approprié un ou deux petits objets de valeur. Il avait également soustrait 130 dollars à l'énorme liasse – de 288 dollars – qu'il avait trouvée dans le sac d'Agnès).

Mais il n'en retirait pas le plaisir escompté et il ne savait pas pourquoi.

Et puis il y avait aussi ses soucis d'argent : ses frais, ses mensualités.

Même le chèque de 8 500 dollars d'Agnès Carpenter n'épongeait pas tout.

« C'est si humiliant, Dorothea. »

La responsable en était la société capitaliste-impérialiste. Elle forçait ses sujets à se vendre au plus offrant, *à se mettre à l'étal comme une viande de boucherie.* Colin Asch commençait à éprouver le plus vif mépris pour tout ce qui touchait de près ou de loin à la mode, à l'exploitation de son image physique qui finissait par contaminer jusqu'à son âme.

Vers la fin du mois d'avril et dans les premiers jours de mai, Colin Asch en était arrivé à ne plus supporter la présence de Susannah Hunt, *sans oser pourtant se fâcher définitivement avec elle.*

Sa voix, ses perpétuels reproches, son regard mouillé, ses ongles peints qui se promenaient sur son bras comme pour le provoquer.

— Colin ? Chéri ? Tu ne m'aimes plus ? Qu'est-ce que tu as, bon sang ?

Colin Asch fermait les yeux et pétrissait sa chair et s'enfonçait en elle et la baisait du mieux qu'il pouvait. Il ne voulait pas lui faire de peine, encore moins la tuer. Parce qu'il n'ignorait pas que, dans ces cas-là, c'est toujours l'amant qu'on soupçonne en premier.

« Si humiliant, Dorothea. »

Et cette nouvelle saison. Le printemps.

— Trop de lumière.

3

En ce chaud après-midi du dimanche 8 mai, Dorothea Deverell travaillait dans son jardin, derrière sa maison – « jardin » était peut-être un mot exagéré pour désigner un espace si modeste dans lequel, ce printemps comme presque tous les autres, elle ne planterait rien de bien extraordinaire – lorsqu'elle entendit qu'on sonnait à la porte, sur le devant, avec insistance, puis qu'on frappait à grands coups. Sa première réaction fut d'avoir peur – quelle mauvaise nouvelle allait-on lui annoncer, cette fois ? – si tôt ? Charles Carpenter ne devait pas venir avant six heures. Et de toute façon, jamais Charles ne ferait un tel raffut, même au comble de l'impatience. Elle imagina qu'il y avait le feu chez la voisine ou qu'on la sommait de comparaître devant quelque mystérieux tribunal.

Elle se précipitait vers l'entrée quand les coups cessèrent brusquement. Elle ouvrit mais ne vit personne.

Elle n'eut pas le temps de s'interroger sur ce qui avait pu se passer que, déjà, son visiteur importun l'appelait depuis la terrasse de la maison d'à-côté : Colin Asch.

– Dorothea ? Je suis ici ! Derrière ! J'ai pensé que vous étiez peut-être au jardin, cria le jeune homme d'une voix fébrile en guise d'excuse. J'espère que je ne vous ai pas inquiétée. Pardonnez-moi si je vous dérange.

– Mais non, Colin, pas du tout, dit Dorothea, en réalité toute tremblante.

Elle ne se rendit pas compte tout de suite, en allant vers lui la main tendue, que Colin Asch avait l'air vraiment bizarre ; sourire forcé, mine soucieuse, les yeux papillotant comme si le soleil les blessait.

– J'ai pensé que vous étiez derrière, dit-il en lui serrant – très fort – la main et en la regardant avec un mélange de reproche et d'absolution. Ou que vous aviez une visite. Mais non, n'est-ce pas ? Mais peut-être attendez-vous quelqu'un ? Pour plus tard, je veux dire ? Dites-le-moi, n'hésitez pas. *Si je vous importune, je m'en vais.*

Dorothea fut surprise de noter que son jeune ami portait à l'épaule un sac de sport très fatigué et que ses vêtements, sans doute «mode» dans le style agressif qu'elle ne situait pas nettement, n'en étaient pas moins négligés et même froissés, comme s'il avait dormi avec. Sa barbe de quelques jours brillait d'un blond métallique et donnait à ses mâchoires, quand il souriait, une largeur carnassière qu'elle n'avait encore jamais remarquée. Au milieu de son front, une veine bleue ressortait comme un ver, ses yeux semblaient humides comme s'il allait pleurer. À moins qu'il ne vînt juste d'essuyer ses larmes ? Guidée par son instinct maternel, sentant une sorte d'urgence, Dorothea lui assura qu'elle n'attendait personne pour le moment et que, de toute façon, il ne dérangeait jamais, évidemment.

– Entrez vous asseoir. Et racontez-moi. Qu'est-ce qui ne va pas ?

– Comment savez-vous – pourquoi *pensez*-vous – que quelque chose ne va pas ? la défia Colin Asch.

– Vous paraissez si...

– Vous *savez* que quelque chose ne va pas, l'accusa-t-il en posant son sac à terre. Alors pourquoi cette question ?

Mais il accepta de s'asseoir, presque lourdement, comme soudain à bout de forces, les épaules rondes et la tête penchée, en faisant jouer son cou de chaque côté, peut-être pour en soulager la raideur. Il haletait et Dorothea eut l'impression de percevoir, à plusieurs pas de distance, la puissante chaleur qu'il dégageait. Alors qu'elle s'installait en face de lui dans un fauteuil, il se leva d'un bond :

– Vous avez laissé ouvert, dit-il en allant à la porte de la terrasse.

Il ferma. À clé. Puis resta un instant devant la vitre. Que voyait-il ? Regardait-il, plus loin que son reflet, le jardin simple et solitaire de Dorothea ? Les feuilles nouvelles qui poussaient aux arbres ? Le soleil blanc, au-delà ? Il s'est passé quelque chose d'affreux, pensa Dorothea. Et c'est ma faute.

– Qu'y a-t-il, Colin ? demanda-t-elle d'une voix pourtant calme. Dites-le-moi, je vous en prie.

– Oh ! je crois que vous savez ! répondit-il du bout des lèvres.

– Comment, Colin ? Je n'ai pas entendu.

– Je crois que vous savez, Dorothea.

– Je sais ? Je sais quoi ?

– N'importe quel voleur pourrait forcer cette porte, dit-il en manœuvrant la poignée. Ce n'est pas sûr du tout, cette serrure.

Il revint vers le canapé et s'assit, tout aussi lourdement, et soupira, en gonflant les joues comme un enfant épuisé. Mais il était rouge d'excitation. Ses paupières étaient agitées de tremblements. De plus en plus mal à l'aise, Dorothea attendait qu'il s'explique, au lieu de quoi il affecta de feuilleter les ouvrages posés sur la table basse – un *Matisse* géant comportant des centaines de reproductions en couleurs, un exemplaire de poche un peu écorné des *Essais* de Montaigne.

– En dehors d'aujourd'hui, de ce matin, je veux dire. Non, *ça* c'était une faute, articula-t-il en regardant Dorothea. Non, je veux parler des deux autres,

– J'ai bien peur de ne rien comprendre, Colin.

– Vraiment, dit-il en riant. Qui doit venir aujourd'hui, déjà ? Vous m'avez bien dit que quelqu'un devait venir ? C'est Carpenter ? C'est *lui* ? Quand doit-il venir ?

– À... à cinq heures.

– Et c'est bien Carpenter ?

Dorothea fut choquée en entendant ce nom prononcé avec si peu d'égards.

– Charles Carpenter, oui.

– Et il va venir ? *À cinq heures ?*

Colin Asch fixa Dorothea un très long moment, comme s'il essayait de deviner si elle mentait ou si elle disait la vérité. Dorothea commençait à être réellement inquiète. Il a fait du mal à quelqu'un, pensa-t-elle. Ou quelqu'un lui a fait du mal.

– C'est aussi un ami à *moi*, mais il l'ignore, dit lentement Colin Asch. Il croit – je sens très bien qu'il le croit – qu'il ne m'aime pas.

– Mais si, Charles...

– Il ne me *connaît* pas. Il a des *a priori*.

– Oh, mais je suis certaine que...

– Mais vous, vous êtes mon amie, Dorothea, n'est-ce pas ? Et je peux avoir confiance en vous ?

– Évidemment, Colin, sachez bien que...

– Et vous pouvez avoir confiance en *moi*.

– Mais oui.

À la vue de cette souffrance sur ses traits, Dorothea Deverell eut envie de se lever, de passer une main sur son front, de rejeter ses cheveux en arrière. Il semblait tellement désorienté, sans défense. Pourtant, elle était bien incapable d'une telle audace et elle resta assise, fascinée, peureuse.

– Non, finalement, je retire ce que je viens de dire, déclara-t-il gravement en secouant la tête. Je dois reconnaître que vous êtes ma seule amie, Dorothea. Charles Carpenter, lui, n'est pas mon ami. Pas pour le moment, et peut-être jamais. Et je n'ai aucune confiance en lui

262

– quelle putain de confiance pourrais-je avoir en lui ? – c'est un avocat, oui ou non ? Et un avocat est un fonctionnaire de la loi, n'est-ce pas ? C'est son devoir, la loi ?

– Colin, mon ami, je vous en prie, vous m'effrayez.

Elle aurait bien bougé, mais elle sentait que tout mouvement risquait de le bouleverser encore plus. Et puis, elle n'avait nul endroit précis où aller, après tout.

– Vous ne voulez pas me dire ce qui...

– Dorothea, je ne suis pas *heureux,* voilà ! lança-t-il avec fougue. Pendant des années, à l'école, j'ai été gentil, le parfait « petit ange », et maintenant, à près de trente ans, je suis franchement *fatigué* – je veux dire spirituellement et moralement *fatigué* – tellement *fatigué.* Cet effort constant pour bien faire, pour grimper au sommet. Pour me mesurer à des gens qui pourraient être mes amis, forcé au combat, tout comme vous, dans cette société de mercenaires. Quand on est sensible, on se retrouve toujours avec le bout merdeux du bâton. Je sais que vous, Dorothea, vous ne voyez pas les choses ainsi. Parce que vous êtes différente, parce que vous l'avez toujours été : vous êtes au-dessus de tout ça – mais moi je le sens – Seigneur, ce que je le sens, *moi* !

– Est-ce que vous avez quitté votre emploi, Colin ? dit Dorothea, frappée d'une inspiration.

– Oui, dit-il violemment. J'ai quitté mon emploi.

– Mais... déjà ?

– J'ai quitté « Elite Models » – « Elite Models » ! – vendredi matin, en plein milieu d'une séance très importante ! Je leur ai dit d'aller se faire foutre et... je suis parti. J'ai claqué la porte.

– Mais Colin, il me semblait que...

– Non, je n'ai jamais aimé ça. Ça me révulsait. Vendre ma chair comme si j'étais un vulgaire... morceau de viande, une prostituée, ou je ne sais quoi. J'ai bien vu votre regard quand vous avez examiné mes photographies, Dorothea, je l'ai *vu.* Et c'était pour avoir cette révélation que j'étais venu vous les montrer.

263

Il s'interrompit, essoufflé. Il fouilla dans son sac, à ses pieds. Dorothea ne saisissait pas très bien le rapport qu'il pouvait y avoir entre ses paroles véhémentes et le fait de fourrager dans le sac, mais elle attendit sans rien dire, captivée. Il a fait du mal à quelqu'un, pensa-t-elle calmement. Et c'est pour cette raison qu'il est ici.

— Vous avez entendu parler de Caligula, l'empereur romain, Dorothea ? reprit-il sur le ton de la conversation. M. Kreuzer, mon professeur – M. Kreuzer était le directeur de l'école, mais il enseignait aussi – nous a raconté un jour comment Caligula regrettait que « le monde n'eût pas un seul cou pour pouvoir l'étrangler. » *Formidable,* non ? Ces paroles m'ont accompagné pendant toutes ces années : « Un seul cou pour pouvoir l'étrangler ». Je sais bien que vous n'êtes pas d'accord – vous êtes si *bonne,* si *gentille* – mais c'est pourtant ce que ressentent la plupart des gens. À force de devoir attraper éternellement ce putain de bâton par le bout merdeux.

Alors, il disposa sur la moquette divers objets qu'il désirait montrer à Dorothea Deverell et il la regarda, les cils tremblants, les yeux débordants d'espoir. À cet instant, Dorothea songea à son grand-père, très âgé, à demi paralysé, devenu aphasique après une grave attaque, qui l'avait regardée, lui aussi, depuis son lit d'hôpital, de son seul œil ouvert, comme s'il attendait une réponse à une question muette.

Une paire de boutons de manchettes en or, un beau portefeuille en cuir, une bague de jade carrée bordée de petits diamants. Que répondre à cela ? Qu'est-ce que cela voulait dire ?

— Mon trésor, Dorothea, dit Colin Asch, avec une ombre de dérision. C'est pour *vous.*

La belle bague, si grosse qu'on aurait cru un bijou de théâtre, rappelait bien quelque chose à Dorothea, mais le reste n'avait aucun sens. Elle adressa un sourire hésitant à Colin comme s'ils étaient en train de jouer : une énigme, peut-être.

– Mais qu'est-ce que c'est, Colin ? À qui est-ce ?

– Vous savez bien, Dorothea, dit-il avec le même air amusé.

– Mais Colin, je...

– Vous ne savez pas ?

Au bord de l'exaspération, Dorothea écarta les mains, paumes en l'air.

– Mais non, Colin, je vous assure. *Je ne sais pas.*

Dorothea Deverell devait se demander par la suite s'il existe vraiment un instinct prémonitoire ou si c'est seulement après coup que l'on remplit les vides là où il n'y avait sur le moment qu'ignorance.

Il est vrai qu'elle avait pensé de temps en temps à Colin Asch, cet hiver et ce début de printemps, et elle s'était interrogée, sans s'y attarder, sur certaines actions du jeune homme, sur des remarques énigmatiques qu'il avait pu faire, aussi. Mais elle devait bien avouer qu'elle n'avait jamais associé de façon précise, *réelle*, Colin Asch à elle-même, ni à quiconque d'ailleurs – y compris Ginny Weidmann, sa propre parente. Car il y avait chez lui, au-delà de ses muscles, de sa beauté physique, quelque chose d'abstrait. Et les qualificatifs «versatile» ou «superficiel» ou «instable» ou «irresponsable» ne s'appliquaient pas véritablement à lui.

Il était pourtant étrange que, après avoir montré tant de joie à se voir confier une mission à la Fondation, il ne se soit pas présenté aux réunions du mois d'avril. Mais ce n'était pas sa vie à elle, finalement. Amoureuse comme elle l'était de Charles Carpenter – plus encore qu'auparavant – elle n'avait vraiment pas eu le temps de s'intéresser à Colin Asch. Et puis, après le jour des photographies, il n'avait plus beaucoup donné de nouvelles non plus, et elle n'avait pas cherché à en obtenir, trop occupée à «s'établir avec l'homme de sa vie». Et il aurait fallu que Charles en exprime le désir pour qu'elle invitât le jeune homme à partager avec eux un repas ou une promenade. Pour le reste, sans âge précis, sans accent particulier, sans passé ni histoire personnelle que l'on pût évoquer sans indélicatesse, Colin Asch lui apparaissait presque comme une vue de l'esprit.

Or, voici que Colin, revenu sur le canapé, et tout sourire, son regard liquide fixé sur Dorothea Deverell, l'informait le plus naturellement du monde qu'il avait tué Roger Krauss et Agnès Carpenter – et qu'il les avait tués pour elle. En tant que son agent. En son nom.

– Je ne veux pas dire par là qu'ils ne méritaient pas leur sort, Dorothea, ajouta-t-il avec une moue. Ils le méritaient ! Surtout lui ! Avec lui, ça a été un plaisir ! Le salopard !

Dorothea, glacée comme si un vent d'hiver s'était insinué entre les pierres de sa maison, le regardait, la tête vide.

– Que... que dites-vous ? répéta-t-elle plusieurs fois dans un souffle.

Elle ne le croyait pas tout en étant persuadée qu'il disait vrai. Elle savait, mais ne voulait pas l'admettre. Ce jeune homme si gentil, si généreux, si chaleureux, si affectueux, si sympathique... c'était un assassin ?

Quel mot avait employé Charles, déjà ? Un psychopathe.

– Je... je ne vous crois pas. C'est impossible, bredouilla-t-elle faiblement.

– Écoutez, Dorothea, dit Colin Asch, agacé. Il n'y a pas à discuter. Je veux dire, à quoi cela servirait-il d'ergoter ? Ce ne sont pas les premiers que je tue et il y a peu de chances pour que ce soit les derniers. Vous savez ce que disait Shelley de lui-même : «Je suis un somnambule... J'avance jusqu'à ce qu'on m'arrête mais jamais personne ne m'arrête.» Voilà ! C'est pareil ! Si vous brouillez les pistes, si vous n'êtes pas trop négligent ni

266

trop stupide, qui pourrait vous prendre ? La police en est bien incapable, elle travaille sur les probabilités et non sur les possibilités... Les *probabilités* et non les *possibilités*. Il suffit de leur fourguer quelques indices cohérents – avec un scénario acceptable – et ils plongent. Et vous savez pourquoi ils plongent ? Parce qu'ils sont humains. Ils tiennent absolument à ce que deux et deux fassent quatre. Et c'est pourquoi personne n'attrapera jamais Colin Asch – personne.

– Mais pourquoi...

– Je vous ai apporté tous ces objets, ce sont des souvenirs, la bague surtout. Prenez-la, essayez-la ! Comme je vous l'ai dit, il n'y a pas à discuter, ce n'est pas une affaire de *mots*.

Il donna un coup de pied dans la bague qui roula sur la moquette. Ce geste était tellement inattendu, si profondément violent, que Dorothea Deverell ne put s'empêcher de tressaillir.

– Le plus étonnant, Dorothea, dit-il comme en confidence, et cela suffirait à vous faire croire au destin, au karma, c'est que j'ai tout de suite repéré cette bague, le jour de mon arrivée chez ma tante, vous vous souvenez. J'étais là, nous étions là tous les deux, on venait juste de nous présenter, j'ai remarqué cette bague et je me suis dit qu'un jour, je la glisserais dans ma poche, histoire de faire un peu pencher la balance dans l'autre sens. Essayez-la, Dorothea, allez-y.

Dorothea fixait la bague à ses pieds, si belle. Elle ne pouvait supporter de la voir ainsi par terre, et elle la ramassa de ses doigts tremblants. Oui, c'était bien celle d'Agnès Carpenter, elle la reconnaissait, maintenant.

– Mais comment l'avez-vous eue, Colin ?

– Je l'ai prise.

– Oui, mais comment ?

– Dans son secrétaire. Dans sa chambre. Un petit coffret à bijoux pas même fermé à clé.

— Non, je veux dire, murmura Dorothea en avalant sa salive, comment avez-vous pu la prendre ? Quand en avez-vous trouvé l'occasion ? Je ne comprends pas : c'est la bague d'Agnès Carpenter et Agnès Carpenter est morte, elle s'est...

— Elle s'est rien du tout. C'est moi qui l'ai tuée.

— Vous l'avez... tuée ?

— Mais je vous l'ai dit, Dorothea, s'écria Colin Asch en tapant des deux mains sur le canapé, l'air perplexe, découragé. Je vous *ai dit* que je l'avais tuée, comme j'ai tué l'autre... qui s'en serait chargé, sinon ? Votre petit ami Carpenter ? Allons donc !

— Mais je ne peux pas...

— Ne me regardez donc pas comme ça, Dorothea, ça ne m'a pas demandé un effort surhumain. C'était *facile* — ça l'a toujours été. Non, ce qui est difficile, c'est la vie qu'on mène, là, tous les jours. Il faut la vivre, elle, lui donner un sens, ou ne pas lui en donner, mais continuer à la vivre. Alors ça, oui, c'est dur. Le reste, ça va tout seul.

— Colin, vous êtes en train de me dire que vous avez réellement... tué ?

— Mais oui. Pourquoi pas ? Des gens se font tuer à chaque minute, non ? Il faut bien que quelqu'un s'en charge, dit-il en éclatant de rire comme s'il venait de faire une sortie spirituelle. Une fois la décision prise, l'exécution va de soi. Il suffit de tout prévoir, comme un film, vous voyez, qui se déroulerait dans la tête. Comme toujours, depuis que l'homme existe, tout naît dans le cerveau. Quand on a l'idée, le reste suit automatiquement. Mais il faut l'idée. C'est ça, le génie.

Dorothea posa la bague sur la table. Les autres objets étaient toujours par terre. Elle clignait les yeux car il lui semblait qu'un voile obscurcissait toute chose. Ses pieds et ses mains étaient glacés, sa bouche extraordinairement sèche. Elle craignait de s'évanouir si elle se levait.

Et pourtant, il fallait qu'elle s'éloigne de Colin Asch – qu'elle aille chercher du secours.

Mais ce fut Colin qui bougea. Il bondit presque en avant pour se mettre debout.

– Je meurs de soif.

Il passa dans la cuisine. Elle l'entendit ouvrir et refermer la porte du réfrigérateur. Comme elle put, les jambes tremblantes, elle le rejoignit. Un vrombissement emplissait ses oreilles et elle était presque aveugle.

– C'est délicieux. Voilà ce dont j'avais besoin, dit joyeusement Colin en buvant du jus d'orange à même la bouteille.

Et, pieds écartés, tête en arrière, il la vida.

Dorothea sentit plutôt qu'elle ne vit le sol lui sauter au visage et un étau se referma sur ses tempes. Elle perdit conscience pendant une seconde à peine et s'éveilla étendue sur le tapis de la salle à manger, avec une vive douleur au crâne. Colin Asch était penché sur elle. Il répétait son nom et la suppliait de revenir à elle.

– Ne mourez pas, Dorothea, ne *mourez* pas !

Il courut à la cuisine pour y mouiller une serviette qu'il revint poser sur son front. Elle finit par pouvoir se redresser tant bien que mal.

– C'est ma faute, répétait-il. Je crois que je vous ai bouleversée. Vous êtes une femme sensible – j'aurais dû le savoir.

Il la soutint jusqu'à la cuisine où elle s'assit sur une chaise. Elle s'assit et le regarda. Que lui avait-il dit ? Qu'il avait tué deux personnes, ou plus ? Qu'il était un assassin. Lui – son ami ? Son ami Colin Asch ? Je dois téléphoner à la police, pensa-t-elle. Je dois appeler au secours. Elle n'avait pas encore réalisé qu'elle se trouvait en présence d'un homme dangereux.

D'ailleurs, il n'avait rien d'un fou. Il semblait excité mais lucide. Il se reprochait de l'avoir bouleversée mais, disait-il, c'était la seule solution parce qu'il fallait qu'*elle l'aide*. Il paraissait un peu extravagant, mais pas plus que d'habitude. L'anneau brillait à son oreille, comme ses yeux, comme son sourire mécanique.

— Vous ne l'avez pas fait pour de vrai, dites, Colin ?

— Fait pour de vrai quoi ?

— Agnès Carpenter et Roger Krauss...

— Oui ? Quoi ?

— Vous ne les avez pas... *tués* ?

Le mot lui arracha la gorge.

Colin Asch lui jeta un coup d'œil perplexe. Elle trouva son visage plus anguleux. Il a dû maigrir, pensa-t-elle. Son front luisait de sueur et sa chemise s'ornait d'auréoles sous les bras.

— Qu'est-ce que vous voulez que je vous réponde, Dorothea ? Non ? Si c'est ce que vous voulez entendre, alors : non.

— Dites-moi la vérité.

— Bon : la vérité, c'est oui.

— Mais pourquoi ?

— Je vous l'ai dit, Dorothea : pour vous.

— Pour moi ?

— Pour *vous*. Mais aussi, vous savez, parce que je le voulais – Colin Asch ne fait jamais rien qui ne lui soit pas *dicté*.

— Mais je ne comprends pas, articula Dorothea. Vous êtes venu me voir aujourd'hui pour me dire...

— Je suis venu vous voir aujourd'hui pour vous dire que je ne suis pas *heureux* comme je mériterais de l'être, que tout *merde*, que j'ai besoin de votre *aide*, Dorothea – de vos *conseils* et de votre *consolation*, lui confia-t-il d'une voix plaintive. Je veux que vous me fassiez un signe qui m'indique que tout va bien. Que, n'est-ce pas, tout... tout a repris sa place.

— Sa place ?

— Comme vous aviez dit une fois à propos de la nourriture, que les gens ne font que ce qu'ils peuvent faire, les carnivores aussi bien que leurs victimes – j'ai oublié vos paroles exactes. Mais je les ai notées. C'était une explication; quelque chose que j'étais capable de comprendre. Et vous me regardiez comme si vous me connaissiez, comme si vous m'aviez reconnu. Et moi aussi, je vous reconnaissais.

Il se tut, contemplant Dorothea Deverell qui ne put que fermer les yeux. Elle essayait de raisonner: si Colin Asch était un assassin, et s'il venait de lui avouer deux meurtres, est-ce que cela signifiait qu'elle recueillait la confession d'un criminel et qu'elle devrait témoigner contre lui?

Mais je suis sa seule amie, songea-t-elle.

– Vous vous rendez compte, Colin, dit-elle plus énergiquement qu'elle n'aurait imaginé, que je vais être obligée d'informer la police? Si ce que vous racontez est vrai...

– La police? Vous croyez? Vraiment?

– Je pense que vous vous êtes terriblement mépris et je...

– Personne ne va informer la police de quoi que ce soit, Dorothea, dit Colin Asch d'un ton neutre. Je ne veux rien avoir à faire avec eux. Ils n'ont aucun rôle à jouer là-dedans. Tout ça n'a rien à voir non plus avec Roger Krauss ou avec Agnès Carpenter, d'ailleurs. C'est uniquement entre vous et moi. Et vous êtes au courant depuis le début.

– Mais...

– *Vous êtes au courant depuis le début !* hurla-t-il.

Impuissante, Dorothea le vit se diriger vers le téléphone.

– Vous ne parlerez pas à la police. Vous ne parlerez à personne ! dit-il, soudain hors de lui. Ne me forcez pas à nous tuer tous les deux ici et tout de suite, je ne suis pas encore prêt.

Il arracha le fil, et il n'y eut plus que le silence des

dimanches après-midi, dans cette impasse verdoyante, au fond de Marten Lane !

C'est donc cela qu'il a en tête, pensa Dorothea.

Charles et moi ne nous marierons jamais, pensa-t-elle aussi.

Elle commença à pleurer sans vraiment s'en apercevoir.

– Il faut qu'on s'en aille, annonça Colin Asch d'une voix maussade.

Lorsqu'il alla dans le salon, peut-être pour récupérer son sac, Dorothea décida de tenter de s'enfuir – espérant, du fond de son désarroi, qu'elle réussirait à sortir et à alerter les voisins pour qu'ils appellent la police – mais évidemment, Colin Asch n'eut aucune peine à la rattraper : elle n'avait même pas atteint l'obscurité du garage.

– J'en étais sûr ! Maintenant je ne peux même plus vous faire confiance à vous ! gronda-t-il, furieux et presque incrédule.

Il l'avait empoignée sans la moindre hésitation et sa main la tenait fermement. Tout en se débattant, en larmes, Dorothea sentait la chaleur de son souffle, un souffle de chien, sur son visage et l'odeur acide de sa transpiration. Pour la première fois, elle fut frappée par sa réalité physique, sexuelle.

– Il faut qu'on s'en aille, répéta-t-il. Avant l'arrivée de Carpenter. Parce que, pour lui, je *suis* prêt.

Tout à coup, il avait un pistolet à la main, avec un long canon lustré et une crosse de bois joliment travaillée, comme une œuvre d'art.

Ainsi à partir de 16 h 50, ce dimanche 8 mai, Dorothea Deverell allait-elle vivre une centaine d'heures de terreur : encore qu'il soit difficile de parler de «terreur» pour une durée aussi longue. Plus tard, en repensant à la fuite éperdue dans laquelle Colin Asch l'avait entraînée, elle se souvint qu'elle s'était la plupart du temps

272

sentie résignée, fataliste, d'une certaine façon déjà morte et se bornant à interpréter le rôle qu'on lui avait attribué. Avec des éclairs d'espoir, et même d'optimisme – comme ces prisonniers qui attendent obstinément une grâce dont ils savent pourtant qu'elle ne viendra pas.

Avant de partir, Colin Asch lui ordonna de monter dans sa chambre pour se changer. Il pensait qu'ils seraient moins facilement repérables s'ils avaient l'air de deux hommes. C'est le premier leurre, déclara-t-il. Elle dut donc revêtir devant son ravisseur un pantalon, une chemise de jardinage et un vieux pull. Il exigea aussi qu'elle ramasse tous ses cheveux dans une casquette angora empestant la naphtaline. Après quoi, il dénicha une valise et lui commanda de l'emplir de tout ce dont elle aurait besoin – sous-vêtements, chaussettes, chemise de rechange, deuxième pull, nécessaire de toilette – puis il l'emmena dans son bureau pour y prendre des livres et « le travail que vous avez commencé, vous n'allez pas revenir de sitôt ». Dans la cuisine, il fit provision de nourriture. Il vida les placards et le réfrigérateur, sifflotant et poussant des exclamations joyeuses tel un enfant qui s'apprête à partir en pique-nique. Comme il semble innocent, se dit Dorothea, stupéfaite. Il avait négligemment glissé le pistolet dans sa ceinture.

– Bon ! Parfait ! On s'en va !

Ce n'était pas la Porsche noire qui les attendait dans l'allée, mais une voiture totalement inconnue (on devait l'identifier plus tard comme étant l'Audi 1988 de Susannah Hunt équipée des plaques de la Porsche : on découvrirait Mme Hunt morte, étranglée dans son lit, à Normandy Court). Le coffre et le siège arrière étaient encombrés des affaires de Colin Asch, mais il restait de la place pour Dorothea. Colin lui tendit les clés et lui dit de s'asseoir au volant.

– Moi je conduirai de nuit, ce sera préférable, déclara-t-il avec une sollicitude conjugale.

Et plus tard, lorsqu'ils permutèrent – ils étaient alors dans le New Hampshire et filaient vers le nord –, il fit promettre à Dorothea de ne pas tenter de fuir en ouvrant la portière en pleine vitesse, et de ne pas adresser non plus de signes aux autres automobilistes, car, dans ce cas, il serait obligé de les abattre, prévint-il.

– Vous signeriez leur arrêt de mort, Dorothea.

Et elle obéit. Comme une sorte de zombie, ou de robot. Se répétant inlassablement : une chose pareille ne peut pas arriver... Ça ne peut pas arriver à des gens comme nous.

Parvenus au nord de l'État de New York, ils quittèrent la route pour stationner le reste de la nuit dans un bois. Incapable de garder les yeux ouverts, Colin Asch s'installa, le bras autour des épaules de Dorothea et la tête contre elle, de façon à se réveiller au premier geste. Il n'y avait donc aucune fuite possible, même pendant qu'il dormait. Même pendant les phases de sommeil tourmenté, halluciné, auquel ils succombaient à tour de rôle.

– Vous feriez mieux de réfléchir, dit Dorothea d'un ton plus négociateur que suppliant. Je suis sûre qu'on en tiendra compte si vous avez été malade... si vous avez été hospitalisé... Enfin, je veux dire, si vous avez eu des problèmes, déjà.

Colin Asch, sur le siège du passager, la tête appuyée contre la vitre dans une attitude boudeuse, grogna à peine.

– Je pourrais leur dire que vous vous êtes conduit très correctement avec moi... Que vous ne m'avez pas... que vous ne m'avez jamais menacée.

Ce qui était tout de même un peu faux.

– Mais vous êtes si intelligent, Colin ! conclut-elle, véhémente. Vous devez bien vous douter que la police ne tardera pas à vous capturer.

– Il peut se passer beaucoup de choses avant ça, Dorothea.

Ils s'arrêtèrent pour prendre de l'essence. Ils s'arrêtèrent aussi sur un site panoramique dans les Adirondacks, tout près de la frontière canadienne. Ils s'arrêtèrent dans un restaurant de routiers où Colin alla acheter à manger, le pistolet caché sous sa chemise. Dorothea échafaudait d'irréalisables plans. Elle pourrait attirer l'attention de quelqu'un, elle pourrait essayer de s'échapper... Les mêmes folies lui revenaient sans cesse à l'esprit, inutilement. Elle voyait aussi Charles Carpenter arrivant chez elle et ne la trouvant pas – sa voiture encore au garage mais certaines de ses affaires disparues et le réfrigérateur vide. Comprendrait-il ? Mais comment comprendre une chose pareille ? Et s'il appelait la police, à quoi cela avancerait-il ? À plusieurs reprises, elle craqua, éclata en sanglots.

– Faites un effort, je vous en prie, dit Colin Asch en se passant lui-même une main sur le visage.

Comme si, pensait Dorothea, étonnée, ils se trouvaient dans la même situation. Comme s'ils fuyaient ensemble. Comme s'ils étaient d'accord.

La première intention de Colin Asch avait été de traverser la frontière pour entrer au Québec, mais chaque fois qu'ils s'en approchaient, il changeait d'avis. Et il avait sans doute raison, car la police devait déjà être sur leurs traces et la voiture signalée (Dorothea ignorait que Susannah Hunt était morte, mais Colin lui avait dit que la voiture lui appartenait). Autant que Dorothea pouvait en juger, ils décrivaient de larges cercles dans la montagne et leur deuxième journée de fuite s'acheva dans la neige.

– C'est de la folie, Colin ! Ça ne peut pas continuer.

– Vous voulez qu'on s'arrête, alors ? dit-il brusquement. Vous êtes prête ?

Au moins, pensa-t-elle, Charles a été épargné.

Mais Colin Asch semblait plus excité et nerveux que véritablement dangereux. Il conduisait au hasard, et

275

pourtant comme guidé par une sorte d'instinct. Et ils finirent par arriver dans un lotissement de cottages et de chalets, au bord d'un lac nommé Glace Lake. Était-ce là que ses parents s'étaient noyés ? se demanda Dorothea.

Au bout d'une allée, se dressait une imitation de chalet suisse en bois. En sortant de la voiture, épuisée, Dorothea Deverell, fouettée par l'air glacé, se dit qu'il se pouvait fort bien que sa vie se termine ici.

Colin Asch crocheta sans peine la porte de derrière et vint ouvrir à Dorothea qui, sur le porche, n'avait pas bougé d'un centimètre. Elle fut prise d'une violente quinte de toux. Elle se sentait mal : elle ressentait une vive douleur à la gorge et les premiers symptômes de la bronchite.

– Voilà, Dorothea, entrez ! Je vais décharger l'auto, dit Colin presque timidement, comme pour s'excuser. Vous trouverez peut-être une lampe tempête ou quelque chose.

– Oui, dit-elle, absente.

À l'intérieur, il faisait aussi froid et humide que dehors. Une parodie de retour à la maison, se dit-elle. Une cruelle parodie de lune de miel.

De peur qu'il n'y eût un garde à Glace Lake, Colin Asch cacha la voiture derrière la maison et masqua les fenêtres. Pour la fumée qui sortirait du toit, il n'y avait aucune solution. Il alluma un feu dans la cheminée où, avec toute la maladresse du monde, Dorothea leur prépara un dîner de fortune. Ils dévorèrent, malgré le goût métallique de la soupe réchauffée dans une casserole rouillée. Ils se gavèrent de fromage, de tranches de dinde, de carottes crues. Comme des animaux, pensa Dorothea.

Puis ils dormirent près du feu, ou du moins essayèrent-ils. Elle claquait des dents, de froid, de peur, reprenant brusquement conscience, dans un accès de toux, sous l'effet de la douleur dans sa gorge et sa poitrine. Son ravisseur, trop énervé pour pouvoir s'assoupir – il se vantait de n'avoir besoin que de trois à quatre heures de sommeil par nuit –, explorait la maison avec une torche électrique. À l'aube, elle s'éveilla en sentant un poids sur sa jambe. C'était Colin Asch, recroquevillé comme un enfant sage ou comme un grand chien, profondément endormi, la joue écrasée sur son mollet droit. Sa barbe pâle brillait comme de l'argent, ses lèvres entrouvertes laissaient passer un souffle bruyant, humide... Blottie sous la couverture malodorante qu'il avait trouvée pour elle dans un placard, elle contempla ce malfaiteur, son ami, son ancien ami : au fond, elle ne le connaissait pas. Colin Asch était fou, mais qu'est-ce que cela signifiait, «fou»? Que le jeune homme avait assassiné deux personnes innocentes sans même pouvoir expliquer pourquoi. Qu'il n'éprouvait pas le moindre remords et qu'il semblait plutôt fier de ses actes. Qu'il croyait dur comme fer que la vie et le destin de Dorothea Deverell étaient inexorablement liés aux siens. Tout cela ne constituait qu'un tissu de faits à la surface de son être, tout comme le blond de ses cheveux, son visage osseux et sa haute taille. Ces évidences le décrivaient mais ne suffisaient pas à le définir.

Au matin, un soleil blanc s'infiltra dans la maison malgré les camouflages et le jour apporta à Dorothea un sentiment de malaise encore plus profond. Colin préparait le petit déjeuner en sifflotant et elle ne proposa pas de l'aider. Elle éprouvait une sorte de nausée, souffrait de courbatures et devait avoir une mine épouvantable, ce qui la laissait indifférente. Elle se demandait pourquoi elle n'avait pas essayé de s'enfuir au cours de la nuit... Colin Asch ne lui aurait tout de même pas tiré dans le dos ? Ce n'était certainement pas la mort qu'il avait choisie pour elle ?

Ce jour-là, chaque fois qu'elle put, elle s'efforça d'engager la conversation avec lui et de le raisonner. Qu'espérait-il, à se terrer dans ces montagnes ? Quels étaient maintenant ses projets – et si on les découvrait ? Il répondit qu'il était désolé que les choses aient tourné ainsi.

– Mais après tout, Dorothea, ce n'est pas ma faute !

Et comme s'il lui en tenait rigueur, il lui déclara que sa vie avait basculé, en novembre dernier, quand il l'avait rencontrée, elle.

– C'était comme si nous avions signé un pacte, Dorothea, comme si vous m'aviez fait une promesse, ce premier soir.

– Une promesse ? je ne comprends pas.

– Si, Dorothea, vous comprenez parfaitement.

Colin Asch ôta les protections des fenêtres et ouvrit la porte à l'arrière de la maison, mais il interdit à Dorothea de sortir. Il était énervé, aux aguets et s'interrompait parfois au milieu d'une phrase pour tendre l'oreille. Était-ce un oiseau sur le lac ? Un avion qui passait au loin ? Des écureuils qui chahutaient dans la cave ? Il tirait son pistolet, vérifiait qu'il était toujours chargé, puis le reglissait dans sa ceinture. Dorothea le regardait, en se disant : « Mon devoir consiste-t-il à le lui prendre et à m'en servir contre lui ? Est-ce cela qu'on attend de moi ? » Elle n'arrivait pas à s'imaginer en train de commettre un tel acte. Elle ne souhaitait pas plus abattre Colin qu'elle ne voulait être abattue par lui.

Accroupi près de la bibliothèque, Colin Asch feuilletait des vieux exemplaires du *National Geographic*. Il y avait aussi une encyclopédie incomplète et divers atlas des États-Unis et du monde. Il déclara d'une voix rêveuse qu'il avait toujours été fasciné par les cartes et les voyages. Qui sait s'il n'était pas la réincarnation de Marco Polo.

– Si je devais recommencer ma vie, c'est ça que je choisirais. Je me mettrais en route et j'irais partout au hasard. Avec vous, Dorothea, pourquoi pas. En réalité, le mal réside dans l'immobilité.

278

Plusieurs fois, au cours de cette longue journée cauchemardesque et de la suivante, Dorothea se rendit compte que Colin Asch la contemplait en silence. Elle comprit, le cœur battant, que c'était sa mort qu'il envisageait. La sienne, et peut-être la leur : meurtre suivi de suicide. N'était-ce pas romantique ? N'était-ce pas une fin naturelle pour leur histoire ?

– Mon livre à moi, là, dit-il sur le ton de la conversation, je vais bientôt le compléter. Il faut que je réfléchisse à ce que je veux dire parce qu'il ne reste pas beaucoup de temps, vous savez. Vous pourrez écrire dedans aussi, si vous en avez envie. À la toute fin. Sur les dernières pages.

– C'est un journal ? demanda-t-elle.

– C'est ma vie. En mots.

Le cahier était très grand et épais, avec une couverture bleu-gris, en piteux état : une sorte de livre de comptes, de registre. Colin ne le tendait pas réellement à Dorothea (qui d'ailleurs n'avait aucune intention de le prendre), mais il le parcourait devant elle de façon qu'elle pût en apercevoir le contenu : une écriture serrée, des vers parfois, et des passages entiers barrés d'épaisses ratures à l'encre noire.

– Mon intention est de le mettre à jour, dit-il en se caressant le menton. Jusqu'à la minute présente. Mais avec un point de vue, vous comprenez, d'en haut. Comme Dieu observant la terre.

Dorothea émit une vague approbation mais ne posa aucune question.

– En fait, vous ne pourriez pas le déchiffrer, pour la plus grande partie, c'est en code.

– Ah ! oui... je vois... en code !

– Pour empêcher que ces salopards ne viennent fourrer leur nez dans mes affaires, ajouta-t-il avec un sourire amer. Après ma mort.

La maison était aménagée à la diable, mais il y avait un ou deux jolis meubles, comme le rocking-chair où

Dorothea s'était assise, et la table où Colin Asch passa des heures à écrire dans son cahier, soit très lentement, soit fébrilement, comme frappé par de soudaines inspirations. Lorsqu'il ne regardait pas Dorothea, il fixait le lointain du lac. Nous formons une caricature de couple, pensait-elle, en se demandant de quel genre de couple il s'agissait.

Sans doute, si elle survivait, se souviendrait-elle toute sa vie de ce moment. Pas des violences ni des tensions, mais de cette scène apparemment idyllique où son ravisseur était penché sur sa page comme un écolier sur ses leçons. Dehors, la journée se réchauffait et le printemps naissait.

Colin Asch lut à Dorothea une strophe d'un poème de Shelley qu'il avait recopiée onze ans plus tôt.

– Jamais je n'aurais cru que je vous la lirais un jour.

Dorothea reconnut immédiatement la poésie, mais elle ne l'aurait peut-être pas attribuée à Shelley qu'elle n'avait pas rouvert depuis des mois.

> *L'éternel univers des choses*
> *Coule dans nos têtes et roule ses vagues rapides,*
> *Parfois sombres – parfois étincelantes,*
> *Renvoyant parfois aux ténèbres –*
> *Laissant parfois des splendeurs, où, venue de sources secrètes,*
> *La pensée humaine dépose son tribut...*

La voix de Colin Asch resta en suspens comme si la strophe n'était pas terminée. Un accablement que Dorothea ressentit aussi lui assombrit le visage. À l'extérieur, les oiseaux chantaient toujours.

En tout, sa captivité dura quatre jours. Elle prit fin, violemment, tard dans l'après-midi du 11 mai. Mais, presque dès le début, Dorothea perdit la notion du temps et de l'espace. Comme si sa mémoire elle-même s'était brisée.

Du fond de sa détresse, elle se dit que l'amour de Charles Carpenter aurait dû mieux la protéger. Mais il était si loin et chaque heure semblait l'affaiblir. Je suis seule, pensa-t-elle.

Mon ravisseur mis à part.

Elle était malade : emmitouflée dans sa couverture alors qu'on était au plus chaud d'une belle journée de mai. Depuis l'enfance, elle avait des problèmes respiratoires plus ou moins graves, et certains symptômes l'inquiétaient, car ils annonçaient la plupart du temps de longues plages de fièvre et de toux. Elle avait l'impression qu'on lui serrait la poitrine avec une ceinture. Et ses yeux se chargeaient de larmes brûlantes de douleur et de révolte.

Mais elle regardait (et ne pouvait s'empêcher d'admirer) Colin Asch en train de faire des pompes devant la cheminée – et à quelle vitesse ! – tandis que la petite veine bleue se gonflait sur son front. Il ne s'arrêta qu'après avoir compté jusqu'à quatre-vingt-dix. Puis, assis en tailleur, les mains nouées derrière la nuque, il toucha alternativement ses genoux avec ses coudes. Enfin, il se suspendit au chambranle de la porte et entreprit des tractions comme s'il ne devait jamais se lasser. Malgré sa minceur, les muscles de ses bras et de ses épaules s'enflaient. « ... Vingt-huit, vingt-neuf, *trente.* »

Il se donnait ainsi en spectacle pour Dorothea mais pas au point de vérifier du coin de l'œil l'effet produit.

Bien en vue, sur la table, était posé le pistolet.

Les yeux fixés sur l'arme, Dorothea se dit : «Je dois oser.» Elle calcula que six pas la séparaient de la table et que, Colin étant concentré ailleurs, elle n'avait qu'à rejeter la couverture, foncer, s'en saisir à deux mains... Elle le braquerait sur son ravisseur et le menacerait : *«Si vous ne m'obéissez pas, j'appuie sur la détente.»* Mais des images atroces s'abattirent sur elle : il lui arrachait le

281

pistolet des mains, ou, pis encore, le coup partait tout seul et une balle traversait la poitrine ou le crâne de Colin Asch.

— Vous auriez pu vous emparer de mon arme à n'importe quel moment, Dorothea, dit-il plus tard, tandis qu'ils mangeaient un de leurs repas de fortune. Mais vous ne l'avez pas fait. Vous auriez pu me tuer et vous n'auriez récolté que des félicitations pour cela. Ça prouve bien que vous n'avez pas plus que moi l'intention de revenir.

— C'est faux, dit calmement Dorothea.

— Si, c'est vrai.

— Colin, il faut bien vous mettre dans la tête que ce n'est pas vrai.

— Si, c'est vrai !

Ainsi, ils entamèrent une sorte de scène de ménage et Dorothea finit par se détourner, suffoquée d'indignation, de désespoir. Enfant déjà, elle connaissait bien ce goût salé des larmes qu'elle assimilait à l'humiliation.

— Si vous voulez le savoir, je l'ai juste saoulée un peu plus, je lui ai donné du Valium et je lui ai tenu la tête sous l'eau jusqu'à ce qu'elle cesse de respirer. Elle n'a absolument rien senti. Exactement comme je le lui avais promis. Pas comme ce fils de pute de Krauss, dit Colin Asch avec mépris. Lui, je voulais qu'il n'en perde pas une miette, et c'est ce qui s'est passé.

Il devait être très tard. La montre de Dorothea s'était arrêtée. Une par une, Colin Asch jetait au feu les pages de ce qu'il appelait le « registre bleu ». Elle n'avait pas envie de demander pourquoi.

— C'est incroyable, poursuivit-il tout naturellement, comme s'il ne voyait pas le masque excédé de Dorothea, le bien-être qu'on peut éprouver à réaliser quelque chose de juste. Parce que, après tout, c'est finalement très rare, dans la vie, de se trouver au bon moment au bon endroit. C'est comme si vous n'étiez plus seulement vous-même mais un agent du Destin. De la Mort.

— Je pense qu'il serait préférable d'être un agent de la vie, répliqua Dorothea en haussant les épaules.

— Quand je tue quelqu'un, je suis l'agent de la Mort, dit lentement Colin Asch tout en continuant à nourrir les flammes de son cahier. Lorsque c'est accompli, c'est pour toujours. *Et personne ne peut plus s'y opposer.* Réfléchissez à ça. Essayez de comprendre ça, Dorothea. Accoucher de quelque chose, aimer quelque chose, y compris soi-même, c'est extrêmement fragile. Chaque minute est peut-être la dernière. Mais l'agent de la Mort... c'est différent. Ouais. C'est différent.

— Vous ne parlez que de détruire, que de priver de vie...

— Vous ne savez pas de quoi je parle, Dorothea, parce que vous n'avez jamais fait ce que moi j'ai fait. Si c'était le cas, vous sauriez.

— Mais...

— *Si c'était le cas, vous sauriez...*

Dorothea se mit à sangloter mais le sanglot s'acheva dans une quinte de toux qui lui brûla la gorge. Plus tôt dans la journée, Colin Asch s'était inquiété pour sa santé et avait même projeté de la conduire chez un docteur ou dans un centre de soins, mais, au bout d'une heure, il n'y pensait déjà plus.

— Tout comme moi, vous refusez de retourner. J'en suis sûr, disait-il maintenant, comme pour lui-même. C'est notre honneur, notre intégrité qui sont en jeu — voyez Christophe Colomb, ramené en Espagne couvert de chaînes ! Ah ! les salauds ! Ce qui les excite, c'est de faire ramper les gens comme nous, qu'on les supplie. Mais pourquoi, merde ? C'est une question de liberté ! De pouvoir — celui d'agir comme on l'entend, de devenir l'agent de notre propre vie. Et de notre propre mort.

– Mais je ne veux pas mourir, dit Dorothea en essayant de rester calme.

– Quand j'avais douze ans et que mes parents sont morts, il y a eu cette force maléfique qui nous a poussés hors du pont, à travers la rambarde, et nous a précipités dans l'eau – j'ai presque pu la *sentir*, dit Colin, de plus en plus agité. Mais j'ai cru – à cet âge on ne doute de rien – que j'étais capable de la combattre. De l'*inverser*. Et j'étais là, à plonger, à suffoquer, à m'échiner sur les portières de l'auto pour les sortir de ce piège – ma mère, mon père, d'abord l'un puis l'autre, puis de nouveau l'un puis encore l'autre – comme si une sorte de folie s'était emparée de moi, si bien qu'au bout d'un moment, j'avais le crâne vide, j'avais perdu toute volonté, toute notion de but ; il n'y avait plus que mon corps, mes muscles. Mais c'est un fait que j'ai échoué. La leçon que je pouvais tirer, c'était que j'avais échoué. La vie ne va que dans une direction, comme un fleuve ou comme un objet qui tombe – on ne peut inverser ce mouvement.

– Mais vous avez fait preuve d'un tel courage, Colin, vous étiez si jeune, dit Dorothea, bouleversée car elle s'attendait à un tout autre récit.

– Il n'y avait aucun courage là-dedans, répondit-il en secouant violemment la tête. Je ne sais pas ce que ça signifie, le « courage ». Il y avait juste ce con de mioche qui essayait de faire un truc dont il était incapable et une leçon doit être tirée de ça : la vie ne va que dans une seule direction.

– Ah ! Colin, sûrement pas !

Il arracha une nouvelle page et la jeta dans le feu. Dorothea vit toute une série de majuscules à l'encre et des petits dessins dans la marge. À cet instant, elle aurait voulu sauver cette page. Mais les flammes la dévorèrent et elle disparut.

– Est-ce que l'accident s'est produit par ici ? L'accident de vos parents ?

— Non, pas du tout. À des centaines de kilomètres au sud.

Dorothea Deverell ne voulait pas croire qu'elle s'était endormie, et pourtant là, inexplicablement, il y avait sa mère... sa mère jeune, les cheveux au vent, la peau dorée... qui traversait la prairie d'herbe haute et qui, la main en visière, appelait : *Dorothea ! Dorothea !* De minuscules papillons jaunes voletaient autour de sa tête. Sa mère ne pouvait pas voir la petite fille qui se cachait à plat ventre en riant, et, au dernier moment, Dorothea se dressa pour la surprendre avec une vague de joie si vive qu'elle lui déchira la gorge... et puis elle se mit à tousser éperdument et, réveillée, fut rendue à elle-même dans un pan de soleil octroyé par la porte ouverte d'une maison inconnue et quelqu'un approchait et l'interpellait sur un ton péremptoire, suspicieux :

— Dites donc, qu'est-ce que vous fichez ici, m'dame ?

Un vieil homme robuste en salopette tachée et casquette de marin, au visage rougi par le whisky et aux petits yeux inquisiteurs : le gardien de Glace Lake ?

Et dix mètres derrière lui, près d'une camionnette rangée au bord de l'allée, attendait un adolescent avec, sous le bras, quelque chose qui ressemblait bien à un fusil.

Dorothea fit signe au vieil homme pour qu'il n'avance plus, pour le prévenir, et elle lança de sa voix cassée :

— Allez-vous-en ! Ne me parlez pas ! C'est dangereux !

Mais le vieux ne se laissa pas impressionner : au contraire ; se rendant compte qu'il avait affaire à une femme malade, il devint même très agressif.

— Mais qu'est-ce que vous foutez donc là, m'dame ? C'est une propriété privée, vous devriez le savoir.

À cet instant, deux événements se produisirent presque simultanément : le garçon près de la camionnette cria quelque chose au vieux que Dorothea ne comprit pas (excepté le mot « grand-père » dont elle devait se souvenir longtemps) et, Colin Asch, qui s'était glissé sans bruit derrière elle, comme si pendant toutes ces heures passées dans la maison, il s'était préparé à cette seconde-là, se dressa souplement, visa la poitrine du vieil homme et tira. Dorothea hurla en voyant le vieux reculer en titubant et tomber. Colin bondit dans l'allée en aboyant :

— Connard ! Ça t'apprendra ! Je vais tous vous descendre !

Il avait repéré le garçon mais celui-ci détalait. Colin se rua à sa poursuite et tira une nouvelle fois, mais revint aussitôt en jurant, furieux. Dorothea s'était agenouillée auprès du grand-père qui était en train de mourir, la chemise poissée de sang et le visage déjà gris.

— Un médecin... appelez un médecin ! Oh ! Colin... une ambulance ! supplia-t-elle.

Colin Asch se tenait debout au-dessus de sa victime ; il pointa son arme comme négligemment sur le front du vieux.

— Le voilà ton médecin, fumier. *Je vous avais prévenus, tous autant que vous êtes !*

Et ce fut la fin, ou presque.

Dorothea alla se réfugier dans un coin de la cuisine, puis dans le petit cabinet de toilette adjacent, sans pouvoir réprimer ses sanglots, tandis que Colin Asch, fou de rage, stupéfait, arpentait toute la maison, allait d'une fenêtre à l'autre, empilant des meubles pour former ce que les journaux appelleraient, plus tard, une « barricade », en grommelant. Il considérait Dorothea comme responsable de l'arrivée du gardien qu'il avait été forcé de tuer sans y être suffisamment préparé. Sa première idée avait été de fuir en voiture, mais très vite il avait changé d'avis car il s'était rappelé qu'une seule route conduisait à cette souricière et qu'« ils » devaient déjà les attendre. Ils avaient sûrement établi un barrage ou prévu une embuscade. La seule stratégie valable consistait à rester ici et à tenir aussi longtemps que possible.

– Bordel, j'ai déjà gâché trois balles !

Puis il vint frapper à la porte du cabinet de toilette avec une force telle que la serrure vola en éclats.

– Ça va trop vite, bon Dieu ! Je ne suis pas prêt ! Et vous non plus, vous n'êtes pas prête !

Et effectivement, tout se déroula avec la rapidité et la logique d'un songe, comme si le nuage de maléfices qui les avait suivis jusque-là s'ouvrait d'un coup. Ça débuta par des hurlements de sirènes, puis une voix d'homme, amplifiée par un mégaphone, se mit à crier des ordres : «Vous, là, dans cette maison !», et aussi d'autres voix. Et enfin celle de Colin Asch (si rauque, si désespérée, si *jeune*) qui menaçait depuis une fenêtre obstruée : il était armé et il détenait un otage. Alors, la fusillade commença, accompagnée de bris de verres. Dorothea imagina brièvement Charles Carpenter, très calme, un peu lointain. Il ignore tout de ce qui m'arrive, pensa-t-elle. Tout cela est un rêve.

Pendant les trois heures et demie que dura le siège –principalement traversées de cris, d'ordres, de menaces – Dorothea Deverell demeura recroquevillée à l'endroit où elle s'était cachée, frissonnante, en proie à une peur animale qui la conduisit de la panique pure à une sorte d'extase catatonique dans laquelle il lui paraissait évident qu'à sa dernière seconde de vie, la mort lui serait par magie épargnée.

Et même là, au milieu de ce chaos de voix, d'agitation et de coups de feu, auquel s'ajoutaient les pas lourds de son ravisseur qui courait d'une fenêtre à l'autre, cernée par cette véritable folie, Dorothea Deverell n'arrivait pas à croire que Colin Asch qui l'admirait tant, qui était son ami, désirait réellement lui faire du mal.

«Jamais de la vie... n'est-ce pas ?»

Mais il finit par venir la chercher et il la maintint quelques instants devant une fenêtre pour prouver, puisqu'on l'exigeait, que son otage était toujours vivant.

Puis il la ramena dans une pièce du fond, une des plus retranchées, une chambre à coucher avec une cheminée où il avait allumé un feu. Là, il reprit méthodiquement la destruction de son carnet bleu, page par page, en répétant, les dents serrées qu'il n'était pas prêt, pas prêt !

Bientôt il ne resta plus que la couverture qu'il jeta aussi dans les flammes. Et tout fut consommé.

Il tenait maintenant à la main un long couteau et il lui disait des mots qu'elle ne voulait pas comprendre car ils étaient trop forts, trop violents, trop inacceptables. Il lui expliquait ce qu'il fallait faire puisqu'il était exclu de fuir ou de se rendre.

— Tout est fini.

Il lui mit le couteau dans la main et referma la sienne par-dessus ; d'abord elle se laissa aller — «Comme ça» car ce jeune homme était son protecteur, après tout. Puis, lorsqu'elle sentit la pointe du couteau toucher sa gorge, elle hurla et se jeta en arrière.

Colin Asch dut se saisir d'elle et la maîtriser. Tout près de la cheminée, elle se retrouvait le dos contre le mur. Il lui remit le couteau dans la main.

— Il est temps ! Vous n'allez pas me forcer à vous le faire moi-même ! dit-il d'une voix à la fois suppliante et accusatrice.

— Non... lâchez-moi ! cria Dorothea.

Et, comme pour la raisonner, en poussant la lame à nouveau vers sa gorge, plus énergiquement, cette fois, il déclara :

— Nous nous aimons, Dorothea. Nous n'avons pas eu besoin de nous le dire.

— Je ne vous aime pas suffisamment pour mourir avec vous, répondit-elle en se débattant avec des ressources insoupçonnées et elle parvint à détourner le couteau en griffant de ses ongles le dos de la main et le visage de Colin.

– Lâchez-moi ! lâchez-moi ! lâchez-moi !

Dans la stupéfiante intimité de ce presque enlacement, elle sentit qu'il était totalement surpris, consterné, de voir qu'elle résistait avec une telle fureur à cette cérémonie de la mort.

Le couteau tomba à terre, mais Dorothea avait épuisé ses réserves, cette courte lutte avait consumé toute son énergie. Colin ramassa le couteau et le plaça contre sa propre gorge.

– Dorothea ? dit-il, douloureux, comme dans un reproche. Vous ne voulez pas, alors ? Vous ne m'aimez donc pas ? Vous me laissez tout seul ?

– *Arrêtez !*

– Tu me laisses tout seul ?

Il regardait Dorothea Deverell intensément mais avec un grand calme, comme s'il se regardait lui-même dans un miroir, et il pointa la lame contre une artère qu'il avait repérée de ses doigts experts. À l'instant où il imprima à l'arme son mouvement vers le bas, ses yeux envahis par les pupilles devinrent entièrement noirs comme si un indicible plaisir le submergeait. Dorothea continuait à le supplier d'arrêter ; elle détourna la tête et recula pour échapper au sang tiède qui jaillissait vers elle et venait la marquer à jamais. Car, bien sûr, il était trop tard.

4

« Dorothea ?... où es-tu ? »
Trop de lumière.

ÉPILOGUE

Ils n'étaient pas encore mariés mais le seraient bientôt, le dernier samedi de septembre – la veille, heureuse coïncidence, du quarantième anniversaire de Dorothea Deverell qui allait être le plus beau de sa vie d'adulte. Depuis des mois, chaque week-end, ils avaient visité des maisons pour trouver la perle rare : celle qui, en quelque sorte, parviendrait à gommer le passé, ou du moins à y faire écran. Ils formaient le vœu secret qu'elle réunisse les principales qualités de celles qu'ils quittaient tout en n'en rappelant vraiment aucune des deux – car Dorothea Deverell et Charles Carpenter conservaient un sentiment de culpabilité dont rien ne pourrait sans doute jamais les libérer.

La maison qui les avait finalement conquis n'était pas parfaite, mais dès la première visite, parcourant les pièces, Dorothea avait serré le bras de Charles : « Oui ! Ici ! C'est elle ! Nous sommes chez nous ! » Un peu austère, peut-être, mais il suffirait de mettre quelques plantes là, des moquettes chaudes et des meubles modernes pas trop voyants. Car elle n'avait aucune intention de garder son charmant bric-à-brac. Elle en vendrait une partie et donnerait le reste aux bonnes œuvres. Tout comme Charles Carpenter, elle tenait beaucoup à repartir de zéro en terrain neutre. Après tout, ni l'un ni l'autre ne manquait de moyens financiers.

La vente de sa maison lui avait rapporté une somme inespérée puisqu'elle avait quadruplé de valeur au cours de ces neuf ans. Et la belle demeure de Charles avait atteint un prix encore bien supérieur. Et puis il y avait l'héritage de sa femme qui, tous frais payés, s'élevait à deux millions de dollars. Car malgré la procédure de divorce engagée, Agnès n'avait pas rayé Charles de son testament.

En apprenant cette stupéfiante nouvelle, Dorothea avait reçu un coup au cœur, comme un chagrin fraternel envers Agnès.

– C'est si injuste, d'une certaine façon, dit-elle à Charles. Et ça ressemble tellement au genre de situations dont son esprit ironique était friand.

– Mais seulement en théorie, corrigea Charles. Car si elle avait pu réellement prévoir, elle m'aurait bel et bien rayé immédiatement.

– Tout de même, c'est injuste.

– Mais pourquoi, Dorothea ? Si *moi* j'étais mort à sa place, si c'était moi que ce fou avait assassiné, *elle* aurait hérité de tout. Il ne m'est jamais venu à l'esprit de l'exclure de mon testament tant qu'elle était ma femme.

Songeant à toutes ces choses – bien qu'elle eût décidé de ne plus y penser, et encore moins de s'y complaire – Dorothea Deverell se rendait en voiture à leur jolie maison blanche d'Arve Place en cet après-midi de début septembre, très exactement vingt-deux jours avant leur mariage. Elle avait emprunté la clé à l'agence pour faire une dernière visite (il y avait déjà eu de nombreuses « dernières » visites) avant que Charles et elle ne signent l'acte de vente. Cette maison occupait dans leur esprit le volume d'une pyramide égyptienne, pour le moins ! – ils se plaisaient à remarquer que cet achat partagé représentait peut-être davantage encore que le mariage.

Il était un peu plus de 17 h 30 lorsqu'elle ouvrit la porte de devant et entra, Charles devant la rejoindre dès qu'il le pourrait. L'idée d'arriver la première l'amusait. Elle traversa les belles pièces vides qui dégageaient cette ineffable odeur de disponibilité... Il n'y avait aucun miroir. Quel bonheur, se dit-elle, d'être ainsi totalement seule, sans que rien vienne s'imposer à soi, même pas son propre reflet.

Pourtant, ces temps-ci, Dorothea Deverell était particulièrement à son avantage, le teint hâlé et respirant la santé, l'œil clair, toujours un peu rieur, les cheveux sombres et brillants, avec un soupçon de gris, des fils d'argent dont quelques-uns très blancs. Depuis les événements tragiques du printemps dernier, elle se souciait moins des peccadilles et avait cessé de s'autoflageller. C'était une qualité de la maturité, se disait-elle, mais pas uniquement. Les voix froides et toujours mécontentes de la trentaine avaient fait place à d'autres voix intérieures, plus indulgentes, plus détendues, et parfois plus encourageantes. Elles étaient nées lors de sa convalescence à l'hôpital (où elle avait passé trois semaines) avec cet excellent médecin qui avait veillé sur elle, la chaleur et la fidélité de son cercle d'amis, de ses collègues de la Fondation, et, au premier rang, de Charles Carpenter. Pendant ce séjour, Dorothea avait apprécié les vertus de la passivité et de l'obéissance dans les petites choses et elle s'était entièrement consacrée à sa santé. Elle avait eu la satisfaction personnelle de pouvoir reprendre son travail dès le lundi 6 juin et de s'installer, à cette occasion, dans l'ancien bureau de M. Morland.

Évidemment, Dorothea Deverell avait été exposée désagréablement au sensationnel, mais Charles avait réussi, pour l'essentiel, à la protéger. Elle n'avait eu à répondre à aucune question de journaliste. Il ne lui avait pas montré la presse et elle ne l'avait pas réclamée. Elle n'aurait eu aucun plaisir à voir les photos de Colin Asch s'étaler au grand jour. Elle apprit pourtant, par une remarque de Jacqueline, qu'on avait utilisé plusieurs de ses clichés de modèle.

Les policiers s'étaient conduits d'une façon très courtoise et patiente avec elle. Les trois meurtres du secteur de Boston étaient attribués à Colin Asch, ainsi que celui du vieux gardien de Glace Lake, mais on pensait qu'il y en avait eu beaucoup d'autres dans différents États, sans toutefois pouvoir le prouver. Dorothea leur dit très sincèrement tout ce qui lui restait en mémoire concernant Colin Asch. Elle s'aperçut, en tant que «témoin» privilégié, que, dans les affaires criminelles, les témoignages sont loin d'être fiables car on fabrique, on reconstruit, on remplit les blancs, on se trompe, et ces erreurs, à force d'être reprises, deviennent des vérités incontournables. Les détails précis de l'enlèvement – puisque telle était la formule – s'étaient presque immédiatement dissipés dans l'esprit de Dorothea, un peu comme nos rêves nous échappent malgré nos efforts pour les retenir. Sa maladie physique avait sans doute aidé à atténuer le choc psychologique (à son arrivée à l'hôpital de Massena, dans l'État de New York, sa bronchite s'était déjà transformée en pneumonie) et le délire de la fièvre avait absorbé ses terreurs.

Pour ces raisons, ses déclarations à la police commençaient presque toujours par : *Je crois que* ou : *Il me semble que*. Son ravisseur l'avait-il frappée, avait-il essayé de l'étrangler ? Non, dit Dorothea Deverell. Cependant, le rapport médical faisait mention de traces de coups sur son corps et de marques rouges autour de son cou. Colin Asch l'avait-il menacée de mort ? Non, pas vraiment. Pourtant n'avait-il pas tenté de la tuer, à la fin ? N'avait-il pas pointé le couteau sur sa gorge ? Oui, mais... mais d'une certaine manière, ce n'était pas *ça*.

Et quand on lui demandait d'expliquer, Dorothea en était incapable. Les mots lui manquaient.

En revanche, elle se souvenait très clairement du meurtre, de sang-froid, du gardien de Glace Lake. Du premier coup de feu de Colin Asch, et du second. Mais ce qu'il avait dit, s'il avait dit quelque chose, elle ne se le rappelait pas.

Elle avait presque tout oublié de leurs conversations au cours de ces cent heures. On avait sonné à sa porte, elle était allée ouvrir, et là... Le son de la voix du jeune homme s'estompait et, plus étonnant encore, son visage aussi.

– C'est comme si Colin se trouvait sur l'autre versant d'un gouffre, expliqua-t-elle à Charles Carpenter. Il me parle, il me parle d'une voix normale, mais à cette distance, *je n'entends rien.*

– Alors ne cherche pas à entendre, pour l'amour de Dieu, dit Charles. Laisse ça, Dorothea.

– Mais...

– Laisse-le. Ce misérable salaud.

Chaque fois qu'il était question de Colin Asch, une expression de parfait dégoût se peignait sur le visage de Charles Carpenter. Son seul nom suffisait. Car l'hypothèse la plus répandue, bien que non prouvée, était que Colin Asch avait eu des relations sexuelles avec Agnès (d'où les chèques à « Alvarado », identifié depuis par la banque comme le pseudonyme de Colin Asch), tout comme il en avait eu avec Susannah Hunt et presque certainement aussi avec Roger Krauss. Et cette pensée était vraiment insupportable pour Charles Carpenter.

L'examen médical avait établi que Dorothea Deverell n'avait subi aucune violence sexuelle, et qu'il n'y avait eu aucune activité sexuelle de quelque sorte que ce soit. Mais Colin Asch ne l'avait-il pas menacée de viol ? Ou pour le moins d'attentat à la pudeur ?

– Non, dit-elle. Jamais.

De cela, Dorothea était absolument certaine.

Et maintenant, elle se trouvait dans l'escalier de sa maison d'Arve Place, la main posée sur la rampe, la tête pleine de tous ces événements, ceux-là mêmes qu'elle s'était juré de chasser de sa mémoire, principalement dans ce décor vierge.

– Assez ! dit-elle à voix haute et elle monta à l'étage.

La grande chambre s'ouvrait au sud et à l'ouest. Le soleil automnal pénétrait par les fenêtres ouest. Dorothea en sentit la douce chaleur sur son visage. Sur les murs de cette pièce, les miroirs et les tableaux décrochés avaient laissé des plages plus claires. Ils allaient devoir la faire retapisser dans des tons pâles et reposants... pas de motifs... peut-être ivoire. Dorothea adorait cette teinte et elle espérait que la chambre à coucher des Carpenter, où elle n'était jamais allée, n'était pas déjà de cette couleur.

Et des doubles rideaux tout simples, en satin damassé. Et une moquette neuve, évidemment. D'une fenêtre donnant sur la rue, elle reconnut la voiture de Charles Carpenter qui se rangeait au bord du trottoir. La haute et élégante silhouette en sortit. Comme une jeune fille qui attend son premier amoureux, elle le vit approcher de la maison, puis courut jusqu'au palier de la chambre pour guetter son apparition au rez-de-chaussée : elle n'avait pas refermé la porte d'entrée. Il appela d'une voix hésitante :

– Dorothea ? Où es-tu ?

Dorothea Deverell se pencha au-dessus de la rampe. Il y avait quelque chose de merveilleusement ludique, d'espiègle, à regarder ainsi le crâne de Charles Carpenter sans qu'il sache où elle se trouvait. Elle éclata d'un rire joyeux.

– Je suis ici, Charles... Monte !